Thomas Reverdy
Es war einmal eine Stadt

Thomas Reverdy

ES WAR EINMAL EINE STADT

Roman

Aus dem Französischen
von Brigitte Große

BERLIN VERLAG

Mehr über unsere Autoren und Bücher:
www.berlinverlag.de

MIX
Papier aus verantwortungsvollen Quellen
FSC® C014496
FSC
www.fsc.org

ISBN 978-3-8270-1345-3
Die Originalausgabe erschien unter dem Titel *Il était une ville*
bei Flammarion, Paris

Gesetzt aus der Chaparral
Satz: Fotosatz Amann, Memmingen
Herstellung: Sieveking · Agentur für Kommunikation, München
Druck und Bindung: GGP Media GmbH, Pößneck
Printed in Germany

»Ja, dieser Taylor war zweifellos der
genialste Mensch der alten Zeit.
Er kam freilich nicht darauf, seine Methode
auf das ganze Leben auszudehnen.«

Jewgeni Iwanowitsch Samjatin, *Wir*

LEBEN

Wie eine Erleuchtung durchzuckte es ihn in den ersten paar Tagen in Detroit. Das war im September 2008, am Vorabend der Krise. Nachdem sie ihn dort abgesetzt hatten, Tausende Kilometer von zu Hause entfernt, mit den Schlüsseln zu einem kleinen Vorstadthaus, das nicht viel größer und nicht besser möbliert war als die Firmenunterkünfte für Alleinstehende, und seinem Dienstwagen, einem rundlichen Japaner mit Hybridantrieb, am Rande einer Stadt vor dem Zusammenbruch, an einem der statistisch betrachtet gefährlichsten Orte der Welt, als ob er so etwas wie ein Blauhelm wäre, und es gab nicht einmal einen Teebeutel in den Küchenschränken, nicht einmal eine verdammte Packung Nudeln. Die ADSL-Leitung funktionierte noch nicht, und die amerikanischen SIM-Karten passten nicht in sein Handy. Er würde sich ein neues kaufen müssen, einen Vertrag abschließen und ein Bankkonto eröffnen. Montag. Er dachte an den lächelnden Patrick, das amerikanische Faktotum. Klar war das eine Falle. Wie vor einem Jahr in China mit der Dolmetscherin der Partei.

Er begriff, dass er allein war. Dass die Firma ihn schon von Anfang an aufgegeben hatte, von jeher. Die Immobilienkrise mit dem Zusammenbruch der Banken und dem daraus folgenden Niedergang kreditfinanzierter Unternehmen hatte das alles nur beschleunigt, weil Krisen das immer tun.

Anfangs hielt Eugène es für Wut.

Er stürzte aus dem Haus, aber statt nach dem nächsten Multiservice-Einkaufszentrum zu suchen, fuhr er direkt in die Stadt. Automatisch, aus Neugier und weil die Flyer der Firma, in die er nur einen kurzen Blick geworfen hatte, als er in dem leeren Bungalow festsaß, in sieben Sprachen davon abrieten. Er nahm die Woodward Avenue, bog in die Eight Mile Road ein, fuhr die Gratiot Avenue Richtung Zentrum und zurück auf die Woodward Avenue, wo er nach einer Bar Ausschau hielt.

Zum ersten Mal wurde es Abend in der Stadt.

Überall roch es nach anderswo.

Leerstehende dunkle Gebäude mit zugemauerten oder mit Brettern vernagelten Fenstern hoben sich von der indigofarbenen Dämmerung ab wie eine furchterregende Menge schlafender Giganten aus Stein und Schatten. Andere, deren Zwischenwände abgerissen worden waren, um die Statik zu entlasten und einen Einsturz zu verhindern, wirkten dagegen wie Kathedralen, wie durch feinziselierte Kirchenfenster konnte man durch sie in den Himmel sehen.

Die Schilder der Restaurants, der Tankstellen und der wenigen noch nicht geschlossenen Delis waren anscheinend seit mindestens dreißig Jahren nicht erneuert worden. Die Schriften blinkten rot und blau, grün und gelb, orange und blau, rot und gelb, in gotischen Lettern wie bei den Tigers oder kursiv wie bei Coca-Cola. Taghell erleuchtete Fastfoodläden und Diners rissen Löcher ins Dunkel unbeleuchteter Straßen. Die Kunden saßen wie in einer Auslage, schwere Kolosse, die sich über Plastiktabletts beugten und kraftvoll in labbrige Sandwiches bissen.

Die Eight Mile Road war ein Boulevard voller Striplokale; die meist rosafarbenen oder roten Neonschilder warben mit Silhouetten von Frauen im Profil, die nachts einsam verschiedene Posen des Kamasutra tanzten.

Natürlich lungerten auch Leute draußen rum, einmal gab er sogar Gas, weil die Straße, durch die er fuhr, schmaler und voller war, als er sich das vorgestellt hatte. Er sah, wie sich ihm die Gesichter zuwandten, als das Scheinwerferlicht sie streifte – aber wenn er es sich recht überlegte, waren es vielleicht auch nur Kinder, die einen der letzten milden Sommerabende genossen.

An den von Trümmergrundstücken gesäumten Straßen standen hin und wieder kleine Häuschen, und wenn irgendwo das Licht auf der Veranda anging, konnte er oft eine schäbige Bank oder ein abgewetztes Sofa darauf erkennen; die Häuschen wirkten eher ländlich und passten nicht recht zur Stadt, aber sie kamen ihm jetzt weniger trist vor als im hellen Tageslicht, von der Autobahn aus gesehen. Vor allem aber lange nicht so trist wie die standardisierten Bungalows in dem etwas gehobeneren Vorort, in dem er untergebracht worden war. Wenn die Hausnummer nicht auf dem Briefkasten stand, schoss es ihm durch den Kopf – er hatte nicht daran gedacht, das zu überprüfen, bevor er losfuhr –, hatte er Pech gehabt und würde sein Haus niemals wiederfinden.

Er musste an die leeren Küchenschränke, die bis Montag tote Telefonleitung und die vielen Nachrichten seiner Mutter auf seinem Handy denken. Er war durstig, also ging er in die nächste Bar.

Als er die paar kaum beleuchteten Stufen hinuntergestiegen war und die Tür zum Dive In öffnete, strömte eine Flut von Gesprächsfetzen und Musik auf die Straße und sättigte plötzlich die nächtliche Stille. Eine Menge Menschen in Hemdsärmeln drängte sich an der Theke und im Saal, meist stehend, zusammengeschoben durch laut lachende und redende Grüppchen, die mit fast überschäumenden Schoppen Bier miteinander auf ihre Gesundheit anstießen.

Es war, als beträte er eine andere Welt, in der ein endloser Sommer herrschte, umhüllt von der Wärme der Körper und dem goldenen Leuchten der Holzvertäfelung, eine andere Welt, wo im Zigarettenrauch, der sich unter der überforderten Absauganlage an der Decke sammelte, in einer undefinierbaren Mischung aus billigem Parfum, Tabak-, Schweiß- und Küchengerüchen, im Sound eines schrägen Jazz-Remix, der schmachtende Brasswellen an elektronische Strände warf, die betäubten Empfindungen der durch die Krise entvölkerten Stadt plötzlich wieder an die Oberfläche kamen. Hier war Sommer. Ein gutes Dutzend Zapfhähne war über die ganze Länge der Kupfertheke verteilt, und die verschiedenen, in den Regalen dahinter aufgereihten Sorten Bourbon, Whisky, Wodka und Rum bildeten eine regelrechte Bibliothek der Geschichte der menschlichen Rasse, sofern sie sich dafür entscheidet, zu leben und sich ein wenig gehenzulassen.

Plattencover, Fotos, Zeitungsartikel, Flyer, die Konzerte ankündigten, und Plakate von Music Halls hingen überall und überlappten einander stellenweise, sodass die Schichten auf den Wandabschnitten ganze Epochen nachzeichneten, eine mit den Jahren angeschwollene Verdichtung der Zeit.

Hier war Sommer, ganz unerwartet bei dem regnerischen, kalten Herbstbeginn draußen, unerwartet wie alles, was einem auf Reisen widerfährt, wenn man sich zu erhöhter Aufmerksamkeit zwingt, weil einem die Bezugspunkte fehlen.

Im Dive In musste man nur in die Menge eintauchen. Eugène bahnte sich einen Weg zur Bar, und niemand schien sich über seine Anwesenheit zu wundern.

Der erste Schluck Whisky versengte ihm auf seiner langsamen Passage bis hinter die Rippen, wo er nah am Herzen vorbeifloss, Kehle und Speiseröhre. Die Kellnerin – er wusste noch nicht, dass sie Candice hieß – hatte ein auffallendes Lachen, strahlend und rot. In der Musik zerschmetterten gerade Beckenkämme an einer Kontrabasswand wie an einer hohlen Steilküste.

Und an einem Abend wie diesem, nur ein paar Tage später, traf Eugène die Entscheidung: Er würde das von der Firma zur Verfügung gestellte Haus und den Wagen versilbern und sich eine Bleibe in der Stadt mieten, um, wenn er schon in Detroit leben musste, wenigstens wirklich dort zu leben. Er schwor sich, dass er das schaffen würde, aber nur für sich, weil es Zeit war, das würde er in den ersten Zeilen seines Berichts erwähnen, wenn er sich an diese Nacht erinnerte.

In dieser unbekannten Landschaft ein vertrautes Gesicht werden.

Leben. Zum ersten Mal in Detroit.

Eigentlich war Eugène ein Optimist.

DIE TEUFELSNACHT

Als der Herbst den ersten Regen brachte, war die Krise schon unabwendbar geworden. Eugène zog in die Stadt, erst in ein Hotel downtown, dann in eine möblierte Zweiraumwohnung etwas oberhalb, reizlos, aber sauber, und richtete sich so gut wie möglich ein. Das Apartment war nah genug am Dive In, dass er jeden Abend zu Fuß hingehen konnte. Die Jungs fielen ihm auf, wenn er auf dem Weg ins Büro mit dem Auto durch ihr Viertel kam. Anfangs dachte er sich nichts dabei. Kinder gab es genug auf den Straßen, morgens warteten sie auf den Bus, abends spielten sie Basketball, jedenfalls liefen ihm täglich welche über den Weg. Sie gehörten zu dieser Landschaft wie die Häuser mit den verbarrikadierten Fenstern und die streunenden Hunde, die seit einiger Zeit in der Umgebung der Zone gesehen wurden, in der er arbeitete: einer großen Industriebrache, die nie richtig erschlossen worden war. Richtung Norden kam man dann nach einer Weile in eine etwas belebtere Ecke mit einem Deli und ein paar Diners, wo man rund um die Uhr Spiegelei bekam, mit Fritten oder einem Paar Würstchen in einer Pfütze Ketchup – das Herz einer alles in allem noch bestehenden Stadt.

Als die Fastfoodläden in der Restaurationsetage des Büroturms schlossen, fuhr er auch tagsüber, Heizung und

Radio auf Anschlag und so mit dem Soul und dem Klima Floridas verbunden, in seinem günstig geschossenen Mustang durch das Viertel der Jungs. Sie waren immer noch da. Fröhliche Bengel, die trotz der allmählich aus dem Norden einströmenden Kälte im T-Shirt auf dem struppigen Gelände neben der Straße spielten – unter der Aufsicht der Logos auf den Transparenten, die an Balkonen und Veranden hingen: »Neighborhood Watch« – guter Witz!

Eugène beachtete das genauso wenig wie die Veränderungen in der Stadtlandschaft. Sollten sich mal was überziehen, dachte er höchstens, oder: Müssten die zu der Zeit nicht eigentlich in der Schule sein? Doch dann lockten ihn Diana Ross und die Supremes weiter, woanders hin, bis er das improvisierte Basketballfeld aus seinem Rückspiegel verloren hatte.

Den Jungs war der Wagen, der mehrmals täglich durch ihre Straße fuhr, wahrscheinlich auch nicht aufgefallen. Klar schauten sie ihm nach, wenn er in die nächste Straße einbog, schließlich glitzerte er ein bisschen viel für die Gegend, aber das war's auch schon, sie hatten andere Dinge im Kopf.

Bleiben wir noch ein wenig bei ihnen.

Der da, der sich gerade ein bisschen von der Gruppe entfernt hat, der Dünne in dem zu weiten T-Shirt, das ist Charlie. Diesmal hat er den Auftrag abgekriegt, weil er der Jüngste ist und den besten Eindruck macht. Wie süß, ein richtiges Engelsgesicht! Er wird also das Benzin kaufen gehen. Dafür haben sie alle zusammengelegt. Seit der Krise gibt's zwei Gallonen für knapp fünf Dollar. Weniger, als eine Kinokarte kostet, und Kinos gibt es sowieso keine mehr in der Stadt.

Zur Tankstelle zu gehen ist nicht gerade ein Gesundheitsspaziergang, man muss durch leere Straßen, an denen nur noch die besetzten Häuser bewohnt sind. Normalerweise ist Charlie nie allein unterwegs, sondern immer mit seiner kleinen Bande, sie sind unzertrennlich, seit sie laufen lernten. Es sind keine schlechten Jungs.

Als er in die Nähe der Tankstelle kommt, sieht er gleich, dass die beiden Typen, die dort ihren Ford auftanken wollen, irgendwie angespannt wirken und ein paarmal in seine Richtung schauen, um zu sehen, ob er allein ist. Ganz automatisch, obwohl helllichter Tag ist und Charlie erst zwölf und unter dem T-Shirt bestimmt keine Waffe versteckt hat – er ist viel zu mager, deshalb nennen ihn seine Freunde auch Skinny Charlie. Aber die beiden Typen dort können gar nicht anders. Und eigentlich geht es ihm genauso, ganz sicher ist er sich nicht, das sieht man an der Art, wie er mit gesenktem Blick an ihnen vorbeigeht. Am Ende atmet jeder auf, wenn er die Tür aufstößt und den Laden betritt. So ist das hier im Viertel.

Charlie tut so, als ob er in den Regalen nach etwas sucht. Er spürt, wie der Kassierer ihn aus seinem Käfig heraus mit Blicken verfolgt, während er ein bisschen bei den Süßigkeiten herumtrödelt. Die Kaugummis haben es ihm angetan, die roten mit Zimt sind die schärfsten, als ob da Pfeffer drin wäre wie früher in den Scherzbonbons, die Charlie nicht kennen kann. Er mag nur diese Sorte, das wundert seine Großmutter, die ihn aufzieht, seit er ganz klein ist, sie sagt: »Der Junge mag's scharf!«, und das stimmt. Es gibt Chips in allen Geschmacksrichtungen, mit Huhn oder BBQ-Sauce, Donuts in allen Farben mit einer dünnen Schicht künstlicher Zuckerglasur und in Klarsichtfolie – sieht aus wie Plastikspielzeug für die Badewanne –, es gibt Corned Beef und Formschinken, ein irgendwie in eine Dose gequetschter fettiger Matsch in Aspik – schon das Bild auf der Dose ist ekelhaft –, aber vermutlich gibt es auch dafür Liebhaber, die sind dann wahrscheinlich fetter als Skinny. Bei ihm ist es eben Zimtkaugummi. Jetzt tut er so, als ob er ein wenig zögerte.

In Geschäften zögern ist eine beruhigende Komödie. Wenn Fat Bill da wäre, würde er sagen, er soll sich beeilen, aber natürlich nicht einfach so, er würde von der anderen Straßenseite zu ihm rüberbrüllen, dass er, Scheiße nochmal, auch noch was anderes zu tun hat und Charlie gefälligst seinen Arsch bewegen soll, aber Charlie trödelt gern in Geschäften herum. Was für ein Geschäft, ist ihm egal, in seiner Gegend gibt es sowieso nur noch ein paar Delis und Tankstellen, der letzte Blumenladen hat aufgegeben, als er noch klein war. Ein Kindertraum: Er lässt sich treiben, nimmt Produkte in die Hand – teure Sachen – und legt sie wieder zurück, als ob er reich genug wäre, um sich das alles leisten zu können. Genau das macht er jetzt und bewundert ein Kompressorkit, das für jeden x-beliebigen Saugmotor eine turbomäßige Beschleunigung verspricht. Der Kassierer lässt ihn nicht aus den Augen.

Er lächelt schwach, als Charlie die zwei rechteckigen Kanister, die er holen sollte, zur Kasse schleppt. Vor einem Jahr noch hätte er ihn bestimmt gefragt, was er denn damit vorhabe, um die Form zu wahren und seiner

Rolle als Erwachsener Rechnung zu tragen, der den Bengel vor dem ganzen Quatsch warnt, den man mit einem Benzinkanister anstellen kann.

Früher benahmen sich die Erwachsenen so, als ob alle Kinder ein bisschen die Kinder von allen wären. Sie dachten an ihre eigenen Kinder. Und wollten ihnen Ärger ersparen. Aber das war vor der Katastrophe, oder es verflüchtigte sich so nach und nach.

Jedenfalls ist das jetzt anders.

Charlie schiebt seinen Fünfdollarschein unter dem Gitter hindurch auf den Zahlteller des Verkaufstresens, und der Kassierer gibt ihm wortlos ein paar Münzen heraus, froh darüber, dass der Bengel nicht versucht hat, abzuhauen, ohne zu bezahlen.

Jetzt muss Charlie nur noch zu den anderen zurück und den Abend abwarten. Fat Bill ist schon ganz aufgeregt, er tänzelt von einem Fuß auf den anderen und redet die ganze Zeit. Heute Abend ist Party angesagt. Der Abend vor Halloween. Fat Bill ist der Älteste der kleinen Bande, ihm fällt immer was ein gegen die Langeweile. Er schleppt alle möglichen Sachen an, Zigaretten, einen Baseballhandschuh oder einen Benzinkanister. Fat Bill ist immer lustig. Und viel größer als alle anderen, aber vielleicht wirkt er auch nur so, weil er so dick ist. Fat Bill ist so fett, dass man denkt, er ist groß. Er ist eine Art Anführer, aber nicht der Boss, es gibt nämlich keinen Boss in ihrer kleinen Bande, weil sie keine Gang sind, sondern nur eine Gruppe von Freunden, sie sind alle in derselben Straße aufgewachsen und treffen sich immer abends oder wenn sie wie heute beschlossen haben, nicht in die Schule zu gehen. Sie werfen ein paar Baseballs und reden über die Mädchen im Viertel. Mit der Zeit haben sie immer mehr Platz zum Spielen, deshalb landen die Bälle nicht mehr auf der Straße, dafür sind immer weniger Mädchen im Viertel. Die Familien ziehen weg. Die Häuser stehen leer. Da gehen die Jungs nicht rein. Das machen schon andere, die älter und gefährlicher sind: Diebe, Metallplünderer, Schrottsammler, Cracknasen und Penner. Die Jungs gehen Ärger lieber aus dem Weg.

Aber am Abend vor Halloween ist Party: die Teufelsnacht.

Es ist jedes Jahr dasselbe. Die Zeitungen haben damit angefangen, es so zu nennen, und hier in Detroit kam das gut an. Seit den Siebzigerjahren, nach den großen Unruhen, könnte man sogar sagen, dass sämtliche Strolche sich richtig Mühe geben, um die Teufelsnacht so höllenähnlich wie möglich zu machen.

DELOREAN WAR EIN GENIE

Als Eugène an jenem Freitagmorgen im September, zu Beginn der ganzen Geschichte, in Detroit aus dem Flugzeug stieg, war er fest entschlossen, sich seiner Aufgabe würdig zu erweisen. Ein Entwicklungsbüro war zwar keine Riesenabteilung, aber es wäre seine Chance, wieder im Management Fuß zu fassen, außerdem waren die Mitarbeiter, die am Montag ankommen würden, alle Ingenieure wie er, aus mehreren europäischen Ländern, sie würden eine Art Eliteteam für ein Kooperationsprogramm der Autobauer bilden, das er leiten sollte. Das war schon eine wichtige Aufgabe – was ihm auch in den Bewerbungsgesprächen mehrfach gesagt worden war. Von seinem Vorgesetzten N+1 natürlich im Ton einer kaum verhüllten Drohung: Ich vertraue Ihnen, Eugène. Sogar N+2, der »Senior Manager Kooperationen«, den Eugène nur gelegentlich auf gemeinsamen Strategiesitzungen seiner Abteilung für Forschung und Entwicklung mit der Projekt- und der Processing-Abteilung sah, hatte ihn beiseitegenommen, als die Neuigkeit von seiner Versetzung noch gar nicht offiziell war: Ich erwarte viel von Ihnen, Eugène, ich habe immer an Ihre Fähigkeiten geglaubt und verfolge Ihre Entwicklung schon seit langem, wissen Sie! Das klang noch beunruhigender, auch wenn Eugène genau wusste, dass es gelogen war. Wie hätte der Senior Manager Kooperationen denn Wind von dem Ganzen bekommen sollen, wenn nicht durch das Personalmanagement, in dem Moment, als sie ihn nach dem chinesischen Fiasko in letzter Sekunde abgezogen hatten? War aber nicht so wichtig. Die Firma schickte Botschaften. Man musste dranbleiben.

Natürlich hatte er vom Niedergang der Motor City gehört, das hatte sich schon in den Siebzigerjahren abgezeichnet, als nach der Ölkrise die Japaner ihre rundlichen kleinen Kisten auf den Markt warfen, die gut ausgestattet waren und wenig verbrauchten. Nach den Rassenunruhen von 1967 waren viele Weiße in die Vororte abgewandert. Auch Firmen, sodass die afroamerikanische Mittelklasse sich dieser Bewegung teilweise anschloss und damit die Innenstadt der Armut und dem Verbrechen preisgab. Das passierte in vielen amerikanischen Städten. Er hatte von Detroit gehört, aber auch von Baltimore, Washington oder Cincinnati. Gefährliche Städte, statistisch betrachtet so schlimm wie manche Kriegsgebiete, aber nur in den Vierteln, die man ohnehin besser mied. Das hatte er damals gedacht, um sich zu beruhigen.

Er wusste genau, dass es nicht gerade eine Auszeichnung war, von der Firma nach Detroit geschickt zu werden. Aber wenigstens war es eine Stadt, in der Englisch gesprochen wurde, es gab keine Chinesen oder Kommunisten, es war nicht so weit weg von zu Hause, und außerdem war es seine zweite Chance, auch wenn es keine Auszeichnung war, und so eine Chance muss man nutzen, sagte er sich, als er sein Gepäck abholte. Er passierte den Zoll mit einem Dutzend Pasteten in Dosen und einer eingeschweißten Dauerwurst, einer Rosette de Lyon, um genau zu sein. Die lächerlichen kleinen Bassets im grünen Mäntelchen der Zollbehörde rochen gar nichts, anscheinend kannten sie nur Drogen und Sprengstoff, aber keine Wurst. Bis jetzt läuft alles gut, dachte er.

Am Flughafen wurde er von einem Typen abgeholt, mit dem er bisher nur per E-Mail verkehrt hatte, der wäre für die nächsten Monate sein einziger Kontakt zum Mutterhaus, dem amerikanischen Zweig der Firma, er war beauftragt, alles zu organisieren, was Eugène und sein Team benötigten, um ihr Projekt zum Laufen zu bringen, eine Mischung aus Faktotum und Aufseher, zuständig für die Lösung aller logistischen Probleme. Er hatte die Büros eingerichtet, die Vorstadthäuser angemietet, er würde die Dienstwagen besorgen und ihnen sein Sekretariat zur Verfügung stellen. Eugène hatte einen Wikinger im Polohemd erwartet, einen Siegertypen, der pfeifend auf dem Mond herumlaufen würde, wenn man ihm nur den Weg dorthin zeigte – das Businessklischee eines Amerikaners eben. Eugène suchte die spärliche Menschenmenge in der Ankunftshalle nach ihm ab, er sah hektische Geschäftsleute in Anzug und Sneakers, übergewichtige Rentner, die außerhalb der Saison die Großen Seen besichtigen wollten, wiedervereinte Familien, die einander umarmten, Chauffeure mit weißen Handschuhen und betressten Jacken, die ihren »First-Class-Limousinen-Service« anpriesen, Veranstalter von Rundfahrten in leuchtend blauen oder zitronengelben Hemden, die Schilder mit Sonnenuntergangsfotos schwenkten oder auf die Logos ihrer Firmen vertrauten. Es herrschte ein Höllenchaos, aber jeder schien genau zu wissen, wohin er wollte. Schließlich kam ein Mann auf Eugène zu, der ein Schild mit seinem Namen hochhielt.

Ein schmächtiger Rothaariger mit Zopf. Um seinen dünnen Körper flatterte ein viel zu weites Seidenhemd mit schwimmenden Fischen drauf. Er war so mager, dass sein Lächeln fast sein gesamtes Gesicht ausfüllte. Ein kleines nervöses Männlein, das sehr schnell redete. Man hätte ihn eher für einen Musikproduzenten gehalten.

Und dieser Akzent! Die Os und As kamen so breit und nasal daher, dass Eugène seinen Namen zuerst als »pet« verstand, wie Haustier, was natürlich ausgeschlossen war, er musste Pat heißen, von Patrick, also war das wirklich sein Kontaktmann.

Er sei noch müde von der Reise, nuschelte Eugène zur Begrüßung, zeigte auf das Schild und sagte:

»Eugène, wie das Städtchen in Oregon.«

Es folgte ein Moment totaler Verständnislosigkeit.

Patrick starrte Eugène an.

Eugène starrte das Schild an.

»Oregon … Städtchen …«

Endlich lachte der Mann auf, verschluckte das Lachen und haute Eugène auf die Schulter.

»'kay! Gat it! U-jean, 'cawse ya're U-jean! C'mon!«

Dann schnappte er sich die Koffer und zog lachend los, und zwar so abrupt, dass Eugène, der lässig an den Koffern gelehnt hatte, ins Schwanken kam, bevor er im Laufschritt folgte.

Bis jetzt lief alles gut. Eugène hatte nicht allzu große

Bedenken wegen des Akzents, er wusste, das käme ganz von allein. Nur dass er Patrick nicht von der richtigen Aussprache seines Vornamens überzeugen konnte, betrübte ihn ein wenig. Er würde ihn künftig eben mit noch mehr Nachdruck aussprechen, nahm er sich vor. Selbstaffirmation war wichtig, wie N+1 ihn immer wieder ermahnte. Und dann fuhr der Kümmerling auch noch einen Pontiac, zwar nur ein populäres Einsteigermodell, aber immerhin, das wäre ein Smalltalkthema, mit dem er punkten könnte. Muscle-Cars, wie sie Pontiac mit dem GTO erfunden hatte, waren Eugènes Spezialität. Natürlich nur privat. Hätte er das in seinem Bewerbungsschreiben erwähnt, wäre er niemals eingestellt worden. Das wäre etwa so, als wollte man sich als Waffennarr für die Army empfehlen: einleuchtend, aber verpönt. Trotzdem waren diese mythischen Sechzigerjahrekutschen, die er selbst nicht mehr erlebt hatte, von Jugend an die Grundlage seiner Autoleidenschaft gewesen, vielleicht sogar eines Gutteils seiner Bewunderung für die Vereinigten Staaten. Geile Flitzer hatte es schon immer gegeben, auch vor dem Auftauchen von Aggregaten mit acht in V-Form montierten Zylindern – den berühmten V8-Motoren –, aber das waren Sportwagen für die Elite oder für Rennen gewesen. Die Revolution der Muscle-Cars bestand darin, dass sie mit ihren leistungsfähigen Motoren, die in leichte Chassis montiert wurden, die Regel brachen, nach der mehr Kraft mehr Gewicht bedeutet. Bremsen und Stoßdämpfer wurden verstärkt, alle anderen Teile stammten aus Serienfertigung, nur die Motorhaube war etwas überdimensioniert; so konnte man erschwingliche kleine Boliden in einer aggressiven Coupé-Version anbieten, die schnell über dreihundert PS und zweihundertdreißig Stundenkilometer kamen. Die Pop- und Ready-made-Version der *Hotrod*-Veteranen, die es auch in Frankreich und England gab, jederzeit bereit, sich aus Liebe zur Geschwindigkeit und zur Freiheit den Motor frisieren zu lassen. James Dean. Amerika.

Diese Autos waren die eigentliche Sprache Amerikas.

»Pontiac GTO 64.«

»DeLorean war ein Genie. Er hat ihn gebastelt, ohne es jemandem zu sagen.«

»GM wollte sich von den Rennen zurückziehen.«

»Ich bin ganz verrückt nach dem Firebird von 1967.«

»Er hat den Camaro von Chevrolet wiederaufgenommen, um den Ford Mustang vom Thron zu stoßen.«

»Der V8 350 ist noch heute ein Supermotor.«

»DeLorean war ein Genie.«

»Trans-Am 1969. Der Wagen.«

»Wie der Hood scoop über dem Luftfilter sitzt und aus der Motorhaube herauskommt, das hat Stil.«

»Mit dieser Klappe, die aufgeht, wenn man aufs Gas steigt.«

»Und dieser Look! Die Kotflügelschürze und die blauen Streifen!«

»Das Modell mit dem Ram-Air-IV-Motor von dreihundertsiebzig PS!«

»So starke Kisten werden seit 1972 nicht mehr gebaut.«

»Das waren echte Raketen.«

»Allein schon die Namen sind ein Gedicht.«

»Charger.«

»Super Bee.«

»Gran Torino.«

»Barracuda.«

»Impala.«

»Verdammt geile Schlitten.«

»Granaten.«

»Nun schau dir das an!«

Patrick zeigt Eugène seinen 2006er Pontiac Vibe, den er sich in der Zentrale ausgeliehen hat, um ihn vom Flughafen abzuholen, und öffnet die Motorhaube.

»Schau dir mal diesen Dreck an!«

»Was soll das sein?«

»Ein Toyota-Motor.«

»Schöne Scheiße!«

»Du kannst gern fuck sagen, wenn du möchtest, ich weiß doch, dass ihr Franzosen ständig fuck sagt.«

Sie wunderten sich ein wenig, aber sie hatten beide gerade das beste Gespräch des Tages gehabt.

Nie würde Toyota so was hinkriegen wie den 1967er Firebird.

DER GROSSE BRAND

Fat Bill hatte etwas weiter südlich ein leerstehendes Haus entdeckt. Geplündert worden war es schon. Heizkörper, Armaturen, Kupferrohre – alles weg, das konnte man durch die eingeschlagene Tür sehen, die Wände hatten unten eine Furche. Die haben sogar die Stromkabel mitgenommen, vermutete Fat. Die Aluminiumfenster waren herausgebrochen. So ein Haus verfällt schnell, wenn es monatelang hineinregnet. Das Dach neigte sich bedenklich nach vorn und drohte auf die Straße zu stürzen, während auf der Rückseite mehrere Balken herausgerutscht und unter dem Einfluss der Witterung so verrottet waren, dass sie mit dem nach außen verdrehten Dachüberstand aussahen wie gesplitterte Knochen in einem offenen Bruch.

Die ganze Erscheinung des Hauses machte den Eindruck, als ob es aufweichte und sich wellte, bis es jenen Punkt der Instabilität erreicht hätte, an dem es nicht mehr anders könnte als zusammenzubrechen, aber in Form eines unfassbar langsamen, kaum wahrnehmbaren Nachgebens. Es war erschreckend und widernatürlich. Das Haus stand nur noch dank dem inneren Widerstand der Balken und aufeinandergeschichteten Ziegel, die sich dem Einsturz widersetzten, obwohl sie unberechenbaren

Drücken, Verdrehungen und Spannungen entlang unvorhersehbarer Achsen ausgesetzt waren. Das Haus verschrumpelte eher unaufhaltsam, statt einzustürzen. Und dieser Anblick war so schwer zu ertragen wie Unfallfotos oder alte Menschen mit ihren verkrümmten, buckligen Körpern und deformierten, schmerzenden Gelenken.

»Wenn Dinge so sterben, ganz langsam, kommen sie einem vor wie Menschen.«

»Gib die Kanister her. Wir wollen sein Leiden verkürzen.«

Skinny stand mit Bo Schmiere, während Bill, Richie und Strothers die sieben Liter Benzin auf die hölzerne Veranda kippten und durch die Fenster auf der Straßenseite schütteten. Strothers hatte die Streichhölzer, weil er seit diesem Jahr rauchte.

Die restliche Nacht verbrachten sie auf dem gegenüberliegenden Bürgersteig, wo sie herumsaßen und dem Haus beim Brennen zusahen, während sie über die Mädchen im Viertel redeten und über die trostlose Saison der Pistons, die es wohl nicht in die Play-offs schaffen würden, es war zum Verzweifeln. Die Feuerwehr kam gar nicht erst. An diesem Abend brannten zweihundert Häuser in Detroit.

Es war ihre erste Teufelsnacht, eine Art Initiation. Furcht und Jubel erfüllten sie. Sogar Fat war irgendwie mulmig. Die Fassade hatte aufgrund des Benzins sofort lichterloh gebrannt, aber so ging es nicht weiter, das Feuer zog sich dann ins Innere zurück und fraß sich durch Fußböden und Gebälk. Flammen leckten durch die Fenster und die offene Tür nach außen, schüchtern zunächst, durchstießen, zerrissen sie dann ab und zu den dichten weißen Rauch, der erst im Erdgeschoss aufkam, aber wie feuchtes Holz, das schlecht brennt und gleich wieder ausgeht, nach Luft schnappte und röchelte wie ein Ertrinkender, Gase und kochendes Wasser spuckte, allmählich Farbe annahm, dunkler und dunkler wurde und durch jegliche Öffnung nach draußen kroch, durch die Fenster im ersten Stock und die fehlenden Rohre, durch die Löcher in Dach und Fassade, schwänzelnd aus Dutzenden improvisierten Kaminen strömte, die für ausreichend Luftzufuhr sorgten, bis er schließlich als mattschwarzer Qualm den Himmel verschlang und die Nacht überdeckte.

Damit war ein neuer, starker Geruch entstanden, der den Benzingestank schnell vertrieb. Eine merkwürdige Empfindung, bitter und heiß, mehr Geschmack als Geruch. Er stach ihnen in die Augen und brannte im Hals und hinderte sie, durch die Nase zu atmen, ohne zu husten wie alte Raucher. Sie traten den Rückzug an, gingen auf der anderen Straßenseite ein wenig weiter, bis zum nächsten verlassenen Garten. Doch der Rauch, der aus jedem Spalt, jedem Riss des Gebäudes quoll, aus jedem Loch, wo ein Ziegelstein fehlte, war schwer, und kein Wind konnte ihn zerstreuen. Er zog aus tausend schadhaften Fugen und umfloss das verfallene Haus, dass man es fast nicht mehr sah, kam bis in den Garten und legte sich über die Straße wie eine Decke aus undurchdringlicher Finsternis, schwärzer als die Nacht.

Sie drängten sich aneinander. Keiner sagte mehr etwas.

Dann begann es zu ächzen. Zuerst gaben wohl Böden und Balken der Hitze nach, erglühten, zersprangen mit wildem Prasseln und brachen schließlich zusammen, wobei sie Myriaden glühender Teilchen in die Dunkelheit schleuderten. Wie ein lebendiges Monster verschlang das Feuer alles, wie ein Dämon, der manchmal, wenn eine Flamme aus einem der Fenster schlug und an der Fassade leckte, vor ihren Augen Löcher in den rußigen Qualm riss. Die Wandfarbe oder was davon noch übrig war schlug wabernde Blasen, die sich dehnten und blähten, bevor sie platzten wie Kaugummi. Es sah aus, als ob die Fassade selbst, deren spitzgiebelige Form nur noch verschwommen zu sehen war, brodelte und schwoll.

Sie hockten im Gras auf den Fersen. Schauten sich manchmal an, zögernd, betrachteten den flackernden Schein des Feuers im Gesicht der anderen und suchten in ihren Augen, in denen Angst und Flammen in schimmernden Reflexen zuckten, nach einem Verschwörerblick, um sich Mut zu machen.

Dann plötzlich ein Dröhnen, lauter und länger als alles, was vorher war, wie ein Donnergrollen, und rund um den gemauerten Schornstein stürzte das Dach ein. Ein Schwall heißer Luft überflutete sie, nahm ihnen den Atem und zwang sie, die Augen zu schließen. Ein zu der Bruchbude geneigter Baum fing augenblicklich Feuer, die trockenen Blätter und verkrümmten Äste brannten lichterloh und trugen noch dazu bei, dass die Flammen außer Rand und Band gerieten und obszön ihre Zungen gen Himmel streckten.

Die erste Wand kippte um und riss die halbe Fassade mit sich. Das dumpfe Geräusch ihres Zusammenbrechens drang kaum zu ihnen durch, es wurde vom Brand übertönt, der zu schnaufen begann wie ein riesiger Motor und gar nicht mehr damit aufhören konnte, als liefe der Heizkessel einer Dampflokomotive auf Hochtouren.

Sie hätten schreien müssen, um sich verständlich zu machen, aber Angst und Erregung, der Bann des Feuers, Bestürzung angesichts der Verwüstungen und diese Unruhe, eine Mischung aus Frohlocken und Beklemmung darüber, Urheber eines Ereignisses zu sein, das zu groß für sie war, all das verschloss ihre Münder und Herzen. Und was hätten sie auch schreien sollen, wo sie doch nicht einmal wussten, was sie eigentlich fühlten, außer dem Schauder eines namenlosen Schreckens. Lasterhafte Freuden und Lust am Bösen sind keine Gefühle für Kinder. Aber Angst natürlich, nicht vor der Sünde, derer sie unschuldig waren, Angst, dass es so leicht war. Dass niemand es hatte aufhalten können.

Frühmorgens gingen sie nach Hause, nah beieinander, ohne zu sprechen, die Fäuste in den Taschen vergraben, die Augen rot von brennenden Bildern. Die noch warme weiße Asche, die nun in der Dämmerung überall herumflog, befleckte ihre Kleider wie der erste Schnee des Jahres, langsam und leise, als ob ein unglaublich zartes Wintergewitter sie in Zeitlupe umschwebte und sich für immer in ihren Kindheitserinnerungen festsetzte.

IHRE STADT

Eugène sollte sich noch lange an seinen ersten Eindruck erinnern. Die Vorstadt von Detroit entsprach allen Vorurteilen gegenüber amerikanischen Vorstädten. Man fährt über die Autobahn in die Stadt, und als Patrick ihn zur Firmenzentrale brachte, konnte Eugène trotz seiner guten Laune nicht umhin, das Ganze wenig charmant zu finden. Zwischen Flughafen und Stadt durchquerten sie Quadratkilometer identischer Parzellen mit standardisierten länglichen Häusern an der Grundstücksgrenze: die Garage neben der Küche, dann der berühmte *Living Room*, ungefähr so groß wie die Garage, darüber ein kleineres Stockwerk mit zwei Zimmern, dahinter der Garten. Dazwischen die etwas stattlicheren Häuser der Wohlhabenden, die mit ihren rührenden Erkern manchmal fast an einen kleinen Landsitz erinnern. Vor allem aber stehen sie in der Mitte des Grundstücks und haben vorn und hinten einen Garten. Von der Autobahn aus konnte man sich kein genaues Bild von ihrem Zustand verschaffen.

Es ist so hässlich, weil es eintönig und platt ist, dachte er, mit Paris verglichen, ist es finsterste Provinz, ein Sonntag auf dem Lande, trotzdem musste er lächeln, als er an die legendären samstäglichen Beschleunigungsrennen Ende der Sechzigerjahre auf der Woodward Avenue dachte. Und The Who hatten ihr erstes Konzert in Amerika hier in Detroit gegeben.

Am Horizont konnte er Downtown erkennen, von fern sah er die Windungen des Flusses, an dem die Stadt lag. Flussaufwärts, Richtung Lake Huron, Belle Isle und Kanada, schlug das Herz der Firma in den riesigen Glaszylindern des Renaissance Center mit der gigantischen Weltkonzernzentrale des globalen Automobilgiganten, nur der grenzenlose amerikanische Himmel spiegelte sich in den Türmen, vielleicht blauer als sonst.

Die Autobahnausfahrt, die zur Firma führte, schien nur dafür gebaut zu sein, eine riesige, leicht erhöhte, vierspurige Kurve, die mit Ausblick auf ferne Flusslandschaften und die bewaldeten Hügel am anderen Ufer sanft zu den Glastürmen abfiel. Und Eugène hatte das Gefühl, zum zweiten Mal in Detroit zu landen. Bisher läuft alles gut, versicherte er sich selbst.

Dann ging der Tag richtig los: alles besichtigen, Hände schütteln, registrieren lassen, Hausausweis, Regeln, Formulare. Am Ende brachte ihn Patrick zu einem etwas weiter in der Stadt gelegenen Hochhaus mit ein paar Räumen, aus denen bald das dreizehnte Büro werden sollte. Diesmal fuhren sie über gewöhnliche Straßen, und Eugène wurde klar, dass Detroit kein Geschenk und er nicht zufällig hier war. In der von der Firma entwickelten Managementpädagogik lagen das Versprechen einer Belohnung und die Falle, die Gelegenheit zur Wiedergutmachung und die Strafe stets dicht beieinander. Kaum hatten sie die glitzernden Fassaden der Bürotürme hinter sich gelassen, wurde die Gegend schnell immer düsterer. Am Vorabend der Katastrophe, wie die Leute hier sagten, stand die Stadt am Rande des Abgrunds. Die Skelette fensterloser Wohnblocks zeichneten sich vorm Himmel ab wie durchbrochene Spitze. Man hätte sie für unvollendete Neubauten halten können, aber Patrick erklärte lächelnd, das, was sie hier sähen, sei genau das Gegenteil: Die Häuser waren bewohnt gewesen, seien es jetzt aber nicht mehr. Das schien ihn zu amüsieren. Genaugenommen schien er sich über alles zu amüsieren. Einsam und monumental ragten die noch jungen Ruinen von Ex-Firmenzentralen, Ex-Luxushotels und Ex-Einkaufszentren aus der städtischen Tristesse. Eugène schauderte, wenn er daran dachte, dass diese Welt bald verschwunden sein würde. Das verschlug ihm die Sprache. Er wollte auf seiner Seite das Fenster öffnen, aber Patrick verbot es. Er fuhr schnell. Immer, wenn er bremsen musste, fluchte er wie ein Droschkenkutscher, wahrscheinlich dachte er, dass eine vulgäre Sprache »natürlich« wirkt und Nähe herstellt. Alles hier ist am Verrotten, sagte er, fuck Häuser, fuck Straßen, fuck Läden, fuck Politik, fuck, fuck, fuck. Am Ende der Tirade gab er Gas und zeigte der Frau, die gerade die Straße überqueren wollte, den Stinkefinger. Dann lachte er.

»Du solltest mir nicht alles nachmachen, ja, Eugène? Die meisten von diesen Wichsern haben 'ne Knarre.«

»Ist das schon lange so?«

»Es ist eine Übergangsphase. Aber wenn du meine Meinung hören willst, wird es nicht so bald wieder besser werden.«

»Es ist merkwürdig, aber nicht hässlich.«

»Kann man so sagen. Durch die Stadt gurken ist für mich immer ein bisschen wie Pornos gucken, weißt du, man fühlt sich immer irgendwie schuldig.«

Den Wohn- und Geschäftsvierteln, die danach kamen, schien es aber auch nicht besser zu gehen – zu viele offenbar baufällige Häuser, zu viele hastig mit Brettern vernagelte Fenster. Und weiter dann, als sie sich dem Büroturm und der ehemaligen Fabrik näherten, am Rand eines Geländes, das nur »die Zone« genannt wurde, sahen sie ganze Blocks, die nur noch Ödland waren, reihenweise Gärten mit unförmigen Hecken als einziger Einfriedung, von Efeu und Brombeerranken überwuchert, eine echte Midwest-Prärie mit krummen Bäumen und kleinen Trümmerhaufen, für deren Beseitigung der Stadt bisher die Zeit oder das Geld fehlte. Hie und da standen noch einzelne Gebäude, unpassend und erschreckend wie beharrliche Zeugen der Anklage für das Desaster. Es war wie ein Weltuntergang in Zeitlupe. Diese Landschaft erinnerte an Katastrophen- oder Science-Fiction-Filme, man fühlte sich wie in einem Albtraum. Hier bot sich die normalerweise unvorstellbare, verführerische Gelegenheit, die Ruinen der eigenen Kultur zu besichtigen. Die Überreste einer Zivilisation.

Diese nannte sich Mittelklasse. Tendenziell arm, aber immerhin.

Eugène traute kaum seinen Augen. Dabei waren das erst die Vorzeichen der Krise, die in jenem Winter zuschlagen sollte wie die Pest. Mit den Banken stand der ganze amerikanische Lebensstil vor dem Zusammenbruch. Als Eugène schließlich das Hochhaus mit den Büros für ihn und sein Team durch den Haupteingang betrat, der in ein Einkaufszentrum mündete, fiel ihm auf, wie viele Geschäfte die eisernen Rollläden unten hatten, dass andere mit einer schlichten Telefonnummer auf einem Zettel zum Verkauf angeboten wurden und wieder andere mitten in der Saison Ausverkauf machten.

Ohne Patrick hätte er sich in der Hoffnung wiegen können, dass er sich vertan hätte, im Ort geirrt, dass er nach seiner mitternächtlichen Zwischenlandung in Reykjavík ins falsche Flugzeug umgestiegen wäre. Dass ein anderer Passagier gleichen Namens, ein anderer Eugène, in ein anderes, das wahre Detroit geflogen sei, wo die Fabriken Hunderttausenden Menschen Arbeit böten und dank unzähliger Innovationen im Bereich der Spitzentechnologie tagtäglich eine bessere Welt mit mehr Bequemlichkeit und größerer Freiheit erfunden würde. Das Auto wäre dafür das perfekte Symbol. Motto der Firma: »Das Glück am Ende der Straße.« Ohne Patrick hätte er sich in der Hoffnung wiegen können, das alles sei einer dieser tragischen Irrtümer, über die man später, wenn das Missverständnis geklärt ist, lachen kann.

Aber Pat flatterte in seinem Seidenhemd mit den fliegenden Fischen zuversichtlich neben ihm her, lächelte und fluchte, und da waren auch die nagelneuen Büros im dreizehnten Stock, vis-à-vis einer Versicherungsgesellschaft. Wenn Pat recht hatte, wurde diese verdammte Stadt – »ihre Stadt«, wie er sie nannte – von einer Handvoll gewiefter Vorstadtbewohner – womit er bestimmt Weiße meinte, auch wenn er natürlich schlau genug war, das nicht so zu sagen – am Laufen gehalten. Er überreichte Eugène einen Schlüsselbund, auf dem sein Name stand.

»Ich hab das alles so einrichten lassen für deinen Empfang. Alles mein Werk, die Räumlichkeiten, die Trennwände für dein Büro hier, der Konferenzraum, der Open Space dort, und das ganze Material da drin ist vom Feinsten, so einen Rechner wie den hab nicht mal ich im Büro. Nur die Klimaanlage funktioniert noch nicht richtig, keine Ahnung warum. Fuck, war das hier eine Baustelle, das kannst du dir gar nicht vorstellen! Natürlich durfte ich alles alleine machen, klar. So geht das jedes Mal. Als ob ich ein Unternehmer wäre oder so ein Scheißmakler, verdammt, die erwarten einfach immer, dass man alles hinkriegt! Als hätte ich nicht genug zu tun mit meinem eigenen Scheißjob! Aber du kannst dich auf mich verlassen. Ehrlich jetzt, Eugène, euer Projekt ist super, ich liebe das Ding. Ich hab euch auch total unterstützt, dass sie es hier machen. Das wird genial, sag ich dir! Melde dich, wenn du was brauchst.«

»Und wo ist dein Büro, Pat?«

»In der Zentrale. Ich hab einfach zu viele Sachen auf dem Zettel, verstehst du? Aber ich bin immer für dich da.«

Von dieser Beschwörung hätten Eugène die Ohren klingeln müssen. Pat hopste herum wie ein Kind, als wäre das Ganze ein Jux, bei dem sie sich prächtig amüsieren würden. Das war kein Missverständnis. Es war viel schlimmer.

Eugène hatte gerade mal genug Zeit für ein kurzes Videotelefonat mit N+1, um das Equipment zu testen. Er war noch ganz erledigt vom Jetlag. Stammelnd, bleich – wie gewöhnlich. Erschüttert von dem, was er gesehen hatte – hoffentlich war das nicht nur die Spitze dieses amerikanischen Albtraums. Sollte er sich jetzt über die Firma ärgern oder über sich selber, weil er geglaubt hatte, dass sie ihm einen Gefallen täten und er hier leichtes Spiel hätte? Er versuchte, sich sein künftiges Leben vorzustellen, als N+1 auf dem riesigen Bildschirm im Konferenzraum erschien und ihm der kalte Schweiß ausbrach.

Bisher läuft es gut, sagte er.

In dem kleinen Videofenster, das sich in einer Ecke des Bildschirms irgendwo in Detroit, Michigan, USA, geöffnet hatte, lächelte Patrick unerbittlich neben Eugène. An der Eingangstür zum Büro war kein Name, kein Türschild. Als schwebte es über dem Nebel der Zone, isoliert zwischen den vielen Etagen des Geisterturms, dem gerade die Geschäfte und die Mieter abhandenkamen. Spöttisch und resigniert nannten Eugène und seine Leute es bald einfach nur noch »das dreizehnte Büro«.

Patrick brachte Eugène noch nach Hause. Diesmal auf der Autobahn, hoch über dem Elend, im Fluss der Beschönigungen. Ein Klaps auf den Rücken, und dann: Nur noch eine Sache! Du solltest dich nie, nie, nie nach Büroschluss noch in der Stadt rumtreiben!

Eugène tat natürlich das Gegenteil.

Und traf an diesem Abend Candice, für ihn damals die Kellnerin mit dem strahlend roten Lachen.

DER DUFT SEINER KINDHEIT

Als Charlie am Morgen nach dem Brand heimkam, stand er allein vor den paar Stufen, die zur Eingangstür auf der erleuchteten Veranda führten.

Die kleine Bande hatte sich in der schneidenden Kälte des frühen Morgens *bye-bye* flüsternd voneinander verabschiedet. Jedes Mal, wenn einer von der Straße zu seinem Wohnhaus abbog, blieben die anderen stehen und warteten, bis der eine den Rasen überquert, Tür und Mückengitter geöffnet und sich auf der Schwelle noch einmal umgedreht hatte; dann winkten sie alle noch einmal und zwangen sich zu lächeln. Sie wären gern unbeschwerter gewesen, hätten lieber herumgealbert und einander noch stundenlang von ihrem großen Abenteuer erzählt, ihrer ersten Teufelsnacht, jeder hätte noch Einzelheiten hinzugefügt, die den anderen nicht aufgefallen wären, und schließlich hätten sie auch noch welche erfunden. Dann wäre alles wieder normal gewesen, und sie hätten weiter zusammenbleiben können. Aber die Stille, die zu dieser Zeit die Stadt regierte, machte sie ungewollt zu Verschwörern.

Ein Auto fuhr vorbei, die Scheinwerfer noch an, vielleicht war es Eugène auf dem Weg ins Büro, sie versteckten sich hinter einer Baumgruppe am Rand eines verlassenen Gartens. Sooft sie sich auch versicherten, das Ganze sei nur ein Spiel gewesen, um die Zeit totzuschlagen, wussten sie doch sehr wohl, dass sie damit weder sich selbst überzeugen noch jemand anderem ihr Tun erklären könnten. Sie mussten heim, bevor alles erwachte.

Sie hatten einander geschworen, nichts zu verraten. Das war ihr Geheimnis. Jeder würde es mit nach Hause nehmen, und je mehr sich die kleine Bande auf dem Rückweg dezimierte, desto weniger konnten sie das Erlebnis mit anderen teilen. Sie trennten sich immer schneller, schwiegen mehr und lächelten weniger.

Bis Charlie ganz allein war. Auf der Veranda hatte die ganze Nacht das Licht gebrannt. Bevor er die Türklinke herunterdrückte, warf er einen letzten Blick auf die verlassene Straße. Seine Großmutter sperrte nie zu. Allein mit seinem Geheimnis betrat er das Haus.

Erst glaubte er, dass alles gutgehen würde, dass er rechtzeitig heimgekommen und seine nächtliche Eskapade unbemerkt geblieben sei. Er zog Sneakers und Hose aus, faltete die Hose sorgfältig zusammen und legte sie im Flur auf seine Schuhe. Die notwendigen Bewegungen reduzierte er auf ein Minimum, das er geräuschlos im Dunkeln durchführen konnte. Nur schnell barfuß die Treppe hinauf zu seinem Zimmer und ins Bett. Die Treppe kannte er auswendig, er mied die knarrenden Stellen in der Krümmung und hielt sich nicht am knarzenden Geländer fest, sondern stützte sich an der Wand ab, er ging auf Zehenspitzen, wobei er immer eine Stufe ausließ und jede zweite nur kurz am äußersten Rand betrat. Natürlich war es ausgeschlossen, dass das Holz überhaupt kein

Geräusch von sich gab, das wusste er, aber wenn es ihm gelänge, jedes Mal, nachdem er leise einen Fuß auf die nächste Stufe gesetzt hatte, das Gewicht seines Körpers beherzt darauf zu verlagern, würde es schlimmstenfalls einmal kurz knacken, wie es das Parkett manchmal nachts von ganz alleine tat. Dann müsste er nur stehenbleiben und sich eine Minute lang nicht rühren. Er wusste auch, dass der Griff an seiner Zimmertür nicht quietschte, wenn er ihn vor dem Herunterdrücken zu sich heranzog. Zwei Schritte noch, dann stünde er vor seinem Bett und müsste nur noch hineinrollen. Anschließend könnte er sich Zeit lassen. Der Trick war, nach jedem unvermeidlichen Geräusch eine Weile lang still und regungslos zu verharren. Wie ein Tier – das hatte er im Fernsehen gesehen. Man musste nur erstarren wie eine Statue und die Augen schließen, um unsichtbar zu werden.

Das machte er kurz vor dem letzten Drittel der Treppe, als er schon auf den Treppenabsatz sehen konnte und den gelben Lichtschein unter der Tür seiner Großmutter entdeckte. Er zählte bis sechzig. Öffnete die Augen, nahm noch vier Stufen – zwei Schritte. Ein Knarzen. Sechzig Sekunden. Auf dem Treppenabsatz erstarrte er noch einmal.

Das war der kritische Moment. Seine Kehle war trocken, er hatte das Gefühl, sein Herz klopfen zu hören. Wenn er es jetzt schaffte, über den Gang in sein Zimmer zu kommen, war er gerettet.

Er rollte sich aufs Bett, steckte die Beine unter die Decke, schaute zum Plafond und beruhigte sich allmählich, begann wieder normal zu atmen, legte sich bequemer hin, bettete seinen Kopf auf den üblichen Platz in der unteren Hälfte des Kissens, sodass seine Zehen fast ans Holz des Fußendes stießen, legte einen Arm um den Kopf und streckte den anderen am Körper aus, so schlief er schon immer, seit er ganz klein war, nur dass er an diesem Morgen nicht schlief. Er schaffte es gerade noch, die Augen zu schließen, als die Tür aufging.

Er hörte seine Großmutter hereinkommen. Roch ihr Eau de Toilette, als sie sich über ihn beugte. Ein süßer Duft von Blumen, die am Ufer wachsen, vermischt mit etwas anderem, etwas Fadem, Fettigem, vielleicht von den Cremes, die sie benutzte, oder ihren Schminksachen, er hätte den Geruch nicht beschreiben können, der für ihn unwiderruflich und für alle Ewigkeit mit seiner Großmutter verknüpft war. Der Duft seiner Kindheit.

Fast hätte er sich verraten, als sie ihn auf die Stirn küsste, das hatte er nicht erwartet. Sie setzte sich auf seine Bettkante, und er rückte, ohne die Augen zu öffnen, zur Seite, um ihr Platz zu machen, als wäre es die natürlichste Sache der Welt, im Schlaf Platz für die zu machen, die uns lieben. Er versuchte, ruhig und tief zu atmen, was dazu führte, dass er ein dringendes Bedürfnis zu gähnen verspürte. Er hielt den Atem in seiner Kehle zurück, biss sich in die Wangen und stieß mit der Zungenspitze gegen den Gaumen. Sein Kinn zitterte ein bisschen.

Sie bewegte sich nicht. Vielleicht blieb sie ja sitzen.

Wenn er das Lid, mit dem er zwinkern konnte, zuließ, konnte er das andere öffnen, ohne dass es jemand merkte, indem er es nur ganz wenig anhob, bis die verschwommenen Umrisse einer Welt aus Licht und Schatten durch seine Wimpern fielen. Das hatten sie oft geübt, seine Freunde und er, jedes Mal, wenn ein Scherz mit »Mach die Augen zu« begann. Dann bedurfte es nur einer leisen Bewegung des Kopfes, einer winzigen Drehung, um die Blickrichtung einzustellen, das scheinbar noch immer geschlossene Lid leicht gelüpft und fast sehend.

Er sah eine zarte, leicht gebeugte Silhouette im Nachthemd auf seinem Bettrand. Die hellen Reflexe des pudrigen Morgenlichts auf ihrer Haut ließen sie mager und alt aussehen. Sie hatte eine Hand auf die Decke gelegt und den Kopf, in ihre Beobachtung vertieft, schief in die andere. Ihm war, als ob sie etwas vor sich hin murmelte, was er nicht verstand. Vielleicht eine Art Gebet, dessen allzu oft gesagte Worte nur noch ein Hauch auf den Lippen waren.

Dann hob sie den Kopf und rieb sich die Augen, wandte sich ab und ließ den Blick durch sein Zimmer schweifen, über die an die Wand gepinnten Zeichnungen und Poster von Sportlern oder Sängern, die sie natürlich nicht kannte. Durch die Jalousien fiel das zunehmende Tageslicht ins Zimmer und schnitt blasse Bänder in die Dunkelheit der Dinge. Das Durcheinander aus Schulsachen auf dem Kinderschreibtisch, der Ranzen über dem Stuhl, ein paar T-Shirts irgendwo fallen gelassen, Superheldencomics ums Bett herum verstreut, dann er mit seinem Kinderkörper in derselben hingegossenen Pose, die er schon als ganz Kleiner eingenommen hatte, er stellte sich schlafend, ihr Charlie, ihr Ein und Alles, das Einzige, was ihr von ihrer Familie und ihrer Vergangenheit geblieben war, die ganze Verheißung der Zukunft.

Sie schniefte ein bisschen und rieb sich noch einmal die Augen. Ihm wurde mit einem Mal klar, dass sie leise weinte.

Dann begann sie zu reden, aber er zwang sich, die Augen zuzulassen.

PRECINCT 13

Das Auto streift fast die Böschung, bevor die Stoßdämpfer federn und die Räder auf den Bürgersteig springen. Er schaut in den Rückspiegel, um sich zu vergewissern, dass keiner der Typen, die hier herumlungern, vom Motorengeräusch angelockt worden ist. Er steigt aus, um das Garagentor zu öffnen. Er weiß, dass es dumm ist, die Autotür auch nur für die paar Sekunden offen zu lassen, aber bei einem alten Bullen wie ihm halten sich Gewohnheiten hartnäckig. Copper Canyon – so genannt, weil hier früher so viele Cops wohnten – ist nur noch der Schatten einer Straße, entstellt von blinden Fassaden mit zerbrochenen Fenstern und kaputten Zäunen mit verwilderten Gärten dahinter. Ein paar Autos rosten auf dem Bürgersteig vor sich hin. Sie haben keine Reifen mehr, die Windschutzscheibe ist eingeschlagen, die Türen hängen lose in den Scharnieren. Eine verwüstete Gegend am Fluss, ganz nah am Stadtzentrum, die nur noch Hausbesetzer anzieht, und sogar die werden weniger, weil die Gebäude schon so lange Wind und Wetter ausgesetzt sind, dass in den Lagerhäusern ab und zu die Böden durchbrechen. Er ist hier aufgewachsen.

Als er das Haus betritt, schaltet Lieutenant Brown die Außenlaterne über dem nun wieder geschlossenen Garagentor ein. Erst knistert und flackert das Licht wie eine Kerze im Wind, dann aber erstarkt es, unermüdlich und treu, bis es schließlich seinen leuchtend gelben Schein auf sein Stück Bürgersteig wirft; es ist eines der letzten Lichter hier, seit ein paar Wochen gibt es keine Straßenbeleuchtung mehr – Kupferdiebe wahrscheinlich. Die Fahne, die am Fallrohr der Regenrinne befestigt ist, hängt schlaff an der Seite des Hauses und wirft ihren Schatten in eine Ecke des ungepflegten Gartens. Das sieht er durchs Küchenfenster, nachdem er sich ein Bier aus dem Kühlschrank genommen hat.

Man könnte meinen, die Sterne hätten rote Tränen geweint, die ihre Spuren über das schmutzige Banner ziehen.

Er stellt sein Bier auf den Couchtisch und macht mit schweren Schritten seine abendliche Wohnzimmerrunde, erst schaltet er mit der Fernbedienung, die er danach aufs Sofa wirft, den Fernseher ein, dann die beiden Lampen, die auf dem Tisch, den er als Schreibtisch benutzt, und die im Bücherregal. Wozu sind Bücher eigentlich gut, außer um einen vom Umzug abzuhalten? Schon seit der Polizeischule gilt er bei den Kollegen als Original. Das hat ihn wahrscheinlich auch dazu veranlasst, zur Beamtenprüfung anzutreten, um Lieutenant zu werden – und daran gehindert, zum Captain befördert zu werden, obwohl er längst das richtige Alter dafür hat. Zu wenig Ergebnisse, zu wenig spektakuläre Verhaftungen, zu wenig Großeinsätze. Ihm werden immer die Fälle zugeteilt, die sich nicht so leicht lösen lassen. Die kniffligen Sachen.

Er lässt sich aufs Sofa fallen und schlürft sein Bier aus

der Flasche, dabei zappt er zwei-, dreimal weiter, aber um diese Uhrzeit kommt sowieso nicht mehr viel: Musik-, Sport- und Tiersendungen, Übertragungen von Festnahmen oder alte Serien in durcheinandergewürfelten Folgen. Das Nachtprogramm ist wie dieser Winkel der Stadt: eine Art Ruine, durch die unnütze Gespenster spuken. Er stellt den Ton ab. Legt seinen Schlapphut neben sich aufs Kissen und schaut ihn an, als wäre er ein Haustier, so vertraut, dass er nicht einmal das Bedürfnis hätte, mit ihm zu sprechen, eine Katze vielleicht.

Beim ersten Bier treibt seine Aufmerksamkeit durch den Raum, sein Blick schweift aus halb geschlossenen Augen über die Dinge, die Headlines der Zeitungen auf dem Couchtisch, den Nippes die Bücher die Reproduktionen an der Wand die Tassen, die er in die Küche tragen und abwaschen müsste, die Papiere die Akten die Fotos auf dem Schreibtisch, die sich um seinen alten Computer stapeln, die Rechnungen neben den Zeitungen, die er sortieren und bis zum Fünfzehnten des Monats bezahlen müsste, die Flaschen mit Bourbon Wodka Gin Wermut in der offenen Kommode, eine richtige Cocktailbar, die da verstaubt, Jacke Mantel Regenmantel am Garderobenständer neben der Tür, das Hemd von gestern auf der Stuhllehne, das er zur Schmutzwäsche in den immer schon fast vollen Korb im Bad werfen müsste; beim ersten Bier erkundet er sozusagen das Terrain, ohne etwas zu überstürzen, und verordnet sich im Voraus ein wenig Ruhe, weil ihn das alles schon jetzt ermüdet.

Aber weil er aufstehen muss, um sich das zweite zu holen, und das ja eine Art Bewegung ist, kommt er wieder in die Gänge. Das zweite Bier ist die Gelegenheit, stehen zu bleiben und ein bisschen aufzuräumen. Beim dritten zieht er endlich das Holster aus dem Gürtel und legt es in die vorschriftsgemäß versperrbare Schublade. Dann nimmt er auch die Krawatte ab, knöpft sich den Kragen auf und setzt sich an den Schreibtisch. Er denkt daran, sich eine Zigarette anzuzünden, aber er hat ja mit dem Rauchen aufgehört, also beginnt er die Akten zu studieren. Er rekapituliert, wie weit er mit seinen Ermittlungen vorangekommen ist, es fehlte nicht viel, und man könnte ihn denken hören.

Seit drei Wochen laufen die Ermittlungen. Die Dinge scheinen sich zu beschleunigen. Jeden Tag entdecke ich neue Fälle, sagt er zu sich selbst. Ich weiß ja nicht, wie sie normalerweise mit den Sachen umgehen im Precinct 13, aber in den letzten Monaten haben sich die Akten im 13. Polizeirevier nur angesammelt, ohne dass was damit passiert ist, und so ist anscheinend keinem aufgefallen, dass immer wieder welche verschwinden. Lauter Jugendliche. Opfer, Verdächtige, Familien, Zeugen – in fast allen Fällen gibt es einen Jugendlichen, der im Lauf der Ermittlungen verschwindet. Wenn ich mal davon ausgehe, dass ich nur die Fälle zu Gesicht kriege, wo es eine Anklage oder einen Steckbrief gab, dann befürchte ich, dass dieses Phänomen ein ganz schönes Ausmaß erreicht hat. Wir sprechen vielleicht von Dutzenden oder Hunderten Kindern, die in den letzten paar Monaten verschüttgegangen sind. Verschwunden. Auf und davon. Ich habe heute einen Kollegen gebeten, mir zu helfen, Daten aus anderen Stadtvierteln zusammenzutragen, aber er hat mich ausgelacht. Als hätten wir nicht schon genug Probleme mit denen, die da sind, und jetzt willst du dich auch noch um die kümmern, die abgehauen sind? Das hat er zu mir gesagt, und ich weiß, dass die anderen das Gleiche denken. Verschwinden ist kein Verbrechen. Kein Schwein interessiert sich für die Akten vom Precinct 13. Deswegen haben sie die ja am Ende mir angehängt. Da, Brown, hast was zu lesen! Arschlöcher. Aber ich bin inzwischen davon überzeugt, dass die nicht einfach woanders hin sind im County oder im Bundesstaat. Warum, weiß ich auch nicht. Keine Ahnung, welche Verbindung es zwischen all diesen Kindern gibt, aber das kann kein Zufall mehr sein. Ich weiß, dass sie verschwinden. Manchmal stoße ich auf eine Familie, in der ein Kind fehlt, und sie sagen nur, dass es sich rumtreibt und sie von nichts wissen, weil sie nicht mit der Polizei reden wollen. Als hätten sie alle was zu verbergen.

Brown grübelt, er läuft auf und ab. Er murmelt leise vor sich hin: Letztes Wochenende haben sie in der Teufelsnacht wieder vierhundert Häuser abgefackelt, den Journalisten haben wir gesagt, zweihundert. Aber wo sind die ganzen Leute, deren Häuser abbrennen? Wohin verschwinden die, die keine Arbeit und kein Geld mehr haben? Das ist doch keine Lösung, wenn man immer nur sagt, die sind weggezogen. Die sind nicht einfach weggezogen, die sind vom Radar verschwunden, und das ist nicht dasselbe. Und die Kinder? Die arbeiten nicht und fahren nicht Auto! Wo sollen die denn hin? Herrgott, man könnte meinen, die Welt spielt verrückt. Eine ganze Stadt löst sich in Luft auf, mitsamt dem Rathaus. Ermittlungen und Rücktritte folgen einander Schlag auf Schlag, und es sieht ganz danach aus, als ob sogar das FBI an der Sache dran ist. Da geht's um Unterschlagungen des Bürgermeisters, um Bestechung und korrupte Bullen. Und um den Dealer Max Roberts, den Freund von dem Callgirl, durch das der Skandal ins Rollen kam. Der Typ ist gewieft, er muss irgendwo untergetaucht sein, genug Kohle hat er ja dafür. Und ich werde das Gefühl nicht los, dass das alles irgendwie zusammenhängt. Auch die Kinder müssen sich ja irgendwo verstecken. Und Geld brauchen sie auch.

Im Fernsehen reden sie nur noch von der Bankenkrise. Zwischen den Dingen, die passieren, gibt es immer irgendwelche mysteriösen Verbindungen. Zusammenhänge. Motive, wie in einem Buch. Ein Grundschema. Ich fang jetzt mal an, genug statistische Daten auf meinem Schreibtisch zusammenzutragen, dass man mich ermitteln lässt, auch wenn alle davon überzeugt sind, dass es nichts bringt. Das macht nichts. Es wird nur mehr Zeit kosten.

Brown runzelt die Stirn. Alle Akten auf seinem Schreibtisch stecken in Mappen der Detroiter Polizei. Außerdem stehen noch zwei volle Kisten unterm Fenster. Normalerweise hätte er sie natürlich nicht mit nach Hause nehmen dürfen, aber als er im Precinct 13 ankam, war es verlassen, der Aktenschrank umgekippt, die Papiere lagen auf dem Boden herum, Wände und Schreibtische waren mit spöttischen oder beleidigenden Graffiti beschmiert. Das 13. Polizeirevier mit seiner Abteilung für Jugendkriminalität hatte wegen Budgetkürzungen der Stadt den Sommer über schließen müssen. Die Amtssiegel an der Tür hatten die Metallsammler und andere Aasgeier offenbar nicht abschrecken können. Die Hälfte der Akten war auf dem Boden verstreut, die Fotos der Kinder, die Aussagen, die Adressen. Jeder x-Beliebige hätte sie mitnehmen können.

Es sind Hunderte Akten. Hunderte Kinder, weil es immer die Kinder sind, die es als Erste ausbaden müssen, wenn alles den Bach runtergeht. Und Lieutenant Brown kommt mit seinen Ermittlungen nicht weiter. Es ist wie verhext. Als ob ein Flötenspieler die Hälfte der Einwohner in den See gelockt hätte.

Ein viertes Bier wird es nicht geben. Alkohol hat schon lange keine Wirkung mehr auf seine Schlaflosigkeit. Stattdessen füllt er die Espressokanne mit Wasser aus singenden Rohren. Die Nächte sind lang in Copper Canyon.

DIE CHINESISCHE *ZWISCHENWELT*

Die Geschichte des dreizehnten Büros begann ungefähr zur selben Zeit wie die Krise und die ständigen Skandale, die die Stadt und die Automobilgiganten erschütterten, obwohl zwischen den jeweiligen Ereignissen kein offensichtlicher, unmittelbarer Zusammenhang bestand.

Im Jargon des Industrial Engineering, das Eugènes Spezialgebiet war, könnte man das Ganze schlicht so formulieren: Ist das Design eines Systems zugleich komplex und stark korreliert, ist es unmöglich, seine Entwicklung vorauszusagen. Ab der zweiten Funktionsstörung ist nicht mehr vorherzusehen, wo die dritte auftreten wird, in einem exponentiell zunehmenden Rhythmus folgt eine Panne der anderen, und das Ganze gerät außer Kontrolle. Das ist zum Beispiel in Atomkraftwerken der Fall. Oder an der Wall Street.

Eugène war am Ende des Sommers in die USA gekommen, in der ersten Septemberhälfte. Zwei Wochen später meldete die Investmentbank Lehman Brothers Konkurs an. Noch drei Tage später musste der Bürgermeister von Detroit, Kwame »Hip-Hop« Kilpatrick, den die Finanzwelt davor für seine gewieften Konstruktionen belohnt hatte, wegen der Häufung der ihm zur Last gelegten Rechtssachen – bis zu achtunddreißig Anklagen wegen Korruption, Betrugs und diverser Erpressungen – zurücktreten. Zweite Verwerfung. In Detroit heulte die Maschine auf.

Die Dinge gerieten außer Rand und Band.

Aber das wurde den wenigsten klar, weil Systemkrisen ihrem Wesen nach unvorhersehbar sind. Die Hellsichtigsten begnügten sich damit, das Schlimmste zu erwarten, aber das Schlimmste übertrifft stets unsere Erwartungen.

Eugène war das, was man im Firmenjargon J3K nannte: ein »junger Kader mit kurzer Karriere«. Ein Ingenieur mit gerade genug Erfahrung, um Verantwortung zu übernehmen, aber zu wenig, um in der überlaufenen Hierarchie nach oben klettern zu können. Anders gesagt: reif für eine Reise, von der er als Sieger zurückkehren würde – einen modernen Feldzug. Mit der versprochenen »kurzen Karriere« war also eine schnelle gemeint. Wenn man durchhielt natürlich, denn wie bei jedem Feldzug gab es auch Verluste.

In der Automobilbranche sind die Zielländer in der Regel Brasilien und China. Das erste ist weitaus gefragter als das zweite. Tatsächlich ist das Leben in Brasilien anscheinend so angenehm, dass die Firma bei den dorthin delegierten verheirateten Kadern eine Scheidungsrate von zwei zu drei registrieren musste. Eugène war zurückhaltend und gewissenhaft, er war eher für China prädestiniert. Aber er hatte kein großes Talent für solche Reisen.

Dreimal hintereinander wurde er für kürzere Aufenthalte nach China geschickt, um »das Terrain zu sondieren«, in einer Stadt mit mehreren Millionen Einwohnern, deren Namen er sich nie merken konnte, weil sie in Europa völlig unbekannt war. Und tatsächlich hatte es sie vor zehn Jahren noch gar nicht gegeben. Vielleicht war dort ja einmal ein Weiler, wer weiß ... Dort, in diesem von Bergen eingekesselten Tal, wo Menschen seit Jahrhunderten Reis anbauten, bevor man hinter den friedvollen Hängen dieser unwandelbaren Landschaft Bodenschätze entdeckte, Eisen, Kohle, was auch immer. Dann erblühten Bergbau und Metallindustrie, Vorstädte entstanden. Die Bewohner wurden in die benachbarten Täler umgesiedelt und, weil das nicht reichte, in noch weiter entfernte. Aus Reisfeldern und Sümpfen wuchsen Betonblocks. Die Stadt, die mit dem Weiler von einst nichts mehr zu tun hatte, bekam einen neuen Namen. Die Fabriken hatten sich vervielfacht. Bald verschluckte ein gelblicher Nebel Bergspitzen und entlegenere Viertel. Als ob dieses Tal in einer Zwischenwelt aus Verschmutzung und Elend versunken wäre.

Während seiner Aufenthalte wurde Eugène wie alle anderen Kader in einer privaten, von der Firma errichteten Enklave untergebracht. Dabei handelte es sich um eine Art geschlossenes Dorf aus lauter vollkommen gleich aussehenden einstöckigen Häuschen irgendwo in der Vorstadt, die auf lauter gleichen Rasenquadraten an schnurgeraden Straßen standen. Trotzdem fuhr nie jemand in die Stadt, weil es ja eigentlich auch keine richtige Stadt war: kein Zentrum, kein Denkmal, keine Geschichte. In der Mitte der Siedlung befanden sich ein Supermarkt voller Importprodukte und eine Grundschule. Der ganze Komplex nannte sich »Life Unit«. Diesen Begriff hatte die Firma erfunden, aber ohne den kleinsten Funken Humor, ohne ironischen Science-Fiction-Verweis, besser gesagt, ein Büro, das dort nie hinziehen würde, mit Angestellten, die es bestimmt abscheulich fänden, am anderen Ende der Welt in einer »Lebenseinheit« am Rand einer Fabrikstadt zu wohnen – dafür hatte man ja Leute wie Eugène.

Nicht weit vom »Life Unit« entfernt stand das »Production Unit«, wie die Fabrik hieß, die Eugène zwei Jahre lang leiten sollte, sechs Tage pro Woche, elf Stunden pro Tag. Er hatte ein gutes Gehalt plus massenhaft Boni in Aussicht, kaum Steuern und das stillschweigende Versprechen, dass das Fegefeuer der chinesischen Zwischenwelt, wenn alles gutginge, seine Karriere beschleunigen würde, indem es ihm durch eine Art Geheimtunnel in die Hierarchie verhalf.

Aber es ging natürlich schief, sonst wäre Eugène am Ende ja nicht in Detroit gelandet.

Zuerst war da die Dolmetscherin. Ohne sie konnte Eugène keinen Schritt machen. Sie rief ihn morgens um sechs an, was wahrscheinlich eine implizite Lektion über »das Frühaufsteherland China« beinhaltete – die neueste politische Parole des Regimes –, und wenn er eine Stunde später aus dem kleinen Fertighaus trat, in dem er untergebracht war, stand sie vor der Tür, als hätte sie sich seit dem Vorabend nicht von dort weggerührt. Dieses autoritäre Benehmen störte ihn extrem, genauso wie seine totale Abhängigkeit von ihr bei jeder noch so lächerlichen Interaktion mit seinen künftigen Partnern. Er sprach kein Wort Chinesisch und hatte ständig das Gefühl, dass sie seine Worte verdrehte. Manchmal wuchs sich eine schlichte Frage zu einer fünfminütigen Ansprache aus, manchmal war es umgekehrt, dann fasste sie seine technischen Erläuterungen zu einem industriellen Prozess oder einer Organisationsmethode in einem Satz zusammen.

Das galt übrigens für beide Richtungen. Als sich in einem dieser endlosen Meetings einer seiner Gesprächspartner einmal furchtbar aufregte, um sich dem künftigen Direktor als starker Mann zu empfehlen – er schimpfte und schrie, bis er krebsrot anlief, grimassierte und gestikulierte wie ein Schauspieler der Stummfilmzeit –, beugte sie sich zu Eugène und sagte: »Er ist verärgert.«

»Das sehe ich. Was ist denn los?«

»Nichts. Das Problem ist gelöst. Er regt sich nur auf, weil er zeigen will, dass er ein guter Chef ist und den Fehler mit der gebotenen Strenge behandelt hat.«

»Und das ist alles?«

»Das ist alles.«

Nach seiner zweiten Erkundungsreise war Eugène überzeugt, dass er nie etwas verstehen würde und man ihn bewusst im Unklaren ließ. Bestimmt hatte die Dolmetscherin entsprechende Anweisungen erhalten. Wahrscheinlich würde sich alles quasi ohne sein Zutun abspielen, er müsste sich zwei Jahre lang sinnlos abstrampeln, um die Stellung zu halten, weil das Joint Venture auf dem Papier vorsah, dass der Geschäftsführer Europäer war, tatsächlich aber wäre es für ihn unmöglich, sich Gehör zu verschaffen.

Geisterdirektor in der chinesischen Zwischenwelt.

Schlimmer noch, am Ende hatte er sogar das Gefühl, dass er ausspioniert wurde. Allerdings sah Nummer zwei – der nur insofern Nummer zwei war, als die Vereinbarung ausdrücklich vorschrieb, Nummer eins müsse ein Europäer sein – genauso aus, wie man sich einen Parteikader vorstellt. So hatte Eugène abends zu Hause angerufen, sich beklagt, von seinem monotonen Arbeitstag berichtet und der hässlichen Stadt, durch die er trotzdem eine kleine Besichtigungstour mit dem Auto unternommen habe, und am nächsten Morgen im Büro sagte Nummer zwei zu ihm, statt ihm einen guten Morgen zu wünschen: Ich hoffe, Sie haben nicht allzu großes Heimweh. Es gibt hier wirklich nicht viel zu sehen, man verliert nur seine Zeit, wenn man in der Stadt herumfährt, aber Sie werden ja bald die Gelegenheit haben, nach Peking zu kommen. Dann bedachte er die Dolmetscherin mit einem hintersinnigen Lächeln und machte auf dem Absatz kehrt, bevor sie mit dem Übersetzen fertig war. Wie vor den Kopf geschlagen stand Eugène vor ihr.

Zurück in Paris, befragte er seinen Chef, seinen N+1. Die Firma benutzte diesen mathematischen Jargon, um ihren Mitarbeitern das beruhigende Gefühl zu vermitteln, die Hierarchie wäre nur eine arithmetische Reihe mit der Differenz 1, sodass man automatisch weiterkam. Außerdem schwang darin natürlich mit, dass jeder nur eine Nummer war.

N+1 nahm die Sache locker. »Ach, wissen Sie, Eugène, vor allem ist das doch eine großartige Chance für Ihre Karriere, und Chinesen sind eben Chinesen, daran werden Sie sich schon gewöhnen, klar sind das Kommunisten, es wäre also nicht verwunderlich, wenn Ihr Mann ein Parteikader wäre, na und? Ausspionieren ist ein großes Wort, Eugène, Sie haben doch nichts zu verbergen, oder? Ihr Privatleben, schön, aber Ihr Privatleben wird die bald nicht mehr interessieren, Eugène, warten Sie ab, schon bald wird man Sie vollkommen in Frieden lassen, solange Sie sich aus der Politik raushalten, Politik ist das Einzige, womit man ihnen auf die Nerven gehen kann, schließlich sind sie ja immer noch Kommunisten, nicht wahr, aber ich kenne Sie, Eugène, Sie sind kein Agitator, ich prophezeie Ihnen eine königliche Ruhe, und es ist wirklich eine großartige Chance.«

N+1 ging das Ganze am Arsch vorbei. Er würde die Zwischenwelt der chinesischen Industrie nie betreten.

Scheiß drauf, sagte Eugène.

Das führte zu einer Explosion.

Eine Beförderung kann man nicht ablehnen, das macht man nicht. Das ist etwas für Loser. Jemand hat an einen geglaubt, jemand hat einen empfohlen. Dieser Jemand würde zwar niemals selber dorthin gehen, aber er findet, dass er sich für dich, für dein Glück ins Zeug gelegt hat. Eugène ging durchs Fegefeuer, womöglich auch durch eine leicht depressive Phase – das gibt es in Europa häufiger.

Und dann kam die Kooperation in Detroit. Auch wenn sein Glaube an die Firma da schon etwas nachgelassen hatte, sah er darin doch eine Gelegenheit, insgesamt etwas gutmachen zu können. Schlechtes Gewissen – weil man etwas falsch gemacht hat – ist ein fast ebenso starker Antrieb wie Ehrgeiz – weil man es besser machen will. Die Firma verstand etwas von Psychologie.

GEORGIA

Du bist alles, was ich noch habe, Charlie.

Weißt du, als deine Mutter weg ist, hab ich sie im Traum gesehen. Am Fluss. Nicht in Black Bottom, diesem Elendsviertel mit den schlammigen oder staubigen Wegen und den schäbigen Häuschen dicht an dicht und dem ekelhaften Gestank und diesen verfluchten Flattermännern, weißt du, Charlie, den Eintagsfliegen, die in klebrigen Wolken angeflogen kommen, um auf den Wegen und Straßen zu krepieren, und kaum setzt du den Fuß nach draußen, zertrittst du gleich Millionen, nein, es war weiter weg, jedenfalls nicht in der Stadt. Ich hab sie im Traum gesehen, deine Mutter, in der Nacht, in der sie weg ist, am Fluss hab ich sie gesehen, und es war nicht in der Stadt, sondern irgendwo im Norden, wo der Fluss im großen See entspringt. Ich weiß nicht, was das bedeutet, Charlie. Für so was bin ich nicht schlau genug. Aber ich weiß, was ich gesehen habe. Ich war dort, keine Ahnung, was ich dort wollte. Ich bin dort herumspaziert. Es gab eine Art Strand, und es war Sommer, trotzdem hat niemand dort gebadet, ich war ganz allein. Der See war wirklich fantastisch, du hast gar nicht gesehen, wo er aufhört, kannst du dir das vorstellen, der war so groß, dass man fast geglaubt hast, er ist gar kein See, sondern das Meer.

Dort, wo ich war, gab es große Kiefern am Strand, die sicher sehr alt waren, viel älter, als ich jetzt bin, älter, als wir jemals werden. Und viel größer waren sie als die vielen Bäume hinter ihnen, die dort einen undurchdringlichen, dunklen Wald gebildet haben. Kerzengrade haben sie dagestanden, die Kiefern am Strand, majestätisch mit ihren riesigen Ästen. Wie Wachen. Dahinter, Richtung Norden, wahrscheinlich lauter dunkle Bäume bis zum ewigen Eis, wie eine still stehende Armee.

Ich wollte zu den Kiefern hin. Vielleicht, weil sich dort was bewegt hat. Ein Tier, hab ich gedacht und wollte hin, nachschauen. Also bin ich den Strand entlang Richtung See gegangen. Und da hab ich sie gesehen. Ich hab deine Mutter gesehen, so wie ich dich jetzt sehe, Charlie. Ich kann dir nicht sagen, wie sie dort aufgetaucht ist. Weißt du, das Wasser hat so geglitzert und geblendet, wie wenn in dem weiten Sommerhimmel leuchtende weiße Wolken mit ausgefransten Rändern schwimmen und der Horizont nur so ein schimmernder Dunst ist. Fast hab ich den Schatten der großen Kiefern erreicht, da steht sie auf einmal da, neben mir. Und es war irgendwie ganz normal, ich war nicht einmal überrascht. Auch nicht erschrocken, dass sie auf einmal da steht, und auch nicht sauer. In einem normalen Traum wär ich bestimmt sauer gewesen, aber das war kein normaler Traum, das war ein Wunder, Charlie, weißt du, ein richtiges Wunder, hab ich zu mir gesagt.

So schön war sie, deine Mutter, aber das hat nichts mit dem See und dem allen zu tun, sie war halt eine sehr schöne Frau. Und gerade mal dreißig. Sie hat so einen

Lebenshunger in sich gehabt, verstehst du, aber du warst noch ein Baby und sie hat hier bei mir gewohnt, bei ihrer Mutter! Ich glaube, sie hat schon irgendwann zurückkommen wollen, aber dann ist irgendwas schiefgegangen. Du darfst ihr das nicht vorwerfen, Charlie.

In meinem Traum war sie ganz schlicht angezogen, das Kleid hab ich noch nie an ihr gesehen. Ein Kleid mit einer Art Schleier drüber. Ich glaube, sie war barfuß. Sie geht ein paar Schritte mit mir durch den Sand, dann bleibt sie stehen und dreht sich zu mir um. Ich habe gar nichts sagen können. Nicht einmal weinen. Da steht sie vor mir und lächelt mich an. Du hast dasselbe Lächeln wie deine Mutter, Charlie, und das ist auch ein Wunder, glaub ich.

Und wie sie da steht, hebt sie mit der Hand den Schleier über dem Kleid hoch und zeigt es mir, den Arm abgewinkelt vor ihrer Brust, oh mein Gott, wenn ich es dir erzähle, läuft mir schon wieder ein Schauer den Rücken hinunter, Charlie, in der Armbeuge liegt ein winziges Baby, in ein Tuch gehüllt und mit einem Mützchen auf dem Kopf wie auf der Entbindungsstation, ein Säugling. Und das warst du, Charlie. Und deine Mutter hat dich mir anvertraut. Sie nimmt das Baby in beide Hände und hält es mir hin, und ich kann gar nicht anders, als es in den Arm nehmen. Dann war sie weg. Ach, Charlie, ich hab keine Ahnung, was Träume bedeuten, aber ich weiß, was ich gesehen habe, und das war kein Traum, das war ein Wunder.

Sie hat dich mir anvertraut und ist dann gegangen. Am nächsten Morgen warst nur noch du hier bei mir, in ihrem Zimmer. Ein winziges Baby. Und sie war weiß Gott wo.

Ich habe lange auf sie gewartet, bis ich begriffen habe, dass sie nicht wiederkommt. Und ich nur noch dich habe.

Ach Charlie, ich flehe dich an, mach nicht dieselben Fehler wie deine Mutter! Aber du bist ja auch keine Frau, sondern ein Junge, und du bist gut in der Schule.

Ich will dir eine Geschichte erzählen.

Mein Vater ist aus dem Süden gekommen. Dort war ich nie. Das ist wie ein anderes Land, und es war eine andere Zeit. Auch damals, vor dem Krieg, war im Süden ein anderes Land und eine andere Zeit. Wir waren arm. Also mein Vater war es – ich bin erst später hier geboren. Er hat nicht viel darüber geredet, über den Süden, er war jung und hat als Erntehelfer bei irgendwelchen Farmern gearbeitet, auf Obst-, Baumwoll- oder Tabakplantagen. Tabak ist am schlimmsten zu ernten, hat er gesagt, weil du mit den obersten Blättern anfängst, die am meisten Sonne abbekommen haben, und dann die Pflanzen immer wieder von oben nach unten durchgehen musst, tagelang, über Wochen. Und dann am Ende, wenn du ganz müde und total zerschlagen bist, kommt das Härteste, dann musst du dich ganz klein zusammenfalten, um an die untersten Blätter zu kommen, die dann genug Zeit zum Reifen hatten. Er war ständig unterwegs. Mein Vater ist vom einen Hof zum nächsten gezogen, im Winter hat es kaum Arbeit gegeben, höchstens mal was zu reparieren oder Zäune bauen, er hat fast nichts verdient. Manchmal ist er mit den anderen Saisonarbeitern in einer Scheune untergekommen, sie haben Suppe und Brot gekriegt und ein paar Dollar die Woche, die du dir bis zum letzten Cent aufsparen musstest für die Tage ganz ohne Arbeit. Manchmal hat er sich mit einem oder zweien angefreundet, und sie sind ein Stück Weg gemeinsam gegangen, aber das hat nie sehr lang gedauert.

Außer dem Ernten hat es kaum Arbeit gegeben. Wenn sie irgendwo hingekommen sind, hat man ihnen für ein paar Tage die Scheune als Nachtlager überlassen, ihnen ein paar Sachen zum Reparieren gegeben und dann gesagt, dass kein Geld mehr da ist und keine Arbeit und sie weiterziehen müssen. Damals gab es auch eine Krise, die Große Depression. Mein Vater hat nicht viel erzählt. Nur dass es kein Leben war, als er jung war.

Dann kam er hierher wie viele andere, um in der Fabrik eine feste Arbeit zu finden. Hier hat er auch meine Mutter kennengelernt und sich endlich ein eigenes Haus leisten können. Und sogar ein Auto – dabei hatte er das halbe Land zu Fuß durchquert. Wir können uns das heute gar nicht mehr vorstellen, Charlie, diese Zeit nach dem Krieg, wo ich noch klein war und hier groß geworden bin.

Vielleicht war es das Paradies.

Dein Großvater und ich sind so aufgewachsen. Ich weiß nicht, was für ein Apfel es war und wer als Erster reinbeißen wollte. Wer auf einmal ein größeres Auto haben wollte, wer es plötzlich nicht mehr aushielt, die gleiche Luft wie die anderen zu atmen. Dabei ist es uns damals so gutgegangen, wenn man es von heute aus sieht.

Ist das Paradies immer das, was man verloren hat?

Ach Charlie, ich sehe ja, dass deine Welt nicht mehr dieselbe ist. Sie war auch schon anders, als deine Mutter ... da war sie auch schon ganz anders.

Ich weiß genau, dass du nicht schläfst, Charlie. Du

kannst aber gern weiter so tun, als ob, wenn du willst, es stört mich nicht, ich erzähle dir die Geschichte trotzdem. Als die Unruhen losgingen, haben wir es im Radio gehört. Das Haus hatten wir ein Jahr zuvor gekauft, als deine Mutter auf die Welt kam. Als dein Großvater zur Arbeit ging, sind die Busse noch gefahren. Es war sehr früh am Morgen, und auf der 12th Street ist die Lage außer Kontrolle geraten, in den Nachrichten haben sie was von einem Aufstand im Viertel gesagt und dass sich nachts eine Menge Leute angesammelt haben, nachdem die Polizei eine Bar gestürmt hat, und dann ist das Ganze aus dem Ruder gelaufen, weil die Jungen angefangen haben, Schaufenster einzuwerfen und Läden anzuzünden. Sie haben es nicht geschafft, die Ordnung wiederherzustellen. Tagsüber hat man dann Rauch gesehen und Schüsse gehört. Es war sehr heiß. Alle waren auf der Straße, und lauter Gerüchte sind umgegangen.

Angeblich hatte es Tote gegeben, und die Polizei hatte das Feuer eröffnet. Angeblich hatten die Leute einen Polizisten umgebracht, und auf der 12th Street sah es aus wie in Vietnam. Angeblich war eine Frau in ihrem Laden verbrannt. Angeblich hatte sich das Ganze ausgeweitet und auf die Innenstadt übergegriffen, und wirklich war am Nachmittag alles voller Rauch, dass man die Sonne nicht mehr sehen konnte. Luftlinienmäßig war das alles nicht so weit weg, weißt du. Angeblich war die Polizei total überfordert und hatte die Nationalgarde des Bundesstaates Michigan angefordert. Das waren keine erfahrenen Bullen, sondern irgendwelche Reservisten, denen sie ein Gewehr in die Hand drücken, und dann schießen sie in die Menge. Die Leute haben gesagt, jetzt ist Bürgerkrieg. Auf den Straßen waren keine Autos mehr unterwegs, und eine Nachbarin hat gehört, dass auch keine Busse mehr fahren, weil sie Weisung bekommen haben, die Stadt zu meiden. Die Arbeiter sollten sehen, wie sie nach Hause kommen, sie mussten sich auf die Ladeflächen von Pick-ups quetschen und in die Autos derer, die welche hatten. Das ist mir hinterher erzählt worden, von deinem Großvater hatte ich nichts gehört.

Ich glaube, sie haben ihn mit ein paar anderen aussteigen lassen, als es nicht mehr weitergegangen ist. Er hat versucht, nach Hause zu kommen, zu uns, verstehst du, aber er war zu Fuß und hatte keine Ahnung, was eigentlich los war. Er war zur falschen Zeit am falschen Ort, in der Menge erwischt. Man konnte nicht einmal feststellen, woher der Schuss gekommen war.

Zwei Freunde von ihm, die ich nicht kannte, Kollegen aus der Fabrik, haben ihn in der Nacht nach Hause gebracht. Sie haben gesagt, dass es ohne Auto unmöglich war, ihn ins Krankenhaus zu bringen, also haben sie ihn nach Hause getragen und hier ins Bett gelegt.

Deine Mutter war auch da, in deinem Zimmer, sie war noch ganz klein, und ausnahmsweise hat sie mal nicht geweint. Vielleicht hat sie sich schlafend gestellt, wie du heute. Dein Großvater ist gestorben, bevor der Rettungswagen da war.

Und da, in dem Moment, hat die Welt damit angefangen, sich zu verändern.

Ach Charlie, mein Kleiner, lass die Augen zu, es fällt mir leichter, dir das zu erzählen, wenn ich glauben kann, dass du schläfst. Ich sollte es dir sagen, aber ich weiß nicht, wer schuld war. Es war das Paradies und dann war da der Apfel, und ich weiß nicht, wer zuerst beschlossen hat hineinzubeißen. Irgendwann kam der Moment, glaub ich, wo wir uns von Gott abgewendet haben. Es muss so was gewesen sein, wie dass wir von einem größeren Auto geträumt haben oder von einem schöneren Haus und dass wir nicht die gleiche Luft wie alle anderen atmen wollten. Wir hatten Schuld. Nicht wir persönlich, aber es ist uns irgendwie passiert, und so ist es nun. Wir haben nicht mehr dieselbe Sprache gesprochen, und das heißt Krieg.

Was mir jetzt Angst macht, wenn ich dich so anschaue, Charlie, weil ich merke ja, dass du Dummheiten machst, ich hab dich heimkommen hören, weißt du, was mir also Angst macht, ist, dass du in einer Welt lebst, die eine ganz andere ist, als meine war, wo wir dran Schuld haben und du nichts dafür kannst, was mir Angst macht, ist, was Gott gesagt hat, als das Volk den Götzen gedient hat: »Bete sie nicht an. Denn ich, der Herr, dein Gott, bin ein eifernder Gott, der die Missetat der Väter heimsucht bis ins dritte und vierte Glied an den Kindern.«

Das ist nämlich mit deiner Mutter passiert.

Also pass auf dich auf, Charlie, versprich mir, dass du auf dich achtgibst, du darfst mir nicht verloren gehen.

Und jetzt schlaf.

DER INTEGRAL

Das Bewundernswerte an Taylors System, das die Firma pflegte, war dessen unendliche Perfektionierbarkeit. So wie bei einer sportlichen Leistung, die immer noch gesteigert werden kann, gab es stets ein Nachher. Der eben aufgestellte Rekord war nur der neue Score, den es zu schlagen galt. Das System generierte seine eigene Hoffnung wie eine Maschine, die ständig ein Paradies in Reichweite produziert. Eugène, der nur deshalb Ingenieur geworden war, weil er als Jugendlicher eine gewisse Begabung für Mathematik hatte erkennen lassen, tüftelte gern an der Anpassung von Variablen herum, was sich wegen der magischen Symmetrie der Gleichungen unfehlbar als Gewinn niederschlug. Ob es darum ging, die Arbeitsschritte in einem Prozess zu verringern, eine Stelle zu automatisieren oder den Produktionsrhythmus zu erhöhen – jede Anstrengung wurde belohnt. Der Spielraum des Fortschritts war eine Kurve ins Unendliche.

Die systematische Rationalisierung der Arbeit wird von der öffentlichen Meinung oft mit der wissenschaftlichen Zerlegung der Aufgaben im Taylorismus gleichgesetzt, die dessen erster historischer Avatar war. Tatsächlich wäre allein die Erfindung des Fließbands Grund genug, Taylor als Genie zu bezeichnen. Aber das war ja noch lange nicht alles. Die Gelehrten, die die Arbeit des Meisters fortführten, die Fords und Toyodas, machten aus Taylors Theorie ein halb autonomes Expertensystem, das sich quasi selbsttätig verbesserte. Heute sind es oft die Arbeiter selbst, die durch pfiffige Verbesserungen ihrer Werkzeuge zur Produktivitätssteigerung beitragen. Die Aufstellung von Ideenkästen, aber auch Kantinen, Fitnessräume und Kinderkrippen in den Bürogebäuden, Initiativen zur Freizeitgestaltung, die Theaterkarten oder Tickets für Sportveranstaltungen anbieten, Hobbyclubs, Bibliotheken, Marathons und All-inclusive-Urlaube bis zur Entwicklung der »Life Units«, deren chinesische Version Eugène so verabscheut hatte, weisen den Weg in eine Zukunft, in der sämtliche Aspekte des Lebens sich endlich versöhnt und harmonisch um die zentrale Säule der Arbeit gruppieren und ihre Möglichkeiten maximal entfalten können. Am Horizont dieser rationalen Vision ist alles Synergie. Das Leben besteht nicht nur aus Arbeit, aber das Taylor-System hat es geschafft, sämtliche Komponenten zu integrieren. Auf dem Papier war das grandios: »Das Glück am Ende der Straße!«

Nur wenige Variablen blieben übrig. Die »Zufälle des Lebens« waren nicht mehr als die Ypsilons in den Gleichungen des Personalmanagements, denn das System lief so reibungslos, dass niemand mehr unersetzlich war. Ob man das Büro wechselte, die Abteilung, den N+1 oder plötzlich ans andere Ende der Welt versetzt wurde – Eugène wurde dafür bezahlt, das zu wissen.

Obwohl manche in diesem letzten Punkt einen Ansatz zur Kritik des Taylorismus sahen, weil dadurch die Begabung des Einzelnen oder zumindest sein auf langjähriger Erfahrung beruhendes Know-how bedeutungslos wurde, ging es Eugène letztlich sehr gut damit. Auch wenn seine Selbstachtung darunter litt, war er im Innersten nicht davon überzeugt, ein herausragendes Talent zu besitzen, aber wie auch immer, er war jedenfalls heilfroh darüber, nicht unersetzbar zu sein. So hatten sie zum Beispiel schließlich jemand anderen nach China geschickt – umso besser, dachte er.

Der Taylorismus hat unser Leben durch dessen Rationalisierung deutlich vereinfacht. Das war eine Revolution. Besser gesagt, die wahre Internationale. Auf der ganzen Welt, im Osten wie im Westen, wurde der Arbeiter zum Menschen an sich.

Der Integral, das erste Projekt seiner Art, war so etwas wie das Ergebnis des Taylorismus.

Der Integral würde das vollkommene Auto sein. Das, was man Plattform nannte. Im Grunde wäre der Integral die ultimative Plattform.

Das Projekt befand sich natürlich seit Jahren in der Entwicklung, aber Eugène leitete das Team, das es zu Ende bringen sollte. Eine Plattform ist eine Fahrzeugstruktur, eine Art Matrix, die den gemeinsamen Nenner einer ganzen Reihe von Autos enthält. Sie muss sich in ein Dutzend verschiedener Modelle vom Coupé bis zum Pick-up abwandeln lassen und auf drei Kontinenten gleichzeitig für zig Länder produziert werden können, wo die Typen und Namen einen ganzen Haufen kultureller Spezifikationen durchlaufen. Das Leistungsverzeichnis und die Beschreibung dieser manchmal gegensätzlichen Optionen belegen den Speicherplatz von mehreren Computern. Eugènes Team sammelte alle technischen Parameter bezüglich Motor, Chassis, Fahrgastzelle und Karosserie. Alles war analysiert und kalkuliert, sämtliche Daten lagen vor, das Ergebnis einer immensen Arbeit der Firma. Blieb nur noch die Konstruktion. Das war der Job von Eugène und seinem Team.

Für die Entwicklung der Prototypen stellte die Firma die Logistik und bestehende Infrastruktur der seit Jahren ungenutzten Fabrik gleich gegenüber dem Büro, fast zu Füßen des Hochhauses, zur Verfügung. Es gab heftige Diskussionen um die Wiedereinstellungsbedingungen mit den Gewerkschaften, aber das war Patricks Part, und soweit Eugène das nach seinen seltenen Stippvisiten im Büro beurteilen konnte, hatte der seine gute Laune nicht verloren. Er redete immer über etwas anderes.

Der Prototyp sollte Anfang des Jahres herauskommen.

Natürlich ging das komplett in die Hose.

In der Erinnerung fällt es schwer, den Moment auszumachen, in dem die Firma sie abzuschreiben begann. Wahrscheinlich geschah das so nach und nach, seit Anfang Oktober. Womöglich hatte die Firma das Projekt auch nie ernsthaft unterstützt. Die Abstände zwischen den Telefonaten und Videokonferenzen wurden länger. Manche beschwerten sich, dass sie kaum mehr etwas von ihren Vorgesetzten in Europa hörten. Höchstens bekamen sie Mails mit der Aufforderung, die Verzögerungen im Produktionsvorlauf des Prototyps möglichst einzuholen, versehen mit neuen bunten Diagrammen, deren Zahlenkolonnen eine starke Tendenz nach unten hatten. Je mehr Eugène im Integral das entscheidende Projekt sah, das über die Zukunft der Firma entscheiden würde, desto augenfälliger wurde es, dass diese anderweitig in Schwierigkeiten steckte. Es kam sogar vor, dass der N+1 eines Länder-Teams ausgewechselt wurde, ohne dass man sie darüber informierte. Den Deutschen passierte das Ende September: In einer lakonischen E-Mail wurde ihnen der Name des neuen Chefs mitgeteilt, der gerade von einem anderen Standort in die Zentrale versetzt worden war und von dem sie noch nie gehört hatten. Den Nachrichten war zu entnehmen, dass die Firma fast auf der ganzen Welt von einer beispiellosen Krise heimgesucht wurde.

Mit dem Kälteeinbruch ging es los.

Alles fiel in eine Art Winterschlaf. Es gab die ersten Grippefälle und die ersten Krankschreibungen. Éric, einer von den Franzosen, die mit ihrer Familie hergekommen waren, erlebte zu Hause eine regelrechte Brechdurchfallepidemie. Technisch gesehen war Eugène Teamleiter, aber er war für niemanden der N+1, das heißt, er hatte keinerlei Einfluss auf Karrieren, Folgeposten oder Gehaltserhöhungen. Es wurde schwierig, Mitarbeiter zu motivieren, die sich allmählich von ihren Vorgesetzten im Stich gelassen fühlten. Die drei Deutschen vom Motorensektor wurden nervös. Unser vertrottelter N+1 weiß noch nicht mal, was sein Vorgänger gemacht hat, klagten sie, der ist doch nur aus politischen Gründen die Karriereleiter nach oben gefallen. Der kennt nicht einmal die Unterlagen. Der weiß überhaupt nicht, was wir hier tun.

Eugène wusste natürlich, dass die Deutschen nicht die Einzigen waren, die sich Fragen stellten. In Frankreich waren mehrere große Streiks angekündigt. Nach dem »Einfrieren der Gehälter« herrsche »sozialer Winter« – die Presse war nie um Schlagworte verlegen. Zum Glück hatte er keine Gewerkschafter in seinem Team.

Er rief alle zusammen und mahnte, dass Karriere und Arbeit zwei Paar Schuhe seien und sie hier eine Arbeit auszuführen hätten. Er rief ihnen ins Gedächtnis, dass der Integral ein Ausnahmeprojekt war, die Krönung einer jahrelangen Entwicklung, die die Autoproduktion in den nächsten Jahrzehnten vollkommen verändern würde. Er würdigte den Taylorismus mit ein paar lyrischen Glanzlichtern. Und wagte die Prophezeiung, dass sie am Vorabend einer zweiten oder dritten industriellen Revolution stünden. »*Keine Revolution ist die letzte, die Zahl der Revolutionen ist unendlich. Die letzte ist ein Ammenmärchen: Weil den Kindern die Unendlichkeit Angst macht und sie nachts ruhig schlafen sollen.*« Er fühlte sein Charisma wachsen wie Flügel. Dann lud er die ganze Truppe auf einen Drink ein.

Er nahm sie mit ins Dive In, wo sie sich alle an einen Tisch setzten und sich entspannten. Es war ihr erster gemeinsamer Freitagabend, und für diesen Augenblick kamen die Dinge wieder ins Lot. Die Firma, die davon nie erfahren sollte, wäre stolz auf ihn gewesen. Sie tranken und lachten miteinander, erzählten von zu Hause und fassten wieder Mut. Dann brachen sie der Reihe nach auf, um ins Bett zu gehen. Als Eugène schließlich allein am Tisch zurückblieb, ertappte er sich dabei, wie er zum Tresen hinsah. Ohne sich dessen bewusst zu sein, hatte er von fern die Kellnerin beobachtet und darauf gelauert, dass sie in ihr strahlendes rotes Lachen ausbrach.

So ist es, wenn man wo zu Hause ist, dachte er, man erkennt Leute, ohne sie richtig zu kennen.

Man ist deshalb nicht weniger allein, aber eben zu Hause.

Es gab auch schon erste Schneefälle Ende Oktober, Vorzeichen für einen harten Winter. Die Temperaturen fielen rasch unter null Grad, Anfang Dezember sollten es minus fünfzehn werden. Eugène kaufte sich bei Windsor, einem kanadischen Sportausstatter, der auf Expeditionen in die Subpolarregion und Bärenjagd spezialisiert war, einen Parka. Und legte ihn nicht mehr ab.

Das war der Stand nach ein paar Wochen im dreizehnten Büro, während der Absturz Detroits in vollem Gange war. Die Wirtschaftsmeldungen im Radio ähnelten dem Wetterbericht. Investmentbanken gingen pleite. In ihrem Gefolge stand offenbar eine ganze auf Anleihen basierende Ökonomie vor dem Zusammenbruch. Die Leute verloren ihre Arbeit, dann wurden ihr Haus und ihr Auto gepfändet. Niemand durchblickte, was da eigentlich vor sich ging. Die Boulevardpresse begann von einer Katastrophe zu sprechen, weil es eine war. Die Katastrophe gewann in der Stadt und im Umkreis der Firma an Boden, aber anfangs dachten sie, wie Eugène es nahegelegt hatte, dass ihre Arbeit davon nicht betroffen wäre.

Arbeit ist eine wirkungsvolle Ablenkung.

Die Computer machten es vor: Ohne Gefühlsaufwallungen ließen sie den ganzen Tag die Prozessoren glühen.

DIE SPINNT DOCH, MEINE MUTTER

Es muss einen Zeugen gegeben haben, auf jeden Fall. Nachts ist Detroit wie eine Wüste. Solange du unterwegs bist, begegnest du nie einem, du glaubst, da ist keiner, dann bleibst du stehen, und zehn Minuten später ist da wer, der scheinbar aus dem Nichts aufgetaucht und nähergekommen ist, ohne dass du ihn kommen gesehen hast. So ist Detroit bei Nacht. Das hat mit der Katastrophe zu tun. Irgendwelche Gestalten gehen an verlassenen Orten und auf unbeleuchteten Straßen spazieren, die meisten mit schlurfenden Schritten wie Zombies. Streunende Hunde schleichen mit hängendem Schwanz herum auf der Suche nach Futter, ihre Augen glitzern im Dunkel. Es muss einen Zeugen gegeben haben am Morgen nach dem Brand, als sie mit Asche in den Haaren und schuldbewussten Mienen nach Hause gingen, vielleicht hat sie jemand gesehen, wie sie die zwei leeren Benzinkanister, die sie dummerweise mitgenommen hatten, in den verwilderten Garten am Ende der Straße warfen. Neuigkeiten verbreiteten sich im Viertel schnell. Ein paar Tage später klopfte ein Nachbar an die Tür von Fat Bills Mutter.

Sie empfing ihn so, wie sie das bei allen Männern des Viertels machte: Sie ließ ihn abblitzen. Im Nachthemd, dessen vielschichtige Schleier den Blick auf ihren wogenden Busen freigaben wie Vorhänge in einer Peepshow-Kabine, stand sie auf ihrer Veranda und protestierte. Sie wollte nichts davon hören. Als ob ihre Jungs ihr nicht schon genug Sorgen machten, auch ohne dass sich da jemand einmischte. Der Nachbar konnte das übrigens sehr gut verstehen. Er sprach nicht davon, die Polizei zu rufen oder so was Ähnliches, außerdem wäre die Polizei sowieso nicht gekommen. Er habe nur Bescheid sagen wollen, so unter Eltern, sicherheitshalber, »weil man bei diesen Geschichten der Kinder ja doch nie weiß, wo das endet«. Als sie zu ihm sagte, er solle sich lieber um seine eigenen Angelegenheiten scheren, zuckte er nur mit den Schultern und ging wieder.

Fat Bill lümmelte auf dem Sofa vor dem Fernseher, er hatte alles gehört und lächelte noch, weil er dachte, er sei glimpflich davongekommen, da knallte seine Mutter die Haustür zu und schoss wie eine Furie ins Zimmer. Mit zwei großen Schritten war sie über ihm. Er hatte noch nicht zu lächeln aufgehört, als ihn die erste Ohrfeige traf.

Ihrem Gesicht nach zu urteilen war das nur die erste einer sehr langen Reihe.

Sie liebe Gott, schrie sie. Und bete jeden Tag zu ihm, dass ihr Junge kein Verbrecher oder Rumtreiber würde wie seine großen Brüder. Sie schlug auf ihn ein, dass ihr die Hände weh taten. Als er versuchte, sich zu schützen, hieb sie auf seine Arme, jetzt mit Fäusten, riss ihn an den Haaren, bis er in die Knie ging, und brachte ihn zu Boden, wo sie auf ihn eintrat, bis ihre Pantoffeln wegflogen. Sie habe Jesus immer geliebt und wisse nicht, was sie getan habe, um das zu verdienen, brüllte sie, sie sei wohl irgendwie verflucht und Fat Bill das Kreuz, das sie zu tragen habe. Dabei schlug sie immer weiter auf ihn ein. Du dreckiger kleiner Scheißer, ich habe dich genährt und großgezogen in der Liebe Gottes, und was krieg ich von dir dafür? Die Schande deiner Mutter bist du! Aber ich werde dir schon noch zeigen, dass ich eine anständige Frau bin! Während er sich auf dem Boden krümmte, verprügelte sie ihn mit allem, was ihr in die Hände fiel, warf ihm die Fernbedienung an den Kopf, die Rumflasche, aus der sie an diesem Abend schon einiges gebechert hatte, weil sie an Schlafstörungen litt, seit ihr Arschloch von Mann abgehauen war, woran bestimmt ihre Söhne Schuld hatten, schickte noch das Glas hinterher sowie eine seit Tagen herumstehende Kaffeetasse und am Ende den Aschenbecher, der ihm ein ordentliches Cut einbrachte. Sie trat auf ihn ein wie auf einen Sack und schwankte dabei so stark, dass sie nach hinten taumelte, wo sie voller Hass Schwung holte für den nächsten Tritt, der sich dumpf anhörte wie ein Sturz, und je mehr Fat Bill weinte und schrie vor Schmerz, desto wilder trat sie zu, bis sie sich mit den Füßen in der Tagesdecke verfing, die mit ihrem Sohn vom Sofa geplumpst war, und sich nur noch fangen konnte, indem sie sich auf die Couch fallen ließ, während er die kurze Ruhepause nutzte und es endlich wagte, ihr sein schon verschwollenes Gesicht mit den Augen voller Tränen und dem vor Angst verzerrten Mund zuzuwenden. Er bekam keine Luft mehr, sie schnaufte wie ein Ochse.

Ohne Vorwarnung, genauso schnell, wie sie den Wutanfall bekommen hatte, begann sie leise zu weinen und legte dabei den Kopf in die Hände.

Schau, in was für einen Zustand du deine arme Mutter bringst!, schluchzte sie. Er robbte rückwärts von ihr weg. Schwör mir, dass du so was nie wieder machst! Er zitterte noch vor Entsetzen. Alles tat ihm weh. Er schmeckte Blut im Mund. Um Jesu Liebe willen, komm jetzt her und sei lieb zu deiner Mama, damit ich dir vergebe. Einen Augenblick lang dachte er daran, zu ihr zu kommen und sie zu umarmen, sich an ihren riesigen Busen zu drücken und Zuflucht bei ihr zu suchen. Sie schaute ihn nicht an, sondern weinte laut schniefend in ihre Hände. Einen Augenblick lang dachte er daran, sie umzubringen.

»Dann bin ich weg, Charlie. Und ich geh nie wieder dahin zurück. Die spinnt doch, meine Mutter. Scheiße, verdammt, wir haben doch nichts Schlimmes gemacht. Es war nur ein verlassenes Haus. Was haben die alle für ein Problem damit?«

Fat Bill war übel zugerichtet. Die Unterlippe war nah am Mundwinkel aufgeplatzt und hing bizarr entstellt herunter, dass man dachte, er würde gleich zu sabbern anfangen wie ein Hund. Auf derselben Seite war sein Auge geschwollen. Noch nicht gelb und grün, nur blutunterlaufen und so groß wie ein Ei. Über der Schulter trug er seine College-Tasche, in die er hastig die Sachen gestopft hatte, die ihm am wichtigsten waren, wie den alten CD-Player, den er letzten Sommer bei einem Nachbarschaftsflohmarkt erstanden hatte, sein Kartenspiel – Bill behauptete immer, pokern zu können –, und vor allem sein Multifunktionsmesser, ein wahrer Werkzeugbund, dessen grüner Griff an die Green Berets erinnerte, ein Ding, mit dem man in den Bergen überleben könne, behauptete er, aber natürlich hatte keiner von den Jungs jemals in den Bergen gezeltet.

Sie waren bestürzt.

»Wenn du gehst, geh ich mit. Ich weiß vielleicht auch wohin.«

Das war von Strothers gekommen. Er zündete sich eine von den leicht verbogenen Zigaretten an, die er von den Halbstarken bekam, und zog zweimal, bevor er sie Fat Bill reichte. Eine Art Pakt.

Alle hatten zu reden aufgehört. Charlie kämpfte mit den Tränen. Als ob ihn alle verlassen wollten. Als ob das ganze Viertel sich aus dem Staub machte und er bald keine Bande mehr hätte, keine Freunde fürs Leben. Er fühlte sich zu jung, zu mager, zu klein. Er war sich böse, so böse, dass er es nicht schaffte, mit ihnen zu gehen, obwohl er wahnsinnige Lust hatte, es zu tun. Er dachte an seine Großmutter.

Er müsste einen Weg finden, sie zu verständigen, um sie zu beruhigen.

DAS LEBEN IST SCHÖN

Im Dive In regiert Candice allabendlich ihre Bar, und die Nacht gehört ihr. Ihr Lachen entspringt zwischen Rum-Cocktails und scharwenzelt über das Kupfer des Tresens wie ein Schwarm Regenbogenforellen im Bett eines goldenen Flusses. Ihr Lachen ist magisch. Eugène denkt, dass er unter den vielen Männern, die mehr oder weniger regelmäßig hierherkommen, um nach der Arbeit einen zu trinken, bestimmt nicht der Einzige ist, der sich zu einem zweiten oder dritten Glas verführen lässt oder zu einem vorletzten »for the road«, nur um einen Grund zu finden, ihr in die Augen zu schauen. Candice ist magisch.

Aber sie sieht sie eigentlich nicht.

Wenn sie wie jeden Abend gegen siebzehn Uhr in die Bar kommt, sind da immer weniger Leute. Irgendwann füllt sie sich langsam, so gegen elf, vor allem am Wochenende, aber das war früher anders, früher war es immer voll. Selbst hier, im Schutz des Souterrains, im ewigen Sommer des Dive In, ist der kalte Wind zu spüren, der durch die Stadt weht und einen harten Winter ankündigt, der das Lächeln einfriert und die Leute verweht. Alte Stammgäste fehlen auf einmal beim Appell. Das waren die Einzigen, die Candice zu ihr sagten, ihr manchmal Anekdoten aus ihrem Leben erzählten und ohne Hintergedanken einen Abend der Freude oder einen Abend der Trauer mit ihr teilten, als wären sie eine Familie und das Dive ihr Viertel, ihre Gemeinde. Candice sucht mit den Augen nach ihnen, wenn sie reinkommt, wenn sie Gläser spült oder Flaschen wegräumt, jedes Mal, wenn die Eingangstür aufgeht, schaut sie dorthin, und manchmal wischt sie nachts ganz abwesend über den Tresen, ihr Blick verliert sich im Raum, aber die bekannten Gesichter von früher werden immer weniger.

Die Leute verlieren ihre Arbeit und ziehen um, im besten Fall der Firma hinterher. Die Älteren sind meist in der Automobilindustrie, die Jüngeren in der Immobilienbranche. Dann trägt sie der kalte Wind mit sich fort. Das Auto und das Haus. Das ganze 20. Jahrhundert verweht in einem Windstoß. Candice versucht, sich an die Namen zu erinnern, Mike, Cindy, Russel, Tyron, der Gärtner, Jenny und Sam, das Pärchen vom Blumenladen, und der andere Mike. Mit dem anderen Mike war sie einmal abends aus, aber es hat nicht funktioniert. Trotzdem kam er wieder in die Bar. Letzte Woche hat er ihr sogar seine Verlobte vorgestellt. Eine Rothaarige aus Chicago, wo sie gemeinsam hinziehen wollten – viel Glück, hatte sie ihnen gewünscht und es auch ernst gemeint.

Candice war immer noch schön, aber sie ging nicht mehr ganz als jung durch. Das Leben hatte in ihrem Gesicht so etwas Müdes, Hageres hinterlassen, das Frauen prägt, die hart arbeiten und zu viel rauchen. Das verlieh ihr Klasse, im senkrechten Licht aus den Deckenlampen über der Bar sah man die hohlen Wangen, für die sich Schauspielerinnen früher die Backenzähne ziehen ließen,

Klasse und Charme, weil sie ja keine Schauspielerin war, sondern nur Kellnerin im Dive, und weil ihre leicht angespannten Gesichtszüge, die schmalen, aufrechten Schultern, der dunkle Vorhang, der über ihre Augen fiel, wenn sie sie schloss, und das etwas übertriebene Rot ihrer Lippen nicht Teil einer Rolle waren, sondern vom Schlafmangel kamen und ihrer Lebenslust, ihren harten Zeiten und ihren Hoffnungen, es hatte schon andere Winter gegeben, andere Frühlinge auch, es war ihr Leben.

Sie lachte.

Sie hatte sich freiwillig bereit erklärt, am Abend von Thanksgiving zu arbeiten, weil sie keine Familie in Detroit hatte.

»Eines Tages findest du jemand Nettes«, hatte ihr Chef Jack zu ihr gesagt. »Einen anständigen Kerl, wie in dem Film, den zu Weihnachten immer alle schauen, du weißt schon, wo der Kerl sich entscheidet, in der Stadt zu bleiben, und die anderen alle abhauen wegen der Krise.«

»Das Leben ist schön.«

»Yep, da hast du recht, das Leben ist schön.«

Candice beobachtet den Gastraum, der allmählich voller und lauter wird. Gesprächsfetzen, Gelächter, tanzende Pärchen. Die Trunkenheit steigt langsam an, sie ist von Musik überzogen wie ein Dessert. Candice fragt sich, welches von den Gesichtern, die sie noch kennt, das letzte sein wird, welcher Engel mit einem großen Herzen den Mut haben wird, bis zum Schluss zu bleiben, ihretwegen.

Sie hat nie an Weihnachtsmärchen geglaubt, aber sie tut so, als ob. Das muss man wohl.

Und sie lacht.

HUCKLEBERRY FINN

Charlie stopfte alles, von dem er glaubte, dass es besonders nützlich sei, um ein paar Tage Flucht und Abenteuer zu überleben, in seine Tasche. Huckleberry Finn hatte nur ein Klappmesser. Er plante dagegen, zwei Tafeln dunkle Schokolade mitzunehmen, wie sie seine Großmutter für die Cookies benutzte, und so viele Kaugummipäckchen, wie er in seinem Zimmer finden konnte, die roten mit dem Zimtgeschmack, dann seine Taschenlampe, das übriggebliebene Brot vom Vortag, seinen Glücksbringer-Baseball mit der Unterschrift von Cecil Fielder aus seinem Geburtsjahr, 1995, als Big Daddy einunddreißig Homeruns geschlagen hatte, er dachte sogar an eine Familienpackung Streichhölzer, nur auf ein Paar Turnschuhe zum Wechseln musste er verzichten, weil in seinem Rucksack nicht mehr genug Platz war. Mit einem zufriedenen Lächeln betrachtete er die Mathe- und Geschichtsbücher, die losen Blätter und die auf dem Fußboden verteilten Stifte. All das war eindeutig unbrauchbar.

Trotzdem packte er einen Stift und ein paar Blätter ein, er musste ja seiner Großmutter ein paar Zeilen schreiben, damit sie sich keine Sorgen machte – sie machte sich ja immer Sorgen. Und damit sie nicht die Polizei rief, das wäre nämlich das Allerschlimmste, hatte Strothers betont. Den ganzen Tag hatte Charlie darüber nachgedacht und im Kopf alle möglichen Sätze durchgespielt, die – so hatte Stro es formuliert – »reif und entschlossen« klingen sollten. Ihm war völlig klar, dass er ihr das nicht ins Gesicht sagen konnte.

Er vermied es, daran zu denken. Hängte sich die Stoppuhr um den Hals, die er in dem Jahr, als er auf die Junior High School kam, als ersten Preis bei einem Langstreckenlauf gewonnen hatte. Er benutzte sie als Armbanduhr und um alle möglichen Rekorde aufzustellen. Ständig stoppte er die Zeit für völlig nebensächliche Dinge: Anziehen: eine Minute dreiundvierzig Sekunden; auf allen vieren die Treppe hinunterlaufen: vier Sekunden und acht Zehntelsekunden; auf den Schulbus warten: Pünktlichkeitsrekord war sechsundzwanzig Sekunden von seiner Ankunft am Pfosten bis zum Halten des Busses; zu Fat Bill rennen und wieder zurück: vier Minuten zwölf Sekunden (mit Zwischenstopp an der Tür) – es war, als könnte man all diesen Dingen irgendwie Tiefe verleihen, wenn man ihnen eine Geschwindigkeit zuschreiben und ihre Lebensdauer messen konnte.

Manche Ereignisse waren auf geheimnisvolle Art und Weise miteinander verbunden. So läutete die Schulglocke exakt so lang, wie die Ampeln in der Stadt Gelb zeigten: drei Sekunden. Dafür brauchte der Wasserkocher nie genau die gleiche Zeit, um das Wasser zu erhitzen.

Er war schon ein bisschen spät dran und wollte gerade gehen, als ihm einfiel, dass er nicht ewig im T-Shirt herumlaufen konnte – er brauchte etwas Warmes für die Nacht. Er wühlte in seinem Schrank. Als er den Pulli aus dem Regal nahm, zögerte er. Um darin mit seiner Großmutter zu Hause zu sitzen, wenn keiner mehr rausging, weil es minus fünfzehn Grad hatte und die Straßen vom Schnee verstopft waren, war er sehr gut, aber vor seinen Freunden wollte er ihn nicht unbedingt tragen. Es war ein Wollpulli, wie man sie früher hatte, und riesig groß – er reichte ihm fast bis zu den Knien und warf an den Ärmeln Falten. Aber vor allem war er rosa, ein im Lauf der Zeit verblasstes Altrosa wie Klopapier, das zu lange in der Sonne gelegen hat, er konnte unmöglich mit einem zu großen rosa Pulli aufkreuzen, sowieso wäre er mit dem Ding niemals aus dem Haus gegangen, weil alle ihn deshalb verarscht hätten, er sah die Gesichter schon vor sich, die Bill und Stro machen würden – der Pulli war wirklich peinlich. Aber unglaublich warm. Er hatte ihn ganz automatisch herausgenommen. Den zog er schon seit Jahren immer an, wenn er im Winter nach Hause kam, und zwar von den ersten kalten Tagen an. Damit brachte er seine Großmutter zum Lachen, und er wusste, dass sie sich freute, wenn er ihn trug. Sie nannte ihn dann spöttisch ihr Häschen. Sie zog ihn damit auf, aber eigentlich war dieser Pulli wie der Beweis einer geheimen Komplizenschaft zwischen ihnen. Es war der Pullover seiner Mutter. Das einzige von ihren Kleidungsstücken, das Großmutter aufbewahrt hatte. Auf die Vorderseite war mit schwarzem Garn riesengroß »Harley Davidson Motorcycles« gestickt. Er musste ein wenig stopfen, um ihn in den Rucksack zu kriegen. Jetzt war er wirklich zu spät dran.

Er drückte auf die Stoppuhr und ließ sie unter sein T-Shirt gleiten.

Dann rannte er hinaus, schmiss sein Skateboard vor sich auf die Straße, sprang auf und raste zu dem von den zwei anderen festgelegten Treffpunkt, ließ leerstehende Häuser und verlassene Gärten hinter sich, berauscht von seiner Geschwindigkeit, vom Wind, der ihm ins Gesicht peitschte an diesem späten Novembernachmittag, an dem die Wolken aus dem Norden sich am Rand eines orangefarbenen Himmels türmten, er raste dahin, schneller denn je, stieß sich mit dem linken Bein ab, tippte nur kurz auf den Boden, um das Skateboard anzuschubsen, so leicht, als wäre er kurz davor abzuheben, und irgendwie war es auch so, als er das Haus verließ, denn als er dann ein bisschen weiter westlich im blutroten Sonnenlicht den Packard-Korridor hinunterfuhr, flog er davon und war verschwunden.

DAS »HIP HOP«-KABINETT

Das Büro des Staatsanwalts war komplett überfordert von den unzähligen Affären und Enthüllungen in Sachen des Ex-Bürgermeisters von Detroit, der gezwungenermaßen zurückgetreten war. Unerwartet tauchte auch der Mordfall »Himbeere« wieder auf. In der Stadt ging das Gerücht um, das Callgirl habe sterben müssen, weil es Zeugin einer aus dem Ruder gelaufenen Party mit Stripperinnen, Rauschmitteln und der gesamten Politprominenz in Manoogian Mansion, der Residenz des Bürgermeisters, geworden sei. Tatsächlich waren vermutlich alte Rechnungen beglichen worden – das Callgirl war die Freundin eines berüchtigten Dealers gewesen, der wie durch ein Wunder unverletzt aus der Schießerei hervorgegangen war –, der Bürgermeister hatte jedoch befürchtet, dass die Ermittler auf die Orgie stoßen könnten, und war wohl um seinen Ruf besorgt gewesen. Jedenfalls hatte er Knall auf Fall einen ganzen Haufen Polizeibeamter entlassen, darunter den Chef der Internen Ermittlung, was nicht besonders klug war. Aber das sind Mächtige ja selten, wenn sie erst einmal an der Macht sind. Durch diesen Prozess sickerte eine Reihe pikanter Einzelheiten aus den gegen ihn eingeleiteten Überwachungsmaßnahmen an die Presse durch, ohne dass er etwas dagegen unternehmen konnte. So trat aus seinen unverstellt ordinären SMS klar zutage, was für ein ausschweifendes Luxusleben er unter anderem mit seiner Kabinettschefin führte, aber auch, durch welche Machenschaften er Polizeibeamte von den Ermittlungen abhielt, die Stadtkassen plünderte, betrügerische Verträge mit Geisterfirmen abschloss, fiktive Anstellungsverhältnisse und Cliquenwirtschaft begünstigte und sich auf Kosten der Stadtverwaltung und der Bürger bereicherte. Seit diesen Enthüllungen hagelte es Anklagen. Das wirbelte ziemlich viel Staub auf.

Auch wenn man bedenkt, dass es kaum ein Universum gibt, in dem die Verantwortlichkeiten so undurchsichtig sind wie in einer Stadtverwaltung, und dass »der Fisch immer vom Kopf her stinkt«, wie Mao sagte, der sich in solchen Belangen auskannte, war die ganze Angelegenheit doch so weit verzweigt, dass sie eine ganze Armada von mehr oder minder eingeweihten Komplizen und Helfershelfern erforderte, die das ein oder andere Auge zudrückten. So wurden durch täglich neue Enthüllungen engagierte Ex-Mitarbeiter ebenso in den Schmutz gezogen wie nachsichtige Beamte. Wie bei allen Systemkrisen war es unmöglich vorherzusehen, bis zu welchem Ausmaß Detroit zerfallen würde.

Eine ganze Gesellschaft, vielleicht war es ja bodenlos.

Wenn Lieutenant Brown morgens das Kommissariat betrat, war die Atmosphäre jeden Tag etwas drückender. Wenigstens fiel auf ihn kein Verdacht. Der offensichtlichste Beweis, dass er sich in seinem Beruf nie bereichert hatte, war der Uraltschuppen im Copper Canyon, in dem er immer noch wohnte, das Haus seines Großvaters, der wie er Polizist gewesen war, zur Zeit der Purple Gang. Die Kollegen machten sich über ihn lustig, weil er in Kleidung und Benehmen so »old school« war, und nannten ihn spöttisch »Marlowe«; tatsächlich aber betrachteten sie ihn mit einer paradoxen Mischung aus Respekt und Mitleid, wie man sie nur in deklassierten Milieus findet. Polizisten und Feuerwehrleute waren die Letzten, die diese unter allgemeiner Teilnahmslosigkeit zusammenbrechende Stadt noch verteidigten. Und nun stand ihre Arbeit auch noch unter dem Schatten des Verdachts gegen ihre Vorgesetzten.

Die Interne Ermittlung ging auf dem Zahnfleisch. Der Sheriff von Wayne County gab den weißen Ritter. Sogar das FBI beteiligte sich am Tanz ums Rathaus und ermittelte wegen Korruption bei der Vergabe öffentlicher Aufträge.

Man musste aber nur die Räumlichkeiten inspizieren, in denen sie ihre Arbeit verrichteten, um zu erkennen, dass die meisten von diesen Männern ihr Möglichstes taten. Ihre Computer aus dem Baujahr 2003 wachten jeden Morgen mit einem furchterregenden Husten auf wie alte Raucher. Die Büros waren uralt und schmutzig, aber das war nicht das Schlimmste.

Akten und sogar Beweismittel moderten in ungepflegten, fast vergessenen Schuppen vor sich hin, wo von Zeit zu Zeit drei Cops hingeschickt wurden, um das Dach mit Teerpappe abzudichten. Ein Großteil der Streifenwagen hatte mehr als zweihunderttausend Meilen auf dem Tacho und keine geländegängigen Rechner für Kontrollen. Die Rechnungsprüfung des Polizeidepartments hatte ergeben, dass mehr als hundert Fahrzeuge ihr Leasingdatum um mindestens sechs Jahre überschritten hatten. Das hatte mal eben, vorsichtig geschätzt, acht Millionen Dollar gekostet. Solche Schlampereien hatten die Stadt nach und nach in den Ruin getrieben.

Brown und die anderen Polizisten waren inzwischen dazu übergegangen, ihre Ausrüstung in Eigenregie zu ergänzen, indem sie sich Jacke, Handschuhe, Glühbirnen und Batterien für die Taschenlampe selbst besorgten. Und Stiefel, Stiefel kauften sie sich alle. Es gab in der Stadt so viele Stellen, an denen Glasscherben, Holzsplitter und rostige Nägel herumlagen, so viele leerstehende Gebäude, oft aus industrieller Nutzung, bei denen man nicht einmal wusste, worauf man da ging. Da brauchte man verdammt gute Stiefel mit zwei Zentimeter dicken Hartgummisohlen, die gegen Fette und Lösungsmittel resistent waren.

Nur Waffen gab es genug. In der Bevölkerung leider auch nicht.

Brown saß an seinem einigermaßen aufgeräumten Schreibtisch dem jungen Lieutenant Watts gegenüber, einem Schrank von Mann, der nach Aftershave roch und immer gebügelte Hemden trug. Er wohnte in einem Vorort. Erst seit kurzem erlaubte es eine Verfügung städtischen Polizeibeamten, außerhalb der Stadtgrenzen zu wohnen, um deren Rekrutierung zu erleichtern. Trotz allem verstanden sie sich gut. Abgesehen von ein paar alten Kollegen, die Brown seit ewig kannten und seinen Dickschädel akzeptierten, weil sie darin den Ursprung seines Spürsinns sahen, war Watts einer der wenigen von der jungen Garde, der freundschaftliche Beziehungen zu ihm unterhielt. Er hatte im letzten Sommer die Polizeischule beendet. Die jungen Officer mussten Streifendienst machen, also hatte man Brown gebeten, ihn zu begleiten.

Sie trafen sich morgens im Kommissariat und verbrachten einen Großteil des Tages in einer von diesen Klapperkisten, von denen man nur noch hoffte, dass sie irgendwann endgültig verreckten. So gondelten sie durch eine leere Straße nach der anderen. Die Dealer sahen sie von weitem kommen. Nie passierte etwas.

Die unterbesetzte Zentrale war technisch gesehen hinter dem Mond. Der Polizeifunk konnte die Wagen nur orten, wenn die Besatzung ihre Position selber durchgab. Es ging zu wie in einem altmodischen Taxenbetrieb. Alle vertrauten ausschließlich auf das Glück.

Im verzweifelten Bemühen, wenigstens einen Anschein von Ordnung zu wahren in dieser Stadt, in der es inzwischen zuging wie im Wilden Westen, sprachen sie jetzt davon, in Zwölf-Stunden-Schichten Streifendienst zu machen. Viel mehr konnten sie nicht tun, als herumzufahren, um jemanden auf frischer Tat zu ertappen.

»Ich hab das von deinem Typen da gehört, diesem Roberts«, sagte Watts.

»Max Roberts?«

»Ich bin jeden zweiten Abend mit Lieutenant Mitchell von der Drogenfahndung unterwegs. Wir fahren östlich der Woodward Avenue Streife.«

»Du schiebst neben deinem Kripo-Job noch Nachtschichten?«

»Zusatzschichten. Damit verdien ich mir die Butter aufs Brot. Solange es geht jedenfalls, bis Mary wieder Arbeit gefunden hat. Du musst das verstehen, mit dem Umzug und den Kindern ist dieses Jahr ganz schön hart für uns.«

»Du musst dich nicht rechtfertigen, Watts, ich bin ja nicht von der Gewerkschaft. Ich würde es genauso machen, wenn ich so jung wäre wie du. Und Roberts?«

»Na ja, dieser Lieutenant, Mitchell, hat da was gehört. Die bei der Drogenfahndung haben nämlich grade eine Ermittlung laufen. Sie haben genauso wie du gedacht, dass er nach der Schießerei abgehauen ist, aber dann hören sie, wie auf der Straße über ihn geredet wird, erwischen ein paar Kids mit neuen Drogen, Spice zum Beispiel, richtig übles Zeugs, quetschen sie ein bisschen aus, bevor sie sie dem Gericht übergeben, und der Name des Kerls fällt immer wieder. Offenbar ist er also wieder aufgetaucht aus der Versenkung, aber noch wissen sie nicht, wo sie nach ihm suchen sollen.«

»Und das waren lauter Jugendliche, die für ihn gearbeitet haben?«

»Hab ich so verstanden. Wieso? Ist das sein Trick?«

»Keine Ahnung. Nur so eine Idee. So kommt eine Ermittlung oft voran. Du verbindest einzelne kleine Punkte, faltest entlang der Linie, und am Ende kommt ein Motiv dabei heraus. Wie in einem Roman.«

EIN WINZIGES UNWETTER

Es gibt viele Gründe, auf seinen Arbeitgeber, wenn nicht auf die Firma sauer zu sein.

Weil man es ganz einfach satthat zum Beispiel. »Ich dreh durch«, sagt man, als ob es ein Hamsterrad wäre. Auch wenn man sich vielleicht selbst den Käfig gebaut hat, hält man es dennoch nicht aus.

Weil man sich mit den Kollegen nicht verträgt. Oder sie sich nicht mit einem. Weil man asozial ist oder weil sie neidisch sind. Aber worauf?

Weil man das Gefühl hat, dass man nicht am richtigen Platz ist oder man etwas Besseres verdient. Aber je länger man es laufen lässt, desto eher ist es zu spät.

Weil man einen Chef hat, der sich wirklich wie ein Arsch verhält. Das kommt vor. Einen von der Sorte, die alles kontrolliert oder Terror als Herrschaftsinstrument einsetzt: Demütigungen während der Konferenz. Willkürliche Entscheidungen. Schikanen. Machtspielchen. Bestimmt beschimpft er seine Kinder.

Oder der Beruf ist zu hart.

Weil er einen die Gesundheit kostet. Oder die Familie.

Weil man ein Rebell ist. Das ist schwer.

Weil man an der Anonymität leidet. Die Firma ist zu groß oder man selbst zu klein. Man kann sich die Namen der Leute nicht merken. Man isst allein in der Kantine. Schon in der Schule wurde man oft übersehen.

Oder man leidet an der fehlenden Dankbarkeit. Alle kleinen Jungs wollen Feuerwehrmänner werden.

Oder man leidet daran, zu nichts nutze zu sein. Das ist am schlimmsten. Wenn die Arbeit überhaupt keinen Sinn hat. Wenn man nicht mehr versteht, wozu das, was man macht, gut ist.

Die ersten Mails an seinen N+1 in Frankreich, die ohne Antwort blieben, schrieb Eugène Anfang Oktober. Ungefähr von da an verwaisten die anderen Geschäftslokale des Hochhauses allmählich. Die Versicherungsgesellschaft von gegenüber zog aus, ebenso einige Anwaltskanzleien und Sachverständige aller Art, während die Ärzte und die Mehrheit der Freiberufler noch ausharrten, aber auch davon sprachen zu gehen. Die Dienstleister, das heißt Optiker, Friseure und das Fitnesscenter im ersten Stock, gingen einfach ein, bevor die Kundschaft ausblieb. Sie entließen Angestellte, schränkten die Öffnungszeiten ein und versuchten den Mietvertrag loszuwerden. Dann waren die Fastfoodläden und Geschäfte dran, deren Abstieg schon im Sommer begonnen hatte. Bis Weihnachten würde das dreizehnte Büro das einzige noch aktive Unternehmen in dem ganzen Gebäude sein.

Eugène beschwerte sich nicht über die ausbleibenden Antworten auf seine Mails. Es waren bloß Zwischenberichte ohne große Bedeutung. Rund zehn Tage später hakte er allerdings nach und bat um eine Einschätzung der von ihm geplanten Sanierungsarbeiten auf dem Fabrikgelände gegenüber ihrem Büro, wo in ein paar Wochen mit der Produktion des Integral begonnen werden sollte. Die Fabrik gab es ja, am Rand einer riesigen, unberührten, menschenleeren Prärie, aber nach dem langen Stillstand war es schon ein Glück, dass sie nicht geplündert worden war. Für ihre Wiederinstandsetzung müssten Summen investiert werden, die im Etat seines Entwicklungsbüros nicht vorgesehen waren. Er zweifelte nicht daran, dass er diesmal eine Antwort bekommen würde, es gab gar keinen Grund, daran zu zweifeln. Man hatte ihn mitsamt einem ganzen Team hierhergeschickt. Gehälter, Mieten, Dienstwagen, Büros bezahlt. Aus dem Projekt musste einfach etwas werden.

Noch immer nichts.

Der nagelneue Videokonferenzraum diente bis Ende des Monats nur dazu, das Gesicht und den Schreibtisch der Sekretärin zu zeigen, die mit leicht angespannten Zügen und einer Stimme, die durch das Mikro ihres Rechners etwas schriller und metallischer klang als natürlicherweise, unermüdlich dieselbe Frage beantwortete. Wären nicht hinter ihr die schrecklichen Zeichnungen ihrer Kinder an die Wand gepinnt gewesen, hätte man glauben können, sie wäre durch eine Art eleganten, aber noch etwas ungeschickten Cyborg ersetzt worden.

»Herr N+1 ist nicht in seinem Büro. Herr N+1 hat heute Nachmittag eine Konferenz. Er wird Sie zurückrufen. Ich kann nichts dafür, N+1 ist bei einer Sitzung. Tut mir leid, er hat den Termin mit Ihnen auf übermorgen verschoben. N+1 ist im Moment nicht zu sprechen. Ich kann nichts dafür. Er isst. Er ist verreist, ja, nicht vor Montag. Herr N+1 hat etwas Wichtiges zu erledigen. Er empfängt gerade Kunden. Er besucht einen Lieferanten. Natürlich habe ich ihm Ihre Mail weitergeleitet. Ich kann nichts dafür, er hat nichts dazu gesagt. Die Sitzung zieht sich in die Länge, versuchen Sie es später noch einmal. Herr N+1 wird sich zu gegebener Zeit bei Ihnen melden. Er ist zurzeit in Deutschland. Er hält sich in unserer italienischen Niederlassung auf und kommt erst morgen wieder. Ich soll Ihnen im Namen von N+1 ausrichten, dass alles sehr gut gelaufen ist und Sie das Beste daraus machen sollen. Den Rest klären Sie bitte direkt mit den Amerikanern. Ich kann nichts dafür. Ich kann nichts dafür.«

Wenn man tagaus, tagein arbeitet, ist es schwer lockerzulassen.

Das war auch nicht Eugènes Art. Er wandte sich an die Amerikaner. Das von Patrick organisierte Dinner war gesellig und ermutigend. Immerhin: Es gab ein wenig menschliche Wärme. Alle knackten schmatzend ihre riesigen Krebse und lutschten gefräßig daran. Sie wischten sich die mit rosa Soße und Krustentiergehirn verschmierten Mundwinkel, bevor sie die Lippen in einen trockenen, fruchtigen kalifornischen Weißwein tauchten, sie lachten aus voller Kehle und redeten immer lauter.

Man hätte es für ein Dinner unter alten Freunden halten können. Patrick trug ein für die Jahreszeit gewagtes rotes Hawaiihemd mit kurzen Ärmeln. Wild gestikulierend, gab er mit Flüchen gewürzte Trinksprüche von sich, um sich auf seine Art solidarisch zu zeigen. Das war er auch zweifellos. Denn wenn die Firma Eugène und sein Team hängenließe, könnte er seinen Auftrag auch knicken. Die paar mit am Tisch sitzenden Vizechefs schienen Eugènes Skepsis bezüglich der Firmenpolitik zu teilen. Sie machten ihn mit einem gewissen Zimmerman bekannt, der schon in Rente war und einiges über die Renovierung der Fabrik zu erzählen wusste. Genaugenommen kannte er sogar den Ursprung der ganzen Angelegenheit. Vor vielen Jahren hatte die Stadtverwaltung damit gedroht, das Gelände mit der Katasternummer D-503 zurückzuverlangen, aber die Firma hatte mit der Begründung, dort ein Industrieprojekt entwickeln zu wollen, einen vorteilhaften Vertrag ausgehandelt. Darauf zu verzichten sei nicht in Frage gekommen. Also habe man ihn beauftragt, eine Lösung zu finden. Etwas Ambitioniertes aufzubauen. Was auch immer.

»›Sofern es nicht mehr kostet als Ihr Gehalt, Zimmerman‹, haben sie zu mir gesagt. Ich habe zwei Jahre daran gearbeitet. Und wir konnten das Gelände behalten: eine stillgelegte Reifenfabrik, eine leerstehende Schule, ein Viertel für die Abrissbirne. Heute wird es von allen ›die Zone‹ genannt. Und am Schluss, als ich das Projekt präsentierte, hätten sie mich am liebsten angebrüllt. Sie waren gerade dabei, alle Fabriken zu schließen. Das Projekt D-503 fiel ihnen nur noch lästig, weil sie jetzt etwas damit anfangen mussten, neue Pläne entwickeln, lancieren und umsetzen. Da kam zum Beispiel Ihr ›Integral‹ gerade recht, könnte man sagen. Aber ich würde nicht darauf wetten, dass sie auch nur einen Dollar reinstecken. Wie ich die Dinge sehe, haben sie nur einen Einsiedlerkrebs gesucht, der diese leere Schale bewohnt.«

Das traf Eugène wie ein Keulenschlag.

Draußen versank die Stadt in endloses Dunkel. Die Straßenlaternen waren erloschen. Dank der Subventionen des Bundes waren sie erst vor zwei Monaten aufgestellt worden mit der Absicht, die Stadt zurückzuerobern, doch die alle hundert Meter in die Fahrbahn eingelassenen Falltüren zur Wartung des Stromnetzes hatten den Kupferdieben die Arbeit erleichtert. Nur der Parkplatz vor dem Restaurant, eine auf die Schnelle mit Gittern umzäunte und von Hundeführern bewachte Brache, strahlte im Schein der orangefarbenen Scheinwerfer an der Fassade des Gebäudes.

Es begann zu schneien. Ganz sacht.

Leichte, zögernde Flocken, die mehr schwebten als fielen, Flocken, die schelmisch tanzten, vom zartesten Hauch herumgewirbelt, manchmal sogar in die Höhe gehoben, glitten durch die Luft und kreiselten im Scheinwerferlicht wie geblendete Insekten, schwirrten noch einen Moment lang in der Luft und lösten sich auf. Sie waren die flittrige Vorhut der großen Kälteheere, schafften es aber nicht einmal bis zum Boden.

Eugène betrachtete sie wie eine Wolke weißer Feen, die gekommen waren, um ihm etwas zu verkünden. Er wäre ihnen gern gefolgt bei ihrem wilden Rennen, verlor sie aber ständig aus den Augen, wenn sie Wirbel bildeten und im Wind zerstoben. Kaum meinte er, eine im Auge zu haben, war es schon die nächste, die glitzernd seinen Blick einfing.

Patrick war betrunken. Seine Wangen hatten die Farbe der Krebse und der Tiaréblüten auf seinem Hemd angenommen. Er schwor, die Dinge jetzt persönlich in die

Hand zu nehmen. Sie würden »diese Wichser ficken«, sagte er noch, ohne zu erläutern, wen er meinte. Dabei erhob er zum zwölften oder dreizehnten Mal an diesem Abend sein Glas, und alle taten es ihm nach, ausgenommen Eugène, der den Blick nicht vom Fenster lösen konnte.

»Es schneit«, sagte er schlicht, und alle wandten sich schweigend und staunend dem winzigen Unwetter zu.

DIE SCHATZINSEL

Strothers war nicht wohl dabei, dass Charlie mitkam. Er war zu jung, zu nett, zu behütet von seiner Großmutter, die sicher Probleme machen würde, und er kriegte es sogar hin, in der Junior High School der Beste zu sein, obwohl sie zwei Jahre älter waren als er. Aber er half Fat Bill öfter bei den Matheaufgaben, weshalb der nachsichtiger war. Fat mochte Charlie. Er kultivierte den Eindruck, den Kleinen unter seine Fittiche genommen zu haben, und empfand einen gewissen Stolz darauf, als Beschützer eines Jungen aufzutreten, der klüger war als er. Strothers hatte mit so was nichts am Hut, sein Leben war anders, er konnte mit Schule nichts anfangen. Er gehörte zu denen, die Charlie Skinny nannten, um ihn daran zu erinnern, dass er klein war und keine Muskeln hatte. Eigentlich gehörte er zu denen, die Charlie nur zu gern gequält hätten, wenn Fat Bill nicht gewesen wäre. Irgendwie funktionierte das Trio so ganz gut.

Stro hatte den Treffpunkt am Eingang zum Packard-Korridor festgelegt.

So nannten sie ein Labyrinth von Industriebrachen, wo früher die Montagestraßen dieser Automarke waren, ein von Industrieruinen umschlossenes Netz schmaler Pfade, die sich zwischen fünfstöckigen, im zweiten und vierten Stock durch einsturzgefährdete Fußgängerbrücken verbundenen Gebäuden hindurchwanden. Innen waren die Gebäude völlig zerstört, aber seltsamerweise nicht leer, obwohl die Plünderer alles hatten mitgehen lassen, von den eisernen Fensterrahmen, den kaputten Maschinen, den zerknautschten Blechplatten über die Kupferkabel bis hin zur letzten Schraube. Aber immer blieb etwas übrig, was verrostet genug war, dass keiner es mitnehmen wollte, oder gusseiserne Maschinen oder Heizkörper, die zu schwer zum Tragen waren. Auch vieles von dem, was die Penner mitgebracht hatten, war noch da, Abfall aller Art, Kohleöfen und Flaschen, Jacken, die wie Haufen von toten Algen vor sich hin moderten, Tausende Plastiktüten, die, von einem sanften Luftzug getrieben, durch die riesigen Hallen spukten wie lächerliche, schmutzige kleine Gespenster. Manche Ecken hatten als Mülldeponie gedient. Dort waren etwa ausgeschlachtete Autos zu finden oder ein mittendurch gebrochenes Boot. Die Überreste der Gebäude selbst verfielen Stück für Stück. Leichtbausteine und Betonböden platzten durch Wasser und Frost auf und zerfielen zu salpeterzerfressenen sandigen Brocken, die einem zwischen den Fingern zerbröselten und Häufchen von grauem Staub bildeten. Sockelleisten aus Metall, gusseiserne Träger und geflochtene Stahlruten, die aus skelettierten Wänden und Decken ragten, wanden sich unter dem Rost, blähten sich auf, schwollen an und sprengten so den Beton oder das Holz um sie herum, was dazu führte, dass manchmal ganze Böden oder Teile des Daches ohne Vorwarnung plötzlich herabstürzten.

In diesem Stadium hatte sich die Vegetation darangemacht, das Werk zu vollenden. Sie hatte es so wenig eilig wie der Rost und der Frost. Vom Wind angewehte Samen besiedelten jeden Zwischenraum, jede Ritze und wuchsen sich zu großen Büscheln Präriegras aus, deren Wurzelstöcke reihenweise Stollen ins Gemäuer trieben. Ein Stück weiter weg kamen sie wieder ans Tageslicht, und der Sprung weitete sich zum Bruch. Die Sträucher waren brutaler, sie begnügten sich damit, zu bohren, zu wachsen und die Breschen zu erweitern. Manche entpuppten sich auch als Bäume, und im Norden werden die Bäume hoch. Am Ende durchbrachen sie die Decken mit einer Leichtigkeit, als wären die aus Papier, und ihr grünes Laub überragte stellenweise die Trümmer der Fabrik.

Es war ein faszinierender Anblick, aber auch ein gefährlicher Ort, kein Platz für Kinder. Am frühen Abend wurde der Packard-Korridor zur Spielwiese der Sprayer-Banden. Manche kamen von weit her nach Detroit, um bei dieser merkwürdigen Stadterneuerung, bei der nichts repariert, sondern sozusagen nur die Ruinen dekoriert wurden, miteinander zu wetteifern. Ganze Wände wurden mit unergründlichen Pseudonymen und Beleidigungen verziert, aber auch mit Wandbildern in satten Farben und klaren Linien in der Tradition der mexikanischen Murales, mit Parolen oder gigantischen Signaturen in ausgeklügelter Kalligrafie, verziert mit Flammen oder Blitzen, die an Tattoos erinnerten oder airbrushlackierte Karosserien.

Als Charlie ankam, quatschte gerade ein Grüppchen mit Bill und Stro. Sie hatten ein Bild an der Fassade einer

Lagerhalle vollendet, den Kopf eines Mannes von oben, dessen geöffnete Schädeldecke Einblick in ein Labyrinth gab, in dem derselbe Mann ein Buch las. Werden sollte es anfangs etwas über das Gefangensein, Ideologien, Einheitsdenken, bla, bla, bla. Dann hatten sie sich aber nicht auf den Titel des Buches einigen können, das der Mann las, hatten also den Einband leer gelassen. Schließlich kam ihnen der Typ mit seinem Schmöker in dem Labyrinth eigentlich ganz happy vor. Also beschlossen die Sprayer, die Message zu ändern: »Verrückt sein tut gut«, schrieben sie als Legende darunter, und aus einem Symbol für das Gefangensein war ein Sinnbild der Flucht geworden. Sie lachten, als sie das erzählten, sie waren richtig zufrieden mit sich, auch weil sie vor Einbruch der Dunkelheit fertig geworden waren.

Die Typen waren mindestens einundzwanzig, ein paar von ihnen auch um einiges älter, mit langen Haaren, Bart und Schal wie die Typen, die auf Motorrädern durch die Stadt heizten, das merkte man trotz ihres Sprayer-Outfits – Turnschuhe, Overalls mit aufgesetzten Taschen, Kapuzenpullis, alles gesprenkelt von winzigen Galaxien in allen Farben. Sie redeten wie alte Leute.

»In der Gegend ist es nicht sicher, nachts kriegst du hier richtig Angst.«

»In der Fabrik hausen die Penner. Man kriegt von denen nichts mit, weil sie nicht im Erdgeschoss bleiben, sondern sich in den zugänglichen Räumen im ersten Stock einrichten.«

»Hier unten sind nachts Tiere.«

»Dachse.«

»Fledermäuse.«

»Ratten.«

»Kojoten.«

»Es gibt auch eine Gang. Mit denen hatten wir mal zu tun.«

»Es war unser Glück, dass wir sie nicht interessierten, wir hatten aber auch nichts dabei.«

»Hier ist es gefährlich.«

»Wir gehen lieber weiter nach Norden.«

»Das Piece, das wir heute gemacht haben, war zu Ehren eines Sprayers, der letzte Woche erschossen wurde.«

»Viel Glück, Jungs.«

Die Künstlertruppe machte sich wieder auf Richtung Stadt, während Strothers mit den beiden anderen im Schlepptau nach Norden weiterzog, wie er gesagt hatte. Sie drangen in die Fabrik vor.

Ein Stück weiter war eine alte Bahnlinie, auf der Stahl geliefert beziehungsweise die fertigen Wagen abtransportiert worden waren. Sie führte direkt aus den Hallen hinaus, schlängelte sich ein paar Kilometer lang dahin, tauchte unter Schnellzugstrecken in Tunnel ab, um sie möglichst rasch zu queren, und lief dann an anderen Fabriken entlang, die noch umzäunt waren, obwohl auch sie offensichtlich leerstanden. An dieser Stelle sollte Eugène die Produktion des Integral aufnehmen, was allerdings immer unwahrscheinlicher wurde. Auf der anderen Seite der Industriebauten war das Hochhaus zu sehen, in dem das dreizehnte Büro fast die einzige beleuchtete Etage war. Die Kinder waren am Rand der Zone angekommen. Die Schienen verloren sich im Gestrüpp, sie blieben stehen.

Vor ihnen war plötzlich nichts mehr. Eine endlose Ebene, bewachsen von Bäumen und ein paar noch intakten Hecken um eingestürzte Gebäude. Die Gegend, in die der Packard-Korridor mündete, war so einsam, dass man gar nicht mehr das Gefühl hatte, in der Stadt zu sein. Hier kam kein Mensch jemals hin. Hier war einfach nichts.

»Da drüben ist es«, sagte Strothers und zeigte auf eine kleine Anhöhe in der Ferne, eine Art Hügel, auf dem man Teile eines eingestürzten Gebäudes erkennen konnte. Er sagte das so, als ob er wüsste, wohin er wollte, und den Ort kannte.

Sie streiften durch das hohe Gras, das ihnen bis über die Hüften reichte, auf der Spur der darin verschwindenden Gleise. Drangen in die Zone ein, als wollten sie mitten in der Stadt eine vergessene Schatzinsel finden.

ZUR GRENZE

Sie fuhr durch die Gegend, ohne zu wissen, wohin, getrieben von einer Angst, so dunkel wie die Stadt, einer stummen, wilden Angst, die sie quälte, seit sie den Zettel gelesen hatte, den Charlie auf den Küchentisch gelegt hatte.

Sie war kreuz und quer durchs Viertel gestreift, dabei aber nur vereinzelten Rumtreibern und Cracknasen begegnet. Früher am Abend hatten die Nachbarn zu ihr gesagt, sie solle sich keine Sorgen machen und nach Hause gehen, sie würden sie anrufen, falls Charlie ihnen über den Weg liefe, bestimmt habe er gerade einen Haufen Spaß mit seiner kleinen Bande, hier könne den Kindern doch nichts passieren, sie würden sich ja auskennen. Strothers' Stiefvater sah nicht so aus, als ob er sich Sorgen machte, er begnügte sich damit, demjenigen, der als Erster wiederauftauchen würde, eine gehörige Tracht Prügel zu versprechen. Von Bills Mutter waren nur ein paar verstörte Schluchzer im Nachthemd zu hören.

Ritchie und Bo waren zu Hause und schworen, von nichts zu wissen. Beider Eltern redeten davon wegzuziehen, die einen, weil sie wegen der langen Arbeitslosigkeit ihre Miete nicht mehr zahlen konnten, die anderen, weil sie sich dank der neuen Arbeit von Bos Vater erlauben konnten, außerhalb der Stadt zu wohnen. Das Einzige, was sie zu bieten hatten, war betretene Beflissenheit. Sie waren auf der Suche nach einer »besseren Umgebung« für die Kinder.

»Damit sind natürlich nicht Sie gemeint, Georgia, Sie machen für Charlie ja, was Sie können. Aber es gibt hier zu viele Probleme.«

Als reichte es nicht schon, dass sie vor Sorge umkam, musste sie sich auch noch mit der Scham und den Gemeinheiten des guten Gewissens herumschlagen.

Georgia war eine der Stützen des Viertels. Sie hatte die meisten Familien, die sich jetzt bei der erstbesten Gelegenheit aus dem Staub machten, willkommen geheißen und konnte sie sogar verstehen, auch wenn es ihr weh tat, dabei zuzusehen, wie das Viertel, ihr Viertel, unwiderruflich verwaiste. Die Straße war zerschlissen wie ein Stoff, der nicht mehr zu flicken ist. Die Häuser ließen sich nicht mehr verkaufen. Georgia begriff die Bankenkrise nicht – was sollte das heißen, *subprimes* und verbriefte Schulden? –, aber die Folgen sah sie jeden Tag. Für sie wie für viele andere hier war es schlicht und einfach die Katastrophe. Durch die Katastrophe waren die Häuser praktisch nichts mehr wert. Wer wegging, ließ sie einfach stehen, und das ergab jedes Mal ein neues Loch in der Struktur des Viertels, das sich dadurch auflöste wie ein Strumpf mit Laufmaschen. Es franste aus. Es zerfiel in Fetzen. Das war nicht immer so gewesen. Georgia konnte sich noch genau erinnern, wo welche Häuser und Läden waren.

Es hatte hier Delis und Diners gegeben, Bekleidungsgeschäfte, Friseure und sogar einen Blumenladen, Gemüse- und Obsthändler, winzige Maniküresalons und eine

Apotheke, zwei Schulen und eine große presbyterianische Backsteinkirche, die immer noch da an der Straße stand, aber ohne Pfarrer und Gottesdienste. Wie hätte man es den Menschen übelnehmen können, wenn sie gingen? Andererseits: Wie sollte denn jemals wieder etwas gut werden, wenn alle gingen?

Und in dem allen war Charlie groß geworden, Charlie mit seinen zwölf Jahren, der diesen unverständlichen Zettel auf den Tisch gelegt hatte: *Ich gehe mit Bill und Strothers weg, wohl für länger, Bill hat Ärger gehabt, aber Du musst Dir keine Sorgen machen, ich komme wieder, Mamy, es geht mir gut,* mein Gott, Charlie, du bist noch so klein!

Das war Bo so herausgerutscht, als sie von dem Brief erzählte, er hatte den Kopf gesenkt und gesagt, er wisse nicht, was los sei. Und seine Mutter hatte das Ganze abgewürgt.

»Bestimmt nur Kinderkram, Sie sollten sich keine Sorgen machen, Georgia, wo er Ihnen doch schreibt, dass alles okay ist. Ich bin sicher, dass Charlie noch heute Abend heimkommt, wenn es dunkel wird.«

Wahrscheinlich hatte sie keine Ahnung und erzählte wohl auch keine Lügen.

»Strothers ist ein kleiner Gauner wie seine Brüder, aber Bill, der arme Bill, der hat es nicht leicht mit seiner Mutter. Wissen Sie, das ist auch ein Grund, warum wir hier wegwollen. Ich möchte nicht, dass Bo weiter mit denen herumzieht.«

Dann sagte sie noch etwas wie:

»Charlie ist natürlich nicht gemeint.«

Natürlich nicht. Es war stärker als sie.

Es gibt Leute, die glauben, dass so was immer nur den anderen passiert. Weil der liebe Gott oder ihre Prinzipien oder ihre Arbeit in der Fabrik sie davor beschützen. Die tun ihr Leben lang nichts anderes, als andere zu belehren.

Bo hatte die ganze Zeit auf seine Turnschuhe gestarrt, und Georgia war irgendwann gegangen.

Sie fuhr einfach durch die Gegend, aus dem Viertel hinaus, hinein in die Stadt, wo immer mehr Typen in den Straßen rumlungerten, die sich bewegten wie Zombies, und sie fuhr immer noch weiter, auch als ihr längst klar war, dass das nichts brachte. Aber es hielt sie vom Denken ab, lenkte sie von der Angst ab, die ihr im Nacken saß, die sie aber nicht wahrhaben wollte – Wo bist du? –, von der sie nichts wissen wollte und nicht verstehen, aus welchem Abgrund sie kam, während sie auf rote Ampeln zufuhr und davor stehenblieb, ein paar Sekunden den Atem anhielt, um sich wieder unter Kontrolle zu bringen, wie kurz vor dem Ertrinken, diese Angst – was hat du gemacht, Charlie?, ach, Charlie, du bist doch viel zu jung und kennst die Gefahren der Stadt noch nicht –, sie wollte sie nicht, diese gemeine blinde Angst, und sie hätte auch nicht sagen können, ob es wegen Charlie war oder wegen der Tochter, die sie schon verloren hatte, weil das eine sich nicht von dem anderen trennen ließ.

Sie bog in die Gratiot Avenue ein, die um diese Uhrzeit so gut wie ausgestorben war. Kein einziger Laden hatte mehr nachts geöffnet, außer natürlich die Restaurants und Bars, die sich irgendwie über Wasser halten konnten und meist Wachleute mit Verbindungen zu den lokalen

Gangs beschäftigten. Zwischen Mack Avenue und Van Dyke Street hatten tatsächlich noch einzelne Klempner oder Friseure zwischen kleinen, einstöckigen Einkaufszentren überlebt, in denen man chinesische Klamotten, Autozubehör, Spirituosen und mit Shampoo-Regalen vollgestopfte Drogeriemärkte fand. Dazwischen zugemauerte Häuser, großflächig mit mehr oder weniger entzifferbaren Graffiti besprüht. Die Katastrophe griff um sich wie ein aufziehendes Gewitter, sie nahm die ganze Stadt in Besitz.

Die Straßen und Alleen, die von der diagonal durch die Stadt verlaufenden Gratiot Avenue abzweigten, waren lauter Einfallstore ins Dunkel, die in bodenlose Finsternis führten. Ein einsames Ladenschild, Licht aus fernen Fenstern oder die Scheinwerfer eines Autos wirkten wie Feuer in der Wüste, provisorische Nachtlager, von denen am Morgen nur noch die Spur eines ungewissen Lebens zurückblieb. An den Kreuzungen, wo der Regen schlechter abfloss, zeigten sich Risse und Brüche im Straßenbelag. Je weiter sie fuhr, desto löchriger wurden Straße und Landschaft. Apotheken, Spirituosenläden, ein paar Family Dollar Stores, Tankstellen, dann nichts mehr. Manchmal überquerten abgemagerte Hunde im Licht der Scheinwerfer die Straße.

Die Gratiot Avenue verlief nach Nordosten, dahin fuhr sie zuerst und querte der Reihe nach die Ausfallstraßen, die das Ghetto Meile für Meile ringförmig umschlossen: die Interstate 94, den Outer Driveway East, die Houston Road, die die Sechs-Meilen-Grenze war, dann weiter über die Seven Mile Road und die Eight Mile Road Richtung

Stadtgrenze, was dahinter kam, wusste sie nicht genau. Ein anderes Revier, das sie kaum kannte, mit auf einmal adretten Häuserblocks, immer weiter fuhr sie, bis sie nach Eastpointe den Interstate 96 überquerte, dann die Twelve und die Thirteen Mile Road, Roseville mit seiner Bethlehem-Kirche und der aus Einkaufszentren bestehenden Stadtmitte, ein merkwürdiger Vorort aus lauter bewohnten Einfamilienhäusern, eine andere Stadt in den Ausläufern Detroits, die aber nichts mehr damit zu tun hatte, eine andere Stadt, weit weg von der Katastrophe. Mit Schulen, Feuerwehrkasernen und nachts beleuchteten Straßen. Mit drei Autos pro Haus, Baseball-Stadien und Golfplätzen. Georgia war verblüfft. Und fuhr weiter.

Es war klar, dass sie Charlie nicht so weit draußen finden würde, und es war vielleicht auch blöd, nicht zu Hause zu sein, falls er dann doch noch käme frühmorgens, wie letztes Mal, in der Nacht vor Halloween, aber über all das dachte sie überhaupt nicht nach, sie suchte nach einer Entspannung, die sich nach und nach einstellte, als sie die Grenze zur Metropolregion hinter sich gelassen hatte, in der Gegend um die Sixteen Mile Road, in einer Stadt, deren Namen sie nicht kannte und die merkwürdigerweise immer mehr wie eine Stadt aussah, je weiter sie sich entfernte. Aber so einfach war es nicht. Die unerbittliche Nummerierung der Straßen, Meile für Meile, erinnerte an das abwesende Zentrum von Detroit. Die kleine urbane Galaxie der Countys von Wayne und Macomb kreiste um ein schwarzes Loch.

Nach einundzwanzig Meilen jedoch gelangte sie nach Chesterfield wie die Zigaretten und setzte ihren Weg fort.

Nach fünfundzwanzig Meilen war sie plötzlich auf dem Land. Pure Nacht. Kiefernsilhouetten, Sterne.

Nach einunddreißig Meilen bog die Gratiot Avenue nach Osten. Am Ende der Welt hielt sie angesichts des Winters schließlich an. Port-Huron, weiter ging es nicht. Die hell erleuchtete Blue Water Bridge spiegelte sich im Wasser des Flusses. »Willkommen in Michigan, erleben Sie große Momente an den Großen Seen!« Gott im Himmel! Eine Stadt wie eine Ansichtskarte! Georgia stellte den Wagen auf dem Parkplatz der Marina beim alten Leuchtturm ab. Dort lagen Hunderte Ausflugsboote. Die Bucht lief sanft in bewaldete Hügel am Wasser aus. Es gab einen Strand, den sie zuerst nicht erkannte. Tatsächlich war sie noch nie da gewesen. Sie setzte sich in den Sand und blickte ins Dunkel. Ihr war kalt. Die Luft war voll ungewohnter Gerüche. Es roch nach Wasser und Algen. Es war still. Der Mond brach sich in millionenfachem Glanz auf dem See. Der Himmel war ungeheuer groß. Man hörte nur das Plätschern der Wellen an die Kais und die Bootsrümpfe und manchmal den entfernten Schrei eines Vogels. Es gab also eine Welt nach der Katastrophe, vielleicht eine Welt ohne uns. Vielleicht waren ja wir selbst die Katastrophe? Es war eine Welt, in der sie sich wohl fühlte, aber alleingelassen, eine Welt, in der sie keinen Platz hatte und nicht wusste, wohin. Man müsste ein Vogel sein, um da rauszukommen, dachte sie. Nur die Schreikraniche und die Schneegänse, die jedes Jahr über die Großen Seen fliegen, wissen, wohin. Und dann erkannte sie die Bäume. Die großen Kiefern aus ihrem Traum, deren Schatten sich schwärzer als das Dunkel vom Schwarz der Nacht abhoben, und jetzt wusste sie, was sie hierhergeführt hatte.

Sie wehrte sich gegen die Tränen, obwohl sie genau spürte, wie es in ihr zu strömen begann, wie an einem Riss entlang.

Irgendwo da draußen in der Stadt war Charlie. Er war so jung. Er brauchte sie noch.

DAS QUANTUM-WUNDER

Es war im November, im Dive In. Eugène hatte es sich angewöhnt, dort abends einen trinken zu gehen, manchmal aß er auch eine Kleinigkeit. Nach Möglichkeit setzte er sich an den Tresen, um bei der Bestellung ein paar Sätze mit der Kellnerin zu wechseln. Das war ihm genug, vor allem, wenn Candice da war. Um ehrlich zu sein, war die Frau mit dem strahlenden roten Lachen der Hauptgrund für sein Kommen.

Es war ein Dienstagabend, leicht zu merken, der erste Dienstag im November, Eugène erinnert sich gut daran, weil an diesem Tag auf einmal klarwurde, dass die Firma sie fallenlassen würde. Patricks Dinner hatte zu nichts geführt. Eine Woche später hatten sich die Diskussionen um die Wiedereröffnung der Fabrik endgültig festgefahren. Man muss dazu sagen, dass der vorgegebene Verhandlungsspielraum ziemlich klein war. Das Angebot der Firma lautete, die Mitarbeiter zur Hälfte des früheren Stundenlohns wiedereinzustellen. Aus Firmensicht diktierte die chronische Arbeitslosigkeit in der Stadt ganz klar die Kräfteverhältnisse. Der Firma ging es nicht gut. Ihre Berechnungen hatten ergeben, dass nach den vorangegangenen Entlassungswellen die Kosten für die Renten doppelt so hoch waren wie die Löhne für die Beschäftigten, was wirtschaftlich unsinnig sei. Die Arbeitslosen wiederum hatten ihre eigenen Probleme. Die Investmentfonds wurden der Reihe nach von der Krise in die Pleite gerissen, wie angesaugt vom Auge eines Orkans. Die Krise dehnte sich aus und glich bald einem echten Tornado, der Häuser verschluckte, weil Leute, die natürlich nicht genug Geld dafür hatten – sonst hätten sie ja keine Schulden gemacht –, ihren Kredit zwei Jahre früher zurückzahlen sollten. Die betroffenen Häuser, ihrer säumigen Zahler ledig, trugen zur Abwertung der entvölkerten Viertel bei, während der Wert der anderen Häuser weit unter den der benötigten Anleihe fiel, sodass nach und nach eine allgemeine Flucht einsetzte, es war ein Desaster. Die Landschaft der verlassenen Viertel begann der jener Städte zu gleichen, in die Wirbelstürme Schneisen der Verwüstung gerissen hatten. Minus Überschwemmungen und staatliche Hilfen, Umsiedlungsmaßnahmen und Mitleid, das den Opfern von Naturkatastrophen üblicherweise zusteht. Aber anders, als die Firma erwartet hatte, wurden die Arbeitslosen, die den Eindruck hatten, doppelt gestraft zu sein, am Ende aus lauter Verzweiflung bockig. Die Verhandlungen stockten. An diesem Tag kamen sie von der Charybdis zur Skylla.

Für solche schlechten Nachrichten ist Patrick zuständig. Unerwartet taucht er dann im dreizehnten Büro auf, vielleicht, weil er keine Lust auf Erklärungen per Mail hat, vielleicht auch, um keinen schriftlichen Beleg seiner Unfähigkeit zur Lösung eines Problems zu hinterlassen, das allerdings weit über den Rahmen seiner Kompetenzen hinausgeht. Vielleicht hängt er, wie man in Frankreich sagt, mit dem Arsch zwischen zwei Stühlen. Vielleicht ist er ehrlich und schafft es einfach nicht. Vielleicht ist es ihm aber auch total egal, und nur die Anstrengung, das zu verbergen, zermürbt ihn. Es gibt Menschen, die ihre Gesundheit damit ruinieren, dass sie ständig so tun, als ob sie arbeiteten, und zwar mehr, als wenn sie tatsächlich arbeiteten. Patrick zeigt langsam Anzeichen von Müdigkeit, sein Körper verrät ihn. Er hat Ekzeme auf der Stirn und an den Ohren, um die Augen und am Hals, trockene, rote Stellen am Ansatz seiner dünnen roten Haare, was ein bisschen unappetitlich aussieht.

Er lächelt immer noch permanent, das muss man anerkennen, er würde sich selbst wahrscheinlich als große Stimmungskanone bezeichnen. Nur dass es bei Eugène nicht mehr funktioniert.

Ohne vorher Bescheid zu sagen, platzt er mit seinen roten Stellen und seinem Lächeln in Eugènes Büro. Er schaut drein wie einer, der eine Überraschung auf Lager hat, aber nicht weiß, ob sie gut ankommen wird. Zuerst redet er von ganz anderen Dingen. Patrick hat das seltene Talent, Dinge auf die Gefühlsebene zu verlagern und weder die Arbeit noch sonst etwas Unangenehmes anzusprechen. Er organisiert Ausflüge, Besuche in Nationalparks oder Touren auf den Großen Seen, Golfpartien, Angelpartien, er schafft es sogar, ein Restaurant ausfindig zu machen, wo man noch Bärenfleisch serviert. Es ist, als wäre er im Lauf der Wochen und der gescheiterten Verhandlungen zu einer Art Animateur für Eugènes kleine Truppe geworden. Er lässt sich »Pat« nennen. Seit einiger Zeit beendet er auch seine Sätze nicht mehr.

»Ich zeig dir ein Fischrestaurant in Grosse Pointe, dort haben sie … Ich bin letzte Woche da gewesen, ich kannte es vorher nicht, es ist wirklich … Und der Rahmen … Dort in der Gegend gibt es massenhaft Restaurants am Fluss, weißt du. Wie heißt das eine noch mal? Wir waren schon mal zusammen dort, wir zwei, kurz nach deiner Ankunft, erinnerst du dich, wir hatten … Und ganz schön getrunken haben wir auch, da gab's diesen super …«

»Ausgeschlossen.«

»Doch, ich schwör's dir, das war in Grosse Pointe. Und da hab ich das neue …«

»Nein, Pat, ich meine, ich kann nicht. Ich muss arbeiten. Wir können uns aber was zum Mitnehmen aus der Stadt holen, wenn du magst.«

»Gut, morgen, wenn dir das lieber ist. Ich kann morgen noch mal vorbeikommen.«

»Oder im ersten Stock. Da gibt's noch ein Steakhouse, das letzte.«

»Übermorgen ist besser. Morgen muss ich mit den Kindern ins Schwimmbad.«

»Hör zu, Pat, ich würde wirklich gern mit dir essen gehen, ich kann nur nicht mit dir nach Grosse Pointe fahren, aber wir können doch auch hier was essen.«

»Nicht so schlimm. Sagen wir also übermorgen, okay?«

Dann wäre er verschwunden. Zwei Tage später hätte er zu früh morgens angerufen und eine Nachricht hinterlassen, in der er sich entschuldigt, dass seine Kinder Klavierprüfung haben oder sein Schwiegervater aus Atlanta zurück ist, und wäre wieder für eine Weile abgetaucht. Hätte Eugène nicht die Tür zu seinem Büro geschlossen und ihn an jenem Morgen ausgequetscht, bis sein Lächeln erlosch und die roten Stellen noch röter wurden, hätte er das mit der Firma nie erfahren. Dann hätte er es erst in der Zeitung gelesen.

Die Bank, die Anleihen für Autokäufe vergibt, befindet sich in schwerer See, wie alle anderen auch. Die Bestellungen seien im Keller. Die Aktiva keinen Pfifferling wert. Die Rede sei von fünfzigtausend Entlassungen nur in Amerika, in Europa noch mehr. Die großen Bosse der vier größten Marken der Firma hätten in Washington dreißig Milliarden gefordert, aber nicht bekommen. Die Idioten sind da mit dem Privatflugzeug hin, nicht mal mit dem eigenen Wagen. Das steht in ein paar Tagen in allen Zeitungen, und es gibt einen Kurssturz. Als der Präsident sie gefragt hat, was sie mit den dreißig Milliarden anfangen wollen, sollen sie geantwortet haben: »Wir denken, dass wir damit bis nächstes Jahr durchhalten könnten.«

»Lauter Nieten, wenn du mich fragst.«

»Scheiße.«

»Du darfst fuck sagen. Es ist nicht unsere Schuld, Eugène. Und ich darf mich dafür mit der Gewerkschaft rumschlagen. Ich tu mein Bestes, ich bin an allen Fronten gleichzeitig, aber ich glaube nicht, dass ...«

»Und der Integral?«

»Unter uns, es würde mich wundern, wenn. Hast du was aus Europa gehört?«

»Nichts, seit über einer Woche. Jetzt verstehe ich auch, warum.«

»Ich werde mich umhören.«

»Danke, Pat.«

»Du kannst dich auf mich verlassen. Das weißt du, Eugène.«

Beim Hinausgehen versucht Patrick zu lachen, um sich selbst Mut zu machen. Es sieht aufgesetzt und gezwungen aus. Er wirkt richtig krank. Seinem Team sagt Eugène nichts davon. Stattdessen geht er an diesem Abend ins Dive In.

Es ist leerer als sonst, weil es Anfang der Woche ist, also setzt er sich auf einen Hocker am Tresen. Er wechselt ein paar Worte mit Candice – da erst erfährt er, wie sie heißt.

Laut seinem letzten Bericht geht ihre Beziehung auf jene Nacht zurück, auch wenn, wie er betont, »nichts passiert ist«.

Sie ist von einer erstaunlichen Schönheit. Einer Schönheit, die genaugenommen nicht in ihren Zügen liegt, sondern aus ihrem Inneren zu strömen scheint, aus ihrem Mund herausplatzt, wenn sie lacht und die Dinge um sie herum mit einem roten Glanz übergießt. Ihre Bewegungen sind lebhaft und präzise, es gibt keine sechsunddreißig verschiedenen Möglichkeiten, einen Manhattan oder einen Golden Cadillac zu mixen oder einen Bierkrug abzutrocknen, der brühheiß aus der Spüle kommt, sie arbeitet schnell und effizient, mit der Sicherheit millionenfach wiederholter Handgriffe, deren Perfektion ganz natürlich wirkt, und ihr Lachen gibt ihnen Leben, erfüllt sie mit Unvorhergesehenem, mit Überraschungen; jedes Mal, wenn sie ihren Körper am Tresen entlang bewegt, kommt es einem so vor, als verdankte seine mechanische Perfektion einen Teil ihrer Notwendigkeit dem Zufall, und das ist echte Natürlichkeit, nicht wahr, das ist das Quantum-Wunder.

Das haben wir mit dem Taylorismus verloren.

Wenn wir Tänzerinnen, Trapezkünstler, Seiltänzer beim Sprung beobachten, steckt dahinter immer dieser augenfällige, aber winzig kleine Bruchteil Glück oder Gefahr – das ist es, was uns Vergnügen bereitet –, aber auch die ermüdende Arbeit der Wiederholung, die wir nicht sehen, die erlernte Perfektion, die keinen Fehler erlaubt – und das ruft unsere Bewunderung hervor. Wie ein Satz, der nach zahllosen Umwegen schließlich doch noch zu seinem Ende findet. So war Candice inmitten des Chaos im Dive In.

In dem Moment betritt der Dicke mit dem Schlapphut das Lokal.

LONE STAR

Als der Mann hereinkam, wusste sie gleich, dass er kein Stammgast war. Er blieb eine Weile in der geöffneten Tür stehen, auf der Schwelle zum Gastraum, ließ seine Augen einmal rundherum wandern wie durch eine neue Landschaft, die sich beim Überqueren eines Passes dem Blick darbietet, und ging dann direkt zum Tresen, auf sie zu. Er trug so einen Hut mit schmaler Krempe, von denen man Bilder aus alten Schwarz-Weiß-Krimis im Kopf hat, auch wenn man dieses Genre eigentlich gar nicht mag und auch wenn man glaubt, nie in so einem Film gewesen zu sein. Sein großer, behäbiger Körper steckte in einem Mantel, den er im Gehen aufknöpfte.

Sie wusste gleich, dass der Mann kein Stammgast war und auch kein normaler Fall. Er durchquerte den Saal, umrundete die Tische und die paar Gäste, die um diese Uhrzeit da waren, schaffte es, seine massige Gestalt in die strömungslose Dienstagabendflut einfließen zu lassen, er war jemand, der einem auffiel und der gleichzeitig auf erstaunlich natürliche Weise mit seiner Umgebung verschmolz. Bevor sie noch dazu kam, sich zu fragen, wer das wohl sein mochte, wer dieser Blödmann mit dem Hut denn war, den sie nicht kannte und der jetzt schnurstracks auf sie zukam – sie war an dem Abend die einzige

Bedienung, und während er auf sie zukam, starrte er sie unentwegt an, wobei, das hätte sie nicht beschwören können wegen dem Hut, aber so was spürt man, so einen Blick –, wer also war dieser einsame Alte, der sich mit der Lässigkeit eines marodierenden Bären auf sie zubewegte, und was hatte er hier zu suchen, aber bevor sie noch dazu kam, sich die erste all dieser Fragen zu stellen, die ihr da, noch nicht richtig ausformuliert, durch den Kopf schossen, während sie sich im Großen und Ganzen darauf beschränkte, den Kerl dabei zu beobachten, wie er langsam näher kam, eine Art Fragezeichen auf zwei Beinen, bekam sie schon die Antwort auf alles, und zwar in dem Moment, in dem er am Tresen ankam und den Mund aufmachte und zu ihr sagte:

»Polizei.«

Blödmann.

»Der Chef ist nicht da.«

»Aber ich wollte ja mit Ihnen sprechen.«

Während er das sagte, schnipste er mit dem Zeigefinger seinen Hut leicht auf der Stirn nach oben – ein diskretes Überbleibsel der überholten Manieren eines vergessenen Zeitalters.

»Wollen Sie was trinken?«

»Ein Bier. Ehrlich gesagt, bin ich gar nicht im Dienst. Lone Star natürlich.«

Er lächelte hintersinnig – ein müder alter Polizeibeamter aus Detroit, wo das mit einem Sheriffstern geschmückte Bier gebraut wird. Wenn man ihn so sah, erinnerte er an eine Art schwarzen Humphrey Bogart mit dreißig Kilo mehr auf den Rippen, weil er ja nicht mehr rauchte.

Ruhig trank er ein paar Schluck aus der Flasche und beobachtete währenddessen den Tresen, hinter dem Candice Geschäftigkeit heuchelte, mit dem Geschirrtuch über der Schulter leere Gläser einsammelte, einem ausländischen Anzugträger am anderen Ende der Theke – Eugène, der wie einer dieser Büromenschen aussah, die es nach der Arbeit nie direkt nach Hause schaffen –, ein paar in Lachen verpackte Worte schenkte, bevor sie dann zu dem Bullen zurückkam, weil es ja unvermeidlich war, wobei sie ein unbeschwertes Gesicht aufsetzte und die Ränder verschwundener Biere vom Tresen wischte.

»Es geht um Ihre Freundin mit dem Spitznamen Himbeere. Sie wissen, dass ich ihretwegen hier bin, nicht wahr? In der Stadt wird ja von nichts anderem mehr geredet. Schließlich ist der Bürgermeister darüber gestürzt. Früher oder später werden die Cops Sie sowieso wieder dazu befragen. Oder die Sheriffs.«

»Machen Sie das denn nicht schon, Lieutenant ...?«

»Brown.«

Lieutenant Brown trank noch einen Schluck, jetzt legte er auch seinen Hut ab, vor sich auf den Tresen, ließ ihn sanft kreisen, spielte damit und streichelte ihn, als wäre es eine Katze. Ohne die Kopfbedeckung wirkte sein runder Schädel kleiner, wie er sich nach rechts und links neigte, irgendwie schwebend zwischen den breiten Schultern, als wäre er nicht ganz mit dem Körper verbunden, hing er über der breiten, an die Bar gelehnten Gestalt in einem Mantel aus Wolle, aus dem er wie der Punkt eines umgekehrten Fragezeichens hervorstand. Aber der Bulle stellte gar keine Fragen, was vielleicht seine Art war, die

Leute zum Reden zu bringen. Die Situation wurde langsam unangenehm. Candice wagte einen Versuch.

»Ich dachte, das war eine Abrechnung.«

»Ja, das haben die Ermittlungen ergeben. Ein Scheiß, und ich habe ehrlich gesagt überhaupt keine Lust, noch mal da drin rumzuschnüffeln. Eigentlich, hieß es nachher, hätten sie ihren Freund im Visier gehabt.«

»Roberts war ein Dealer und ein Arschloch.«

»Er ist ja damals vollkommen von der Bildfläche verschwunden. Ist bestimmt nicht einfach, sich ein ganz neues Netz aufzubauen. Vielleicht haben Sie ja eine Idee, Sie kennen ihn anscheinend ganz gut. Nach dem Mord sind Sie umgezogen und haben hier diese Arbeit gefunden. Und immer gesagt, dass Sie von nichts was wissen. Übrigens glaub ich Ihnen sogar, dass das stimmt, aber auch wenn es nicht so wäre, würde ich an Ihrer Stelle genau dasselbe erzählen.«

»Was wollen Sie dann?«

»Plaudern. Ich glaube, dass Sie damals, als die Affäre aufflog und der Mahlstrom mit dem Büro des Bürgermeisters und Roberts' Abtauchen einsetzte, die Gelegenheit genutzt haben, um selbst zu verschwinden, und das war klug. Sie haben zwischen sich und Roberts so viele Meilen gebracht, wie Sie konnten – wenn Sie die Mittel dafür gehabt hätten, wäre Sie sicher in eine andere Stadt gegangen. Und ich werde Sie nicht fragen, warum. Ich will auch nicht wissen, wovor Sie damals geflohen sind, das geht nur Sie etwas an. Was mich interessiert, ist Roberts.«

»Detroit ist groß.«

»Ach, das stimmt ja immer weniger. Inzwischen ist die Stadt bedrohlich geschrumpft.«

»Sie haben es doch selbst gesagt: Er ist verschwunden. Ich habe mit diesem Typen auf jeden Fall nichts mehr zu tun.«

Candice ahnt, dass er gleich zum vernichtenden Schlag ausholen wird. Die Mauscheleien der Polizei. Der Schatten von Max Roberts und die tote Himbeere, die jede Nacht, fast jede Nacht, an den Gestaden ihrer Erinnerung strandet, als aufgequollene Leiche, verwaschen wie ein Stoff aus alter Zeit. Sie weiß nicht, woher diese Vorstellung kommt. Vielleicht, weil die Toten immer irgendwie ertrunken sind. Man glaubt, dass sie im Strom des Alltags mit seinen gewöhnlichen Freuden und Leiden und den Millionen anderer Dinge, die man zu bedenken oder zu tun hat, untergegangen sind, aber kaum kann man mal nicht schlafen, werden sie in einer Welle aus Schweiß und Angst wieder ans Ufer getragen wie bei Flut.

Und da bekommt Candice Angst und verliert die Geduld.

Lieutenant Dingsda trinkt sein Bier aus und betrachtet die Flasche in seiner Hand mit einer gewissen Verwunderung, als wäre er ein wenig enttäuscht, dass sie schon leer ist, bevor er sie vor sich auf den Tresen stellt.

»Roberts ist zurück«, sagt er, als spräche er mit der Flasche, und am plötzlichen Erstarren von Candice erkennt er deren Überraschung und Erschrecken, ohne den Blick zu heben.

»Ich habe ihn noch nicht gefunden. Seine Affären und

Geschäfte sind mir egal. Politische Skandale und diese Sache mit den Stripperinnen sind Futter für die Klatschpresse, nicht mehr. Ich ermittle im Fall der verschwundenen Kinder.«

Candice' Arme auf dem Tresen zittern, als wäre der Winter mit Macht in die Bar eingefallen.

»Es sind Jugendliche, auch ganz kleine Jungs darunter. Und das Ganze fing an, als Roberts untertauchte. Ich glaube, er ist unter die Flötenspieler gegangen.«

»Was für 'n Spieler?«

Brown kreuzte den Blick mit Candice, die seinen zu meiden versuchte.

»Wie auch immer, wenn er aus irgendeinem Grund wieder Kontakt zu Ihnen aufnimmt …«

Er erhob sich schwerfällig und tippte noch einmal zum Gruß an die Krempe, bevor er sich den Hut in die Stirn zog und auf dem Absatz kehrtmachte. Unauffällig hatte er mit dem Fünf-Dollar-Schein für das Lone Star auch seine Visitenkarte aus leicht vergilbtem Karton mit Eselsohren und Schreibmaschinenschrift auf den Tresen gelegt:

Lieutenant Brown. Kriminalarchiv. Detroit Police Department. Adresse. Telefon. Keine E-Mail.

Candice steckte sie in ihre Schürzentasche.

Als sie das nächste Mal ihre Gläser-Wischlappen-Runde am kupfernen Tresen machte, war schon fast keiner mehr da. Vor Eugènes Anzug blieb sie stehen. Versuchte, ihre Angst zu verbergen, indem sie doppelt so viel Energie darauf verwandte, Spuren alter Flecken und Phantomglasränder wegzurubbeln. Er fragte sie, ob alles in

Ordnung sei. Das war unangebracht, zu persönlich. Es war ihm so herausgerutscht.

Sie hätte eine schlagfertige Antwort parat haben sollen. Eins von ihren Lachfeuerwerken auf ihn loslassen, auf die es keine Antwort gab. Stattdessen blickte sie zu ihm hoch, und er lächelte sie an. Er wirkte verwirrt, wie einer von diesen schüchternen Jungs, die es nicht gewohnt sind, mit Mädchen zu reden. Er sah nett aus. Kam mehrmals pro Woche, bestellte immer ungefähr das Gleiche, war noch nie betrunken gewesen, hatte noch nie Probleme gemacht, noch nie eine Frau am Tresen angebaggert und ihr ein Getränk spendiert, nicht einmal am Samstagabend, wenn Einsamkeit, Musik und Alkohol sogar Leute wie ihn pragmatischer werden lassen. Er war ihr im Gedächtnis geblieben mit seinem ausländischen Akzent, aber sie hatte ihn bisher nicht richtig wahrgenommen. Sie hatten nur ein paar belanglose Sätze gewechselt. Er war einer von diesen Anzugtypen, die nicht gern von der Arbeit direkt nach Hause gingen. Als sie vom Tresen aufschaute und dümmlich in der Bewegung innehielt, den lauwarmen, feuchten Wischlappen in der verkrampften Hand, und sein Gesicht vor sich sah, war es im Grunde, als wäre er eben erst aufgetaucht. Ein Lächeln lag in seinem sanften Blick.

Da sie stumm blieb und ihn vollkommen regungslos ansah, begann er sich zu rechtfertigen:

»Die Firma, die mich hierhergeschickt hat, geht gerade pleite. Eigentlich warte ich auf einen Rückruf aus Europa, aber mein Chef meldet sich nicht mehr bei mir. Ich glaube, sie haben mich vergessen. Heute ist wohl einer von diesen miesen Tagen, an denen alles schiefläuft.«

Sie hatte ihren Blick in seinen versenkt, und nichts konnte sie mehr voneinander lösen. Das war, wie in einen Brunnen zu fallen.

»Meine Schicht endet heute um eins.«

Candice hat nie begriffen, warum sie das gesagt hat. Warum sie diesen vollkommen Unbekannten nach ein paar Gläsern nach Hause mitnahm. Natürlich nicht, um mit ihm zu schlafen, nicht in dieser Nacht. In dieser Nacht redeten sie miteinander, sie erzählte ihm ihr Leben, das nicht ganz zu dieser Geschichte gehört, und sie weiß immer noch nicht, warum.

Anscheinend ist das Leben manchmal wie ein Roman und braucht einen Unbekannten, um erzählt zu werden.

DIE PRÄRIE DER INDIANER

Es war eine Prärie mit hohem Gras, wie man sie in diesem Teil des Mittleren Westens findet, sobald man aus den Städten herauskommt, was sie aber nur aus Träumen kannten. Eine echte Prärie, leicht abschüssig zu einem kleinen Hügel hin, wo man sich problemlos vorstellen konnte, wie die Erde unter den Hufen von Herden galoppierender Bisons mit Buckel und Krone erbebte, dahinter in einem Wirbelsturm aus Staub, mit bunter Kriegsbemalung und schrecklichem Geschrei, Pontiac und seine Odawa- und Huronen-Krieger, prächtig gewandet in Leder und Federn, ohne Sattel auf ihren Wildpferden reitend, tausendfach donnernde Hufe und zischende Pfeile. Charlie sah es fast vor sich, wie die wuchtigen Tiere zu Boden stürzten, wie die Lanzen in ihren Flanken barsten und ihr Fell und die Erde sich blutrot färbten.

Die untergehende Sonne übergoss die Ebene mit einem wilden gelben Licht, das knapp über den Boden strich, die Schatten unverhältnismäßig in die Länge zog und unter dem Bauch der dicken, schieferfarbenen Wolken hervorkroch, die sich von Norden kommend auftürmten, von Sturm und Gewittern gebläht. Das war schön und furchterregend zugleich, eine dieser erhabenen Beleuchtungen, die eine Landschaft enthüllten und aus ihrem eigenen

Relief erstehen lassen, sodass jedes Ding plötzlich wie losgelöst in einsamer, nackter Existenz erstrahlt.

Einer dieser Momente, in denen man die Erde atmen hören könnte.

Laut Charlies Stoppuhr waren sie nur etwas mehr als zwölf Minuten der verwaisten Eisenbahnlinie vom Packard-Korridor nach Norden gefolgt, ungefähr eine halbe Meile, eigentlich befanden sie sich also im Herzen der Stadt, auf jeden Fall mittendrin.

Ein Stück weiter, zu ihrer Linken, am Rand der Prärie, stand an den Schienen, die sich im Gras verloren, noch immer ein weißer Gitterzaun um eine Reihe von Lagerhallen. Dahinter waren die Etagen des Büroturms zu erahnen, in dem Eugène arbeitete, fast alle unbeleuchtet. Das Gebäude selbst wurde vom Gegenlicht verschluckt, vom lodernden Sonnenuntergang überblendet.

Aber vor ihnen, auf beinah zwei Kilometern bis zum Friedhof von Forest Lawn: nichts. Trümmer natürlich hier und da, Leichtbausteine, Reifen, kleine Schutt- oder Steinhaufen, Rillen und Furchen, die vor langer Zeit verschwundene Baustellenfahrzeuge im getrockneten Schlamm hinterlassen hatten, Straßen voller Schlaglöcher wie Hohlwege, von Brombeeren überfangene Sträucher, verfaulte Planken, rostzerfressene Eisenkanister, aber sonst nichts. Ein großer, krummer Bergahorn mit riesenhaftem Schatten, der in der Abendbrise seine Blätter verlor. Die Indianer aus dem Traum.

Sie hatten alle daran gedacht. Fat Bill legte als Erster los. Er reckte den Hals und legte den Kopf in den Nacken, Blick gen Himmel. Trotz seines geschwollenen Auges, des fetten Pflasters auf der Stirn, seiner Lippe, die doppelt so dick wie vorher war und schlaff zum Kinn herunterhing, stieß er einen langen Schrei aus, irgendwo zwischen Eule und Wolf, die beste Annäherung an das, was er sich unter einem Kojotengeheul vorstellte, dann begann er ungeschickt und schwerfällig von einem Fuß auf den anderen zu hüpfen, beugte sich hinunter zum Boden, reckte sich schlagartig wieder hoch zu den Wolken wie zu einem Bittgebet, immer weiter schreiend, jaulend, kläffend improvisierte er eine Art Regentanz, der, den schwarzen Wolken nach zu urteilen, die jetzt über der ganzen Zone hingen, bald eine fatale Wirkung entfalten würde. Es war ein fröhlicher, verrückter Tanz, chaotisch und wild, ein Tanz der Freiheit, unzähmbar wie ein plötzlich ausbrechendes Lachen. Bill hatte ein Talent für so was. Es tat ihm bestimmt noch verdammt weh an den Seiten und im Gesicht, aber er schüttelte seinen Riesenkörper in alle Richtungen und jauchzte ansteckend. Die beiden anderen taten es ihm nach, und bald hopsten sie alle drei im Kreis, schrien und lachten wie Wahnsinnige, psalmodierten Zaubersprüche und Gebete in bizarren Fantasiedialekten, riefen den großen Manitu des Regens an und den Geist des Donners, der Winde und der Wolken, der Blitze und des Feuers. Ihre aufeinandergeworfenen Rucksäcke und Skateboards wurden in der Mitte ihres Beschwörungskreises zum heiligen Totem ihres wilden Stammes. Und natürlich erhob sich der Wind.

Ungläubig erstarrten sie für einen Augenblick in ihren Sioux-Posen aus dem Fernsehen und sahen einander an, und obwohl sie wussten, dass es ausgeschlossen war, konnten sie sich den Gedanken nicht verkneifen, ob *das da* nicht womöglich trotzdem *ihr* Werk war.

»Schaut euch das an, Jungs, wir sind frei, frei wie der Wind«, rief Bill.

Böen fuhren dicht über dem Boden in die Prärie, drückten das hohe Gras nieder, legten dunkle Falten in die vom Sommer ausgebleichte Heuwiese und verwandelten sie so in einen changierenden Stoff. Im Tiefflug zogen sie vorbei und änderten immer wieder die Richtung, sodass es aussah, als ob eine unsichtbare Hand das Haar der Ebene zauste.

Die Jungs begannen zu lachen und nahmen ihren Tanz noch wilder wieder auf – Zauberlehrlinge in einer Choreografie ruckartiger Bewegungen: ins Gras abtauchen, ein Stück weiter mit zum Himmel erhobenen Armen schreiend wieder hochkommen. Es war lange her, dass sie so viel gelacht hatten. Und dem Kind in sich so hatten die Zügel schießen lassen. Sie spielten wilde Jagd und schossen mit imaginären Pfeilen auf die gelben Schatten. Sprangen von ihrem galoppierenden Mustang auf den Rücken eines Bisons, um ihn zu erdrosseln, und wenn sie wieder aufstanden, schwenkten sie zum Beweis ihrer Heldentaten Trophäen wie einen alten Turnschuh oder ein Stück PVC-Schlauch in der Luft.

Als sie ganz außer Atem wieder bei ihren Taschen gelandet waren, legten sie sich auf den Boden. Ihr »Wanka-Tanka Skateboard« getauftes Totem war nicht besonders hoch, warf aber einen ziemlich glaubwürdigen Schatten über das Gras.

»Woher kennst du das hier, Stro?«

»Hab davon gehört.«

»Von wem?«

»Weiß nicht mehr. In der Stadt. Gibt Gerede darüber. Hier war mal ein Industrieprojekt oder so was geplant. Die große Erneuerung von Detroit.«

»Hallo, Katastrophe!«

»Genau. Totaler Kahlschlag. Und aus dem Projekt wurde natürlich nichts. Jetzt heißt die Gegend hier die Zone.«

»Woher weißt du das alles, Stro?«

»Hab ich gehört.«

»Ein abgefahrener Ort ist das hier, wie ganz weit weg von allem.«

»Wie mitten im Nirgendwo.«

»Wie in einem Film. Gleich gibt's ein Gewitter, und die Geister der Indianer aus den großen Ebenen erheben sich und erobern die Stadt.«

»Wie Zombies!«

»Und wir sind die Einzigen, die sie aufhalten können, weil ein alter Mann uns einen megastarken Zauberspruch verraten wird.«

»Ein echt widerlicher Alter, so eine Art Penner mit stinkenden Klamotten, der in einer Hütte wohnt.«

»Genau, aber früher war er ein großer Zauberer.«

»Und er will was für den Spruch.«

»Dass einer von uns eine von seinen Töchtern heiratet.«

»Skinny!«

»Hört auf mit dem Scheiß!«

»Nein, nein! Eine Dürre mit Winztitten, die an ihr runterhängen wie Beutel.«

»Außerdem fehlen ihr ein paar Zähne.«

»Und schmutzig ist sie auch.«

»Sie stinkt noch schlimmer als ihr Vater.«

»Und du musst lauter eklige Sauereien mit der Zunge machen.«

»Du hast so was noch nie gemacht, Skinny, oder? So Sachen mit echten Mädchen.«

»Scheiße, hört auf, so 'nen Mist zu reden! Außerdem gibt's jetzt wirklich gleich ein Gewitter.«

»Hast recht. Da ist noch so ein Gebäude ein bisschen weiter nördlich, gleich hinter dem Hügel, wo der große einsame Baum steht. Keine Ahnung, warum sie es stehen lassen haben. War mal eine Schule. Da können wir pennen.«

»Du warst da schon mal, Stro?«

»Jaja, ab und zu.«

»Ist das nicht ein bisschen gefährlich?«

»Du bist 'n Schisser, Bruder!«

»Ich hab keine Angst. Aber die Graffiti-Typen vorhin haben von einer Gang geredet.«

»Ganz ruhig. Alles cool.«

»Du kennst die?«

»Ja, alles cool, sag ich dir, Fat. Wollen wir?«

Das erste Donnergrollen war zu hören, als sie bei dem Baum ankamen. Der große Bergahorn hatte einen knorrigen Stamm und weit ausladende Äste, die sich wie unter Schmerzen zum schwarzen Himmel hin wanden.

Es handelte sich um eine ehemalige Grundschule, das sah man gleich.

DIE HUNDE

In jener Nacht zwei Wochen vor Weihnachten, als Watts ihn anrief, schlief Lieutenant Brown wieder einmal nicht. Er lag auf dem Sofa, den Kopf auf der Armlehne, fischte Akten aus einem Karton, den er zu sich herangezogen hatte, und überflog sie mit müden Augen, bevor er sie auf den Couchtisch zu den Zeitungen von letzter Woche warf. Und was für eine Woche! Im Fernsehen liefen ununterbrochen Nachrichten aus der Wall Street – ohne Ton, den hatte er abgestellt, die fallenden Börsenkurse konnte man ohnehin an den Gesichtern der Bänker ablesen. Ein Mord im Businessmilieu von Manhattan machte Schlagzeilen. Von Detroit war nicht die Rede, obwohl es hier fast zwei Morde pro Tag gab. Dealer, Zuhälter, Huren und Arme, die zur falschen Zeit am falschen Ort waren, aber das war der Nation ziemlich egal, nur Cops wie Brown ahnten, dass es sich dabei um ein und dieselbe Katastrophe handelte und die Milliarden, die dort über den Jordan gingen, hier echte Revierkriege, Abrechnungen und verirrte Kugeln nach sich ziehen würden. Die Entvölkerung der Stadt ging weiter, ganze Viertel wurden aufgegeben und mutierten zu einem neuen Wilden Westen. In Krisenzeiten schrumpft der Drogenmarkt wie jeder andere. Gangs und Kartelle sind gezwungen, auf aggressivere Verkaufsstrategien zurückzugreifen, um ihre Umsatzzahlen zu halten. Das hatte der neue Polizeichef erklärt, bemüht, die Ohnmacht des Departments durch Zynismus zu überspielen. In der Detroiter Gerichtsmedizin gab es mehr Leichensäcke als Platz auf den Metallregalen der Kühlkammer. Deshalb wurden die Namenlosen auf dem Boden gelagert wie im Krieg.

Die Kältewelle Anfang November hatte die ersten Schneefälle gebracht, aber fürs Salzstreuen oder Schneeschaufeln fehlte der Stadtverwaltung das Geld. Seither war mehr als ein Monat vergangen und die Stadt im Schnee versunken.

Browns Lederstiefel trockneten unter dem elektrischen Heizstrahler im Bad, sie verloren die Form, obwohl er sie immer mit Zeitungspapier ausstopfte, um den Schaft einigermaßen aufrecht zu halten, die Falten waren rissig und undicht geworden, die Stiefel ausgeleiert und ständig feucht. Der Mantel hing schwer und zusammengesunken am Garderobenständer vor der Wohnzimmertür. Das Parkett, das an dieser Stelle dunkler war, zeugte von den vielen Wintern, die er bereits dort gehangen hatte, während der schmelzende Schnee langsam von ihm abtropfte.

Es waren noch weniger Autos auf den Straßen. Sogar die Rumtreiber verkrochen sich zum Überwintern. Im Copper Canyon herrschte um diese Uhrzeit Friedhofsruhe.

Das Telefon klingelte.

»Hier Watts. Hoffentlich hab ich dich nicht geweckt.«

»Nein, das weißt du doch. Alles okay?«

»Wir sind angerufen worden. Ich habe heute Abend

östlich von Hamtramck Streifendienst, in der Gegend um die St Cyril Street. Das gehört noch zu unserem Sektor.«

»Die Sektoren werden auch immer größer.«

»Und die Stadt immer kleiner, ja. Wir sind vor ein paar Minuten am Tatort eingetroffen.«

»Und was kann ich für dich tun?«

»Ich dachte, dass dich das vielleicht interessiert, Brown. Das Opfer ist ein Kind. So um die zwölf, dreizehn Jahre würd ich sagen.«

Die Straße verlassen zu nennen wäre untertrieben. Nur eine Seite war überhaupt noch bewohnt, und auf der standen zwei Häuser, die im Mondlicht Spukschlössern glichen. Weit auseinandergerückt durch die aufgegebenen Grundstücke dazwischen, wirkten sie wie in einen halb verwilderten Park hineingepflanzt. Silbriger Schnee bedeckte die Szenerie, durchbrochen von hohen Bäumen mit kahlen Zweigen und Sequoias, die ihn in ihrem bogig herabhängenden Geäst wie Halskrausen trugen. Eine einzige Veranda war beleuchtet: der Nachbar, der angerufen hatte, um eine Schießerei zu melden. War natürlich im Haus geblieben und hatte nichts gesehen.

Brown parkte schräg gegenüber auf der anderen, vollkommen unbeleuchteten Straßenseite, nicht weit entfernt von dem Streifenwagen, in dem Watts' Kollege noch am Steuer saß, mit offener Tür und eingeschalteten Scheinwerfern, die ein Bündel Licht auf diese Prärie warfen und mitten in der abgrundtiefen Dunkelheit einen leuchtend weißen, bläulich schimmernden Kegel aus dem grauen Schnee schnitten, in dem sich ein paar Dutzend Meter vor ihnen, es hätte auch ein liegengelassener Mantel sein können, die schwarze Silhouette eines zusammengekauerten Kindes abhob.

Es hielt sich selbst umschlungen, die erstarrten Arme an den Bauch gedrückt, das Gesicht im Schnee verdreht, um Atem zu holen oder nach Hilfe zu rufen, so lange es konnte, die Augen geöffnet, als blickte es auf die Straße. So war es ein paar Meter weit gekrochen, und um ehrlich zu sein, war das das Erste, was Brown im grellen Scheinwerferlicht des Streifenwagens sah, noch bevor er aus dem Auto gestiegen war: die Spur, die das kleine schwarze Ding, das dort lag, verlängerte wie ein Ausrufezeichen des Schreckens oder des Zorns, die Blutspur, die es hinter sich hergezogen hatte.

Watts stellte seinen Kollegen vor, der Brown mit einem Kopfnicken begrüßte, aber im Auto sitzen blieb, um den Funkspruch mit der Ankündigung des Gerichtsmediziners abzuwarten. Zwanzig Minuten nach Watts' Anruf. Gott sei Dank war das Kind schon tot.

Zu zweit gingen sie zu der Leiche, langsam und vorsichtig, weil die Schneedecke Unebenheiten im Boden verdeckte. Außerdem hatte keiner besondere Lust, aus der Nähe in das vom Schmerz verzerrte und von der Kälte erstarrte Gesicht eines zwölf- oder dreizehnjährigen Kindes zu schauen, das wahrscheinlich nicht einmal verstanden hatte, dass es sterben musste.

»Das merkt man an den Augen«, sagte Brown. »Es sieht erstaunt drein.«

Es blickt auf die Straße. Da kriecht es durch den Schnee und hält sich den Bauch, es hat in seinem ganzen Leben noch keine solchen Schmerzen gehabt. Mit jeder Bewegung zerreißt es ihm die Eingeweide, und der Schmerz durchfährt es wie ein Blitz vom Bauch bis zum Scheitel, als würde es entzweigespalten. Es kann sich nicht einmal auf den Knien halten und sieht auch nicht mehr ganz klar, aber es blickt weiter auf die Straße. Vielleicht entdeckt es dort drüben ein Licht, ein vorbeifahrendes Auto wirft überall hin die Schatten der Bäume, die die Nacht gleich wieder verschluckt, oder der Nachbar hat wenigstens das Licht auf seiner Veranda eingeschaltet, wenn er schon nicht den Samariter spielt. Es blickt zur Straße, die gar nicht so weit weg ist, und würde trotz der schrecklichen Schmerzen gern weiterkriechen und kann einfach nicht begreifen, warum es das nicht schafft, warum es das nicht mehr hinkriegt. Der Schmerz furcht seine Stirn, die Angst verzerrt seinen Mund, aber die Augen werden immer größer, aus Verblüffung, nicht mehr bis zur nächsten Sekunde durchzuhalten. Das Todesstaunen.

Was Brown auch die Maske der Unschuldigen nennt.

Sie hatten sich beide über den Jungen gebeugt und ihn, an Schultern und Kopf gestützt, vorsichtig auf den Rücken gedreht. Brown kniete sich neben die Leiche in den Schnee. Das Blut floss nicht mehr. Die Muskeln waren von der Kälte steif und schwer zu bewegen. Brown zog die Handschuhe aus, um den Reif vom Gesicht des Kindes und aus seinen Haaren zu wischen, nahm einen Fotoapparat aus seiner Manteltasche, erhob sich ein wenig, um das Gesicht frontal draufzukriegen, dann steckte er ihn wieder weg, kniete sich hin, nahm seinen Hut ab, legte ihn neben sich und versuchte dann mit den langsamen und traurigen Bewegungen eines schüchternen Riesen, der befürchtet, ein so kleines Ding kaputtzumachen, ihm die Augen zu schließen. Die Lider waren gefroren. Der Notruf, bei dem nur von einer Schießerei die Rede gewesen war, hatte fast eine Stunde gebraucht, um Watts' Streife zu erreichen, nachdem sie ihre Position durchgegeben hatten, die nicht weit vom Tatort entfernt war.

Brown erhob sich und setzte den Hut wieder auf. Er schlug nie ein Kreuz, aus Aberglauben, dass das Unglück bringen könnte. Sie wollten gerade zurück zu den Autos gehen. Seit er das Archiv des dreizehnten Reviers geerbt hatte, war er der einzige Cop von Detroit, der manchmal zu einem Kindergesicht einen Namen finden konnte. Ein Name bedeutet, dass es eine Familie gibt und eine Ermittlung. Ein Name schützt davor, in einem der vielen schwarzen Säcke mit den Namenlosen auf dem Boden des Kühlraums der Gerichtsmedizin zu enden. Watts brach als Erster das Schweigen.

»Wenn wir Glück haben ...«

»Ja. Der Junge hatte ja nicht viel davon.«

Brown war müde. Seine Stiefel waren völlig durchgeweicht. Seine Zehen krümmten sich instinktiv, um Wärme zu finden, trafen aber nur auf die durch die feuchten Socken eindringende Kälte. Das würde eine lange Nacht werden.

»Ich glaube, meine Stiefel sind im Eimer.«

Mit einem Schlag verstummten sie. Ein Stück weiter weg, an der Grenze des Scheinwerferlichts, ließ sie ein Geräusch in der Dunkelheit aufhorchen, das sie nicht auf Anhieb identifizieren konnten. Wie eine Art Röcheln. Oder eher ein Knurren.

Watts hatte sofort die Hand am Gürtelholster und ließ den Knopf des Riemens aufspringen, der den Revolver im Futteral hielt. Brown zuckte mit den Schultern und streckte seine geöffneten Hände aus: Er war ohne Waffe gekommen.

»Wilde Hunde!«, flüsterte er und machte einen Schritt auf Watts zu, der langsam seine Waffe zog, als sie auftauchten. Pitbulls, zwei Pitbulls, wahrscheinlich vom selben Herrchen aufgezogen und ausgesetzt, das noch stumpfer war als sie selbst. Seit der Katastrophe stromerten sie zu Dutzenden durch die Stadt, meist Kampfhunde, die überlebten, weil Rauflust und Blutdurst ihren fehlenden Jagdtrieb wettmachten.

Sie zogen die Lefzen an ihren langen Dachsschnauzen hoch und zeigten ihre spitzen Zähne, den Kopf gesenkt zwischen den klobigen Schultern, näherten sie sich im Scheinwerferlicht den Lieutenants, die bösen roten Äuglein schon auf ihre Drosselvenen gerichtet, ermaßen sie ihre Größe und ihre Schnelligkeit und erschnüffelten ihre Angst. Brown und Watts wichen zurück und versuchten, ruhig Blut zu bewahren.

Es gab eine Anweisung an alle Streifen, nicht selbst etwas gegen die Hunde zu unternehmen, sondern die Hundebrigade zu verständigen, die aus Tierärzten, ein paar ehemaligen Zoowärtern und Freiwilligen bestand, ausgerüstet mit Fangschlingen, Elektrostäben und vergitterten Kleinlastern. Auch Waschbären und Füchse tauchten vermehrt in der Stadt auf. Es war nur eine Frage der Zeit, bis die Tollwut wieder ausbrechen würde.

Ohne die Hunde aus den Augen zu lassen, bewegten

sich Brown und Watts rückwärts auf den Wagen zu. Ihr Kollege war ausgestiegen und hatte die Autotür offen gelassen, um im Schnee ein paar Schritte mit der Einsatz-Pumpgun in der Hand auf sie zuzugehen, die auf die Entfernung allerdings wenig bringen würde.

Die Leiche des Kindes lag zwischen ihnen und den Hunden. Ihre Schritte wurden länger und eher diagonal, wobei sie immer wieder hinter sich blickten. Völlig auf die Molosser konzentriert, kamen sie gar nicht auf die Idee, dass deren ganzes Verhalten, der schulterrollende Gang, das dumpfe Knurren, die offenen Mäuler und das mit blitzenden Fangzähnen drohende Lächeln, vielleicht nur dazu da war, sie einzuschüchtern und zum Rückzug zu bewegen – zugunsten einer leichteren Beute. Sie hatten ihren Kollegen erreicht, waren fast schon in Sicherheit, aber die Hunde kamen gar nicht mehr näher. Sie umkreisten jetzt die Leiche und beschnüffelten sie knurrend.

Watts schoss zweimal in ihre Richtung, verfehlte sie aber. Die Pitbulls blieben kurz stehen und bellten. Brown schrie auf, als sie sich auf das Kind stürzten, der eine auf den Hals, der andere auf eine Hand. Knurrend rissen und zerrten sie an der Leiche, die Mäuler in alle Richtungen schwenkend, drehten sie um, wühlten unter der Jacke, hoben sie wie eine Stoffpuppe hoch, schnappten nach Beinen, Armen und Brust und versuchten, sie in Stücke zu reißen.

Der junge Lieutenant hätte wahrscheinlich lieber von da aus geschossen, wo er stand, aber Brown hatte ihm schon das Gewehr aus der Hand gerissen und rannte schreiend die Schusslinie entlang auf die Hunde zu. Er hielt die Mossberg mit der linken Hand am Lauf und lud sie mit Hilfe ihres Eigengewichts nach, indem er sie während des Laufens kräftig nach vorn schleuderte, dann griff er mit der rechten Hand an den Kolben und feuerte in der nächsten Sekunde. Und noch einmal. Viermal, fünfmal. Vielleicht auch sechsmal, er zählte nicht mit und hörte nicht auf zu schießen. Das Knallen zerriss die Nacht. In seinen Ohren begann es zu dröhnen.

Von den Schrotkugeln getroffen, hatten die Hunde von ihrer Beute abgelassen, ihr weißes Fell war befleckt von Schürfwunden und roten Punkten, ihre Schnauzen vom Blut des Kindes verschmiert. Jetzt, wo er näher dran war, streckte er einen von ihnen mit einer neuen, konzentrierteren Ladung nieder, die ihm das Hinterteil wegriss, und ließ ihn hilflos wimmernd im Schnee liegen.

Der andere Pitbull nahm Anlauf. Laden mit links, wie gehabt. Schnelle Drehung, die rechte Hand wie von einem Magneten am Kolben gehalten, der linke Arm wie zu einem Fausthieb ausgestreckt. Der Hund sprang ihn an, Maul voraus, nach Hundeart. Als Brown abdrückte, hatte er schon fast den Lauf im Rachen. Der Schuss traf ihn im Sprung, und der halbe Körper explodierte in der Luft.

Brown machte die Augen wieder auf. Der Schnee um ihn herum war rot. Er atmete schwer. Hörte das Blut in seinem Hals und an den Schläfen pochen und ganz von fern die beiden Lieutenants schnellen Schritts auf ihn zueilen. Watts mit seinem Hut in der Hand, der ihm beim Laufen vom Kopf geflogen war. Den reichte er ihm und nahm ihm gleichzeitig die Mossberg mit dem noch heißen Lauf ab. Mantel und Stiefel des alten Cops waren voll Blut. Er zitterte leicht. Die Augen unter den zusammengezogenen Brauen waren weit aufgerissen, ob aus nachträglicher Angst oder Wut war schwer auszumachen. Er setzte den Hut wieder auf. Und sprach dumpf wie jemand, der sich selbst nicht hört:

»Wir warten nicht auf die Gerichtsmedizin, wir nehmen die Leiche selber mit. Sollen die sich doch um die Köter kümmern.«

JUNIOR HIGH SCHOOL

Beim Einparken wurde Georgia bewusst, dass sie noch nie in der Junior High School gewesen war, an die Charlie im August gewechselt hatte. Es war Dezember, er war jetzt seit einem Monat nicht mehr nach Hause gekommen. Wäre er im Viertel wiederaufgetaucht, hätte sie es von den Nachbarn erfahren, also hatte sie irgendwann bei sich gedacht, an der Schule bestehe vielleicht eine letzte Chance, dass ihn jemand gesehen hatte oder etwas wusste.

Ein weißes Gitter versperrte den Zugang auf der ganzen Länge, nur neben einem Glaskasten, von dem aus die Aufsicht Hof und Vorplatz gleichzeitig kontrollierte, ging es auf und lief ein paar Meter in einer Schiene, gedoppelt durch ein weiteres Tor. Die beiden Tore, die sich abwechselnd auf- und zuschieben ließen, bildeten eine Schleuse, die sich unter dem Blick der Aufseher mit Schülern füllte und wieder leerte. Man konnte das Ganze auch einfach Käfig nennen. Die Gitter sollten eigentlich die Schüler vor der Straße mit ihren Dealern und Gefahren beschützen, wirkten aber eher wie ein Gefängnis, in das man sie wie Verbrecher bis zu ihrem fünfzehnten Lebensjahr einsperrte, um sie zu erziehen, denn das war es, woran man bei diesem Anblick dachte: an Tiere im Käfig, die erst dressiert werden mussten, bevor sie wieder in die Natur, das heißt in die Stadt, entlassen werden konnten.

Die Kids schien das nicht zu stören. Ruhig passierten sie die Schleuse, hielten ihren Ausweis vor die wie an den Eingängen zur U-Bahn in einer Reihe aufgestellten Lesegeräte und verteilten sich dann im Hof.

Charlie war nicht da, jedenfalls konnte sie ihn nicht entdecken. Sie blieb einen Moment auf der anderen Straßenseite in ihrem Auto sitzen, um Einzelheiten in der lärmenden Masse zu erkennen, Sweatshirtkapuzen und alle möglichen Frisuren, geschorene Schädel mit ausrasierten Motiven, Hahnenkämme, Zöpfe mit bunten Bändern, Baseball- und Basketballcaps, mit Ansteckern und Aufnähern verzierte Jeansjacken, unpassende Jogginghosen, über die Schulter geworfene Rucksäcke, auf denen die Signaturen und Namen irgendwelcher Idole in Tipp-Ex prangten, kein einziger Schulranzen, das war auffällig, die Mädchen trugen große Kunstlederhandtaschen mit goldenen Ketten als Schultergurt, manche, die im Sommer wie Bambus in die Höhe geschossen waren, wiegten sich auf langen nackten Beinen in Shorts, als ob das der Ort und die Jahreszeit dafür wären, die meisten steckten aber in viel zu weiten Jogginghosen wie die Jungs, Georgia beobachtete aus der Ferne kleine Grüppchen, die wie Wellen entstanden und sich wieder verliefen, und die wüsten Beschimpfungen, die vom kleinsten Geschubse hervorgerufen, aber auf der Stelle vom Pfiff einer Trillerpfeife wieder unterbunden wurden.

Als die Menge spärlicher wurde, stieg sie aus dem Auto. Überquerte langsam die Straße. Hielt gebührenden Abstand zu den letzten Schülergruppen. Zuspätkommende rannten an ihr vorbei. Ehrlich gesagt, hätte sie sich gefürchtet, wenn sie anderswo als hier solchen Massen von Jugendlichen begegnet wäre, sie können einem ja auch Angst machen mit ihren komischen Outfits, ihren unwahrscheinlichen Frisuren, ihren zu großen Körpern, die ständig herumzappeln, als wären sie stets bereit, die Gegenrichtung zu nehmen, ihrem pausenlosen, ohrenbetäubenden, unverständlichen Geschrei, das aus Ausrufen, Beschimpfungen und ganz eigenen Wörtern besteht – falls es überhaupt Wörter sind. Wie eine andere Lebensform. Wie Aliens in der Maske von Jugendlichen, drauf und dran, die Stadt einzunehmen.

Georgia trat näher ans Gittertor, das sich langsam schloss. Der Aufseher hatte kurz gezögert, ihr aber wahrscheinlich angesehen, dass sie keine Lehrerin war. Also ließ er das Tor in seiner Schiene rollen, bis es am magnetischen Riegel geräuschvoll einrastete. Schüler waren keine mehr in der Schleuse, sie verschwanden in den Gebäuden um den Hof. Georgia trat vor das Gittertor, weil sie dachte, der Aufseher würde es wieder öffnen, um sie hineinzulassen, aber er war bereits dabei, auch das zweite zu schließen. Ohne sich auch nur umzudrehen, rief er ihr zu, sie solle sich an den Pförtner wenden, in der Loge ein Stückchen weiter um die Ecke. Von hinten gesehen, hätte er auch als Schüler durchgehen können, nur vielleicht ein bisschen größer, in seiner Jacke mit dem Namen der Schule.

Drinnen war das Gefühl der Fremdheit noch stärker. Die Jugendlichen waren hier heimisch. Sie schienen sie kaum zu bemerken. Aber jedes Mal, wenn sie sich einem diskutierenden Grüppchen näherte, kehrten ihr alle den Rücken und gingen ein Stück von ihr weg, um ihre lebhafte Diskussion dort fortzusetzen. Das geschah instinktiv, ohne einen Blick in ihre Richtung. In ihrer Haltung lag weder Vorwurf noch Drohung, sie ließen sie nur wissen, dass sie hier nicht hingehörte mit ihrem Dutt und ihrer Brille, dem Wollrock bis übers Knie und der Lackhandtasche, dass sie hier falsch war.

Die Jugend ist ein Land für sich.

Georgia fand das richtige Gebäude nicht. Sie war der Beschreibung des Hausmeisters gefolgt, denen einer Aufsicht, dann denen eines Erwachsenen, der sich nicht vorgestellt hatte, war in eine Halle gelangt, in der es von Schülern wimmelte, war Gänge entlang und Treppen nach oben gegangen, dann wieder andere Gänge, die sich am Ende gabelten, weil die Gebäude untereinander verbunden waren.

Sie hatte nur gefragt, ob sie die Aufsichtsverantwortliche sprechen könnte, die über Fehlen und Verspätungen Buch führte. Sie kannte womöglich Freunde von Charlie, die ihn nie zu Hause besucht hatten, aber vielleicht etwas wussten. Oder die Aufsichtsverantwortliche hätte selbst eine Idee. In der Schule passieren Dinge, von denen die Eltern nie etwas erfahren. Es gab hier so viele Kinder. Eine einzige Masse, überall.

Verstohlen studierte sie die Gangarten, Silhouetten, Schädel und Käppis auf ihrem Weg, in den Gruppen vor den Klassenzimmern, in den Gruppen, die mit gesenktem Kopf die Treppen hinunterstürmten, an ihr vorbei, ohne sie eines Blickes zu würdigen oder abzubremsen, und in den Gruppen, die vor ihr die Gänge durchmaßen und die sie regelmäßig hinter Schließfachreihen, Menschenaufläufen und Treppenschutzgittern aus den Augen verlor.

In ihrem Kopf drehte sich ein Kaleidoskop einzelner Körperteile, Stufen hinaufsteigende Unterschenkel, unter zu weiten Jeans hervorschauende Boxershorts, Schultern und Nacken, Unterarme voller Plastikarmreife, Haare in allen Farben und Formen. Kaum Gesichter. Jeder außer ihr weiß, wohin er geht, mit wem er zu sprechen hat, wem er in dem Strom rasch aus dem Weg gehen sollte, Erwachsenen ist auszuweichen, die Türen knallen. Kein Charlie.

Schlagartig wurde ihr klar, dass ihr Enkel viel größer war, als er ihr erschienen war. Schon gewöhnt an dieses Leben, die hastende Menge, die ihren Weg kreuzte oder sie pausenlos überholte, diese Menge aus Rücken und Schultern und Schenkeln und Schöpfen, die sie streiften, die Fremde. Gleichzeitig dachte sie aber auch das Gegenteil: dass er doch noch ein Kind war und sie ihn schutzlos hier ausgesetzt hatte, in diesem chaotischen Treiben der Jugendlichen, in dem man sich nur verlieren konnte.

Vor den Metallspinden im breiten Flur des ersten Stocks bezog sie schließlich Stellung gegenüber dem Büro, kerzengerade stand sie da und drückte mit beiden Händen ihre Lackhandtasche fest an ihren Regenmantel.

Eine Schülerin bat sie sehr höflich, beiseitezugehen, ebenfalls ohne sie anzusehen. Dann hängte sie die brave marineblaue Strickjacke, die sie eben noch trug, in ihren

Spind. Als sie die Tür wieder schloss, hatte sie nur noch ein Basketballshirt an, durch dessen weite Ärmel man ihren BH sehen konnte. Sie drehte sich zu ihren Freundinnen um, die ihre Verwandlung mit Pfiffen und Lachen quittierten. Da erst lächelte sie Georgia zu, als hätte sie sie eben erst bemerkt. Als hätte die Welt vorher noch nicht existiert. Schließlich verschwanden die Mädchen.

Ein paar ältere Schüler lungerten noch auf dem Flur herum. Ohne anzuklopfen, betraten sie das Büro der Aufsicht. Georgia hörte Stimmen in schrillen Tonlagen, es klang nach Anpfiff oder Strafpredigt, dann eine Weile nichts mehr. Es reichte wohl, den Blick zu senken und mit den Achseln zu zucken, denn am Ende kamen sie alle leicht gebeugt wieder heraus, mit noch schlurfenderen Schritten als vorher, sofern das überhaupt möglich war. Manche waren in Begleitung von ein oder zwei Kumpels gekommen, die bei den Schließfächern auf sie warteten, aber so taten, als ob sie ihre Nummer vergessen hätten oder nach dem Schlüssel zu ihrem Vorhängeschloss suchten. Kaum kamen die anderen wieder aus dem Büro, blickten sie mit einem schiefen Grinsen hoch und schlugen in die Hand ihres Kumpels ein oder klopften ihm auf die Schulter – alles klar, Bruder. Keiner einziger richtete auch nur ein Wort an Georgia.

Da sie gegenüber wartete und nicht direkt vor der Tür, kam niemand auf die Idee, dass sie vielleicht auch mit der Aufsicht sprechen wollte. Natürlich konnten sie es sich denken, aber es war nicht ihr Problem. Wenn die Alte mit ihren grauen Strümpfen, ihrem Dutt und ihrer Hornbrille lieber warten wollte, was ging sie das an? Sogar zwei Lehrer gingen an ihr vorbei, ohne sie anzusprechen. Was sie wohl hier zu suchen hatte? Sie würde schon ihre Gründe haben. Vielleicht war sie herbestellt worden. Wozu mit ihr reden? Die erste Lehrerin war eine ziemlich dicke Frau in den Vierzigern, die in Gang und Haltung etwas Soldatisches hatte, den Kopf hoch erhoben, den Blick starr auf die Wand am Ende des Ganges gerichtet, die Lippen zusammengekniffen, wahrscheinlich biss sie die Zähne zusammen, niemand würde sie heute unterbrechen oder ihr dumme Fragen stellen, keiner würde ihr blöd kommen an diesem Vormittag – das hatte sie sich mehrfach selbst vorgesagt, als sie aus dem Klo im Lehrerzimmer kam, mit Bauchweh wie immer vor dem Unterricht, bevor sie das Klassenzimmer betrat. Der zweite war ein kleiner Herr mit schütterem weißem Haar, der einen Haufen Fotokopien schleppte, dazu Marker, ein kleines gelbes Heft und einen Schlüsselbund in der einen Hand, in der anderen eine riesige, unförmige Aktentasche aus rissigem Leder, weshalb er den Kopf leicht zur Gegenseite neigte. Er lächelte ihr schüchtern zu, als er an ihr vorbeiging, fragte sie aber auch nicht, ob er ihr helfen könne. Der sah aber auch aus, als hätte er ohnehin genug Probleme. Es wäre schon ein Wunder, wenn er es bis ans Ende des Ganges schaffte, ohne dass ihm die Kopien aus den Händen glitten und zu Boden fielen – danach hätte er noch eine zweite Chance der Demütigung, wenn er die Tür zum Klassenzimmer öffnete.

Ach, irgendwann würde die Aufsichtsverantwortliche sie schon bemerken. Zum Beispiel könnte ein Schüler beim Eintreten die Tür ganz weit aufreißen. Oder sie käme selbst heraus, um nachzusehen, was das für ein Lärm im Flur war: Hinten bei den Klos standen zwei Jungs, die Gott weiß was ausheckten, offenbar Schmiere für einen Dritten, der dort drin war, und entschieden, wer reindurfte und wer nicht; die Glücklichen aber zogen viel zu früh die Spülung, als dass sie Zeit zum Pinkeln gehabt hätten. Kleine Geschäfte. Ein Problem zu regeln. Bin gleich wieder da, Ma'am. Nein, Charlie war seit einem Monat nicht im Unterricht. So was kommt vor. Wozu die Aufregung?

Unverrichteter Dinge fuhr Georgia nach Hause.

DIE STADT IST EINE LANDSCHAFT

Wenn du weit weg bist von zu Hause, schreiben dir die Leute anfangs. Es ist eine Art Abenteuer. Sie wollen wissen, wie es dort aussieht, wie es bei dir läuft, sie sind neugierig, das ist nur menschlich. Aber bald wird klar, dass du keinerlei Einfluss mehr darauf hast, was mit ihnen passiert. Du bist zu weit weg, anderswo zu beschäftigt, zu sehr von anderen Dingen eingenommen und hast mit ihrem Alltag nichts mehr zu tun. Aber gerade der Alltag nimmt ja tagaus, tagein den Großteil ihrer Zeit in Beschlag. Ihre Sorgen, die Erkältungen der Kinder, die Eifersüchteleien bei der Arbeit, der angesagte Film, die Nachbarin, die jetzt im Altenheim ist, das sonntägliche Picknick, der Promi, den sie vermeintlich im Fitnessstudio gesehen haben, der Wasserschaden, die Impfung gegen die Schweinegrippe, die neue Bar im Viertel, der jüngste politische Skandal – du kannst mit alledem nichts mehr anfangen, es hat keinen Sinn, mit dir darüber zu reden, weil du eben nicht mehr da bist. Dieser Alltag hat früher auch den größten Teil deiner eigenen Zeit und Energie in Anspruch genommen, aber jetzt ist es nicht mehr dein Alltag, und du bist raus. Nie hättest du gedacht, wie zerbrechlich so was ist. Deine Arbeit und die Zeitverschiebung machen die Kommunikation schwierig, es kann dauern, bis Antworten kommen. Bald schreibt dir keiner mehr. Wir schauen mal, wenn du zurück bist. Kein Problem. Auch dein Leben wird weiterhin großteils vom Alltag bestimmt. Er hat sich nur verändert. Die Entfernung ist ein Relativitätsproblem.

Du bist in das Muster eines neuen Lebens hineingerutscht, was natürlich nur so eine Redensart ist, denn es bleibt ja deins, dein Leben, das immer weitergeht, aber alles daran kommt dir neu vor. Sogar hier, in Nordamerika, gibt es so einen unterschwelligen Exotismus, der all deine Bewegungen und deinen Blick, die banalsten Dinge und die normalsten Empfindungen verschleiert.

Die Stadt ist eine Landschaft. Am Ufer eines Flusses, den du nicht kennst, in einem Klima, von dessen wechselnden Launen und Wolkenformationen du noch nichts weißt. Dabei gibt es auch hier Erde, Bäume, Wasser, Himmel und Beton, es müsste deinem Zuhause doch ähneln, denn Häuser sind Häuser und Straßen sind Straßen, das kann doch so anders nicht sein, doch dir kommt überhaupt nichts bekannt vor. Die Höhe der Gebäude, die Breite der Straßen, die Markenlogos und Ladenschilder. Die Farbe der Briefkästen, Wasserleitungen und Hydranten, die Uniformen der Polizisten, der Postbeamten, der Lieferanten, der Kassierer, der Busfahrer und der Arbeiter. Die Form der Kanaldeckel, der Fabrikschlote, der Feuertreppen, die Auswüchse unter den Fenstern wuchernder Klimaanlagen. Die Breite der Bürgersteige, der Platz, den der Himmel über dir einnimmt, wenn er die Boulevards überwölbt und sich durch die Alleen verflüchtigt. Und dass es mitten in der Stadt Autobahnen gibt mit Betonpfeilern und Rampen für Auf- und Ausfahrt, die wie riesige Rutschen aussehen.

Und dann der Lärm. Der Lärm einer Stadt ist immer ein Hintergrundgeräusch. Er erfüllt deine Ohren von überallher gleichzeitig. Erst mit der Zeit hörst du genauer hin und versuchst, die einzelnen Geräusche zu unterscheiden, aus denen er sich zusammensetzt. Der Straßenverkehr, das Anfahren bei Grün, die Kolbenbremsen der riesigen Trucks, die Sirenen von Polizei, Feuerwehr und Rettung, die Warnsignale von Baustellenfahrzeugen und rückwärtsfahrenden Lieferwagen, die Musik, die aus offenen Fenstern und Ladentüren quillt, die im Vorübergehen aufgeschnappten Ausrufe der Menschen und deren entfernte Gespräche, die zu einem reinen Konzentrat aus Betonungen ohne Wörter werden. Das dumpfe, fast ununterbrochene Donnern, das du für den Straßenverkehr hältst, das aber tatsächlich von den Linienflugzeugen stammt, die hier nicht sehr hoch fliegen – auch der Flughafen ist mitten in der Stadt.

Das alles umhüllt dich wie ein Gewebe. Es ist gar nicht so weit weg, aber es ist eben nicht zu Hause. Die Vögel rufen anders. Die Bäume sind höher. Du kannst alles benennen, aber nichts wiedererkennen. Die Dinge hier sind zugleich fremd und vertraut.

Und du denkst bei dir:

Es ist das erste Mal, dass ich einen Mustang mit Automatik über eine staubige Landstraße lenke, die schnurgerade durch die Hügel der Prärie zum Horizont führt;

das erste Mal, dass ich mit einer Tigers-Cap auf dem Kopf in den Spiegel sehe, nachdem ich die gerade bei einem Match im Comerica Park spielen gesehen habe; das erste Mal, dass ich inmitten einer Fünfzigerjahre-Einrichtung aus Chrom und Resopal auf einem Barhocker im Fenster eines Diner Ecke Gratiot Avenue und Eight Mile Road Filterkaffee trinke, umgeben von der vollkommenen Gleichgültigkeit der anderen Kunden und einer Kellnerin in weißer Schürze, die mir soeben nachgeschenkt hat. Das erste Mal. In Detroit.

Du fragst dich, ob das auch alles wieder alltäglich wird, wenn du nur lange genug hier lebst. Ob es so ist, weil es das erste Mal ist oder weil es in Detroit passiert.

Aber hier ist noch irgendetwas, etwas Spezielles. Der Geruch der Katastrophe liegt in der Luft.

Die Straßen sind auffallend leer.

Seit der letzten Volkszählung haben die meisten Viertel bis zu einem Drittel ihrer Einwohner verloren. Die übrig gebliebenen Häuser sind nichts mehr wert, null. Der größte Teil Detroits vom Norden von Midtown bis zum Süden am Fluss ist nur noch verwildertes Ödland – auf diesen Brachen könnte man San Francisco, Boston und Manhattan unterbringen. Nach den Notprogrammen der Stadt und des Bundesstaats Michigan sollen leerstehende Gebäude, die eine Gefahr darstellen, abgerissen werden. Es ist im Gespräch, eine der schönsten Sammlungen Amerikas, die Brueghels, Poussins, Caravaggios, Gauguins, Van Goghs, Matisses und Picassos aus dem städtischen Museum, zu verkaufen oder mit Hypotheken zu beleihen. In den entvölkerten Gegenden wird die kostspielige überalterte Wasserversorgung eingestellt. Dadurch geraten dreißigtausend Haushalte in eine mit Ländern der Dritten Welt vergleichbare Situation, und das nur wenige Kilometer von den Großen Seen entfernt, der größten Süßwasserreserve der Welt.

Wer keine Arbeit hat und irgendwie zu überleben versucht, wird zum Kupferplünderer, und die Straßen versinken im Dunkel. Wer sein Haus verlassen muss, weil er die monatlichen Raten nicht mehr bedienen kann, obwohl das Haus nichts mehr wert ist, legt Feuer und hofft, dass die Versicherung zahlt. Es reicht, eine Nachttischlampe auf eine Synthetik-Bettdecke zu stellen und das Licht anzulassen, wenn man geht. Der Chef des Feuerwehr-Departments hat schließlich angeregt, solche Häuser einfach brennen zu lassen, weil es zu viele sind und die Einsätze zu teuer. Ein Witz kursiert in der Stadt: Der Letzte, der Detroit verlässt, macht das Licht aus. Fast könnte man meinen, dass es schon so weit ist.

»Ich weiß nicht, warum ich Ihnen das alles erzähle«, wird Eugène in seinem letzten Bericht schreiben. »Man gewinnt hier den Eindruck, dass das, was passiert, eine verstörende Vision ist, ein Bild der Zukunft. Trotzdem geht das Leben weiter.«

Vogelgeschrei liegt in der Luft und der Geruch der Katastrophe, die mit den streunenden Hunden gemeinsam im Schnee stöbert.

An dem vom See kommenden Arm des Flusses wurden wieder Biber gesichtet.

»Als ich an diesem Abend mit Candice nach Hause ging«, wird Eugène weiterschreiben, »wurde mir klar, dass ich den Integral nicht bauen, aber vielleicht jemanden kennenlernen würde. Das hat natürlich die Stadt nicht gerettet. Ich bin kein Engel. Eine Stadt wird auch nicht durch Menschen gerettet, sondern durch Investoren, Fabriken, Projekte, Steuern. Das wissen Sie besser als ich, besser als irgendwer sonst. Das werden Sie morgen Regierungen und Bankiers erzählen. Aber ohne Menschen ist sie auch nicht zu retten.«

Da denkst du, du bist weit weg, aber eigentlich warst du nur einsam.

MAD MAX

Als sie durchs Tor traten, drückte Charlie auf Stopp: Dreiundvierzig Minuten und siebenundzwanzig Sekunden, so lange hatten sie von ihrem Treffpunkt am Packard-Korridor bis zu dieser Schule gebraucht. Pausen miteingerechnet, merkte er an. Konzentriert schaute er auf die Anzeige, als würde ihn das an irgendetwas erinnern, aber bis jetzt hatte noch nichts in seinem Leben exakt dreiundvierzig Minuten und siebenundzwanzig Sekunden gedauert. Strothers verdrehte die Augen. Kleine Macken haben doch immer etwas Lächerliches. Er wollte sich schon über ihn lustig machen. Er hätte ihm vielleicht die Stoppuhr weggerissen oder ihn damit gewürgt, das wäre der Moment gewesen, sich von seiner bösen Seite zu zeigen, aber Fat Bill begann zu lachen. Stros Stunde war noch nicht gekommen. Charlies Geschichte hatte gerade erst angefangen, und auch wenn er ahnte, dass seine Großmutter bald Himmel und Erde in Bewegung setzen würde, um ihn wiederzufinden, wusste er doch noch gar nichts von Max und seinen Machenschaften, von den Zonenkids und eigentlich auch nicht viel über Strothers. Bis jetzt war er nur Bill auf seiner Flucht gefolgt, weil er sein Freund war – dafür sind Freunde schließlich da. Er hatte nicht die geringste Ahnung, was ihnen bevorstand.

Sie schalteten ihre Taschenlampen ein. Ihre Stimmen hallten in der Eingangshalle wegen der Keramikfliesen am Boden und an den Wänden und wegen des vielen leeren Raums, der jedes Geräusch mit einem Echo und einem kalten Nachhall versah. Fast überall lagen Trümmer, die Decke war an vielen Stellen abgeblättert, die Farbe in dicken Placken auf den Boden gefallen, wo sie gekrümmt und gewellt zwischen kleinen Steinen und winzigen Gipsbrocken verstreut herumlag. Über den Wandfliesen zogen sich Risse durch den Putz wie dunkle Blitze, in deren Zerklüftungen Hohlbausteine zum Vorschein kamen. Abgesehen von dem Eindruck von Verlassenheit und Schmutz, der den Boden wie eine Staubschicht überzog, war alles an seinem Platz: die Garderobenhaken auf Kinderhöhe, die Bill kaum bis zur Schulter gingen, die einigermaßen in einer Reihe stehenden Bänke, die über den Türen in der Mitte jeder Wand angeschraubten Schilder »Verwaltung«, »Schulhof«, »Klassenzimmer«. In alle Türen waren Mattglasscheiben eingelassen. Die Tür zum Hof gegenüber dem Eingang war kaputt. Durch das Öffnen der Tür waren die Scherben daneben zusammengeschoben und die Fliesen halbkreisförmig zerkratzt worden. Sie verstummten und gingen schweigend zum Flur mit den Klassenzimmern, angeführt von Strothers, der ihnen bedeutete, ihm zu folgen. Unter ihren Schritten knirschten die Scherben, die getrocknete Erde, der Schutt auf dem Boden. Im Flur war es dunkel. Das wenige verbliebene Tageslicht fiel schwach von draußen durch die Scheiben in den Türen und darüber in der Wand und durchdrang das staubgeschwängerte Halbdunkel wie Wasser. Es hatte dieselbe

Farbe: ein schmutziges, gipsiges, dichtes Licht von kränklichem Gelb. Die Taschenlampen wischten über den Boden, auf dem der Inhalt der aufgebrochenen Fächer verstreut lag: Hunderte zerrissene Hefte und Blätter in einer wilden Mischung aus geknackten Schlössern, herausgerissenen Türen, Stiften und Plastikkugelschreibern, schäbigen Federmäppchen, leeren Ranzen und ein paar Jacken auf abgeblätterter Farbe, zerbrochenem Glas und Bruchstücken einer Zwischendecke aus Styropor. In der Mitte war eine Art Durchgang freigeräumt und der Großteil dieses Durcheinanders an die Wände geschoben worden. Langsam gingen sie weiter.

Im Lichtschein ihrer Taschenlampen tauchten an den Wänden Aushänge mit Notrufnummern oder Werbung für Vereine gegen Gewalt auf, illustrierte Plakate über Hygiene und Grippe, ein gelber Zettel, der die nächste Elternversammlung vor zwei Jahren ankündigte, und ein grüner Zettel mit dem Speiseplan der Woche. An einer vom Moder halb zerfressenen Korkpinnwand hingen Namenslisten, Stundenpläne und Tabellen mit Aktivitäten wie Basketball, Hip-Hop-Tanz, Zeichnen, Lesen, Gymnastik.

Sie hatten zu flüstern begonnen. Die Atmosphäre dieses verwaisten Orts und die paar noch erkennbaren Lebensspuren erinnerten mehr an ein Horror-Game als an eine Schatzsuche. Das lud nicht gerade zum Quatschmachen ein. Selbst Stro wirkte ein wenig verunsichert. Alle hielten ihr Skateboard fest an sich gepresst.

»Wo ist denn diese Gang, die du kennst?«

»Sie kommen abends. Roberts ist vielleicht schon da,

das ist der Boss. Max Roberts, aber er will Max genannt werden. Er hat den Flur mit der Verwaltung. Wir werden in einem der Klassenzimmer schlafen, wo wir Platz finden.«

Während er das sagte, stieß er eine halb offene Klassentür auf und leuchtete mit seiner Taschenlampe hinein, bevor er den Raum betrat. Jetzt hörte er sich schon wieder selbstsicherer an: »Schaut mal! Ist das nicht cool?« Verblüfft blieben die beiden anderen an der Schwelle stehen, während er bereits auf dem Lehrerpodest herumspazierte.

Die Schulbänke und Stühle waren an der Fensterseite gegen die Wand geschoben und gestapelt, damit sie weniger Platz einnahmen. Manche waren zerlegt worden, um Bretter für fehlende Fensterscheiben zu liefern. Das Lehrerpult stand noch immer vor der Tafel, aber in eine Ecke bugsiert und umgedreht, damit man an die Schubladen kam, die voll von Kerzen, Bier- und Limoflaschen waren wie ein improvisiertes Buffet. Ein Haufen aus Matratzen, Schlafsäcken und zusammengeknüllten Decken in der Mitte des Raums nahm die Hälfte des freigeräumten Klassenzimmers ein. Der Boden war gefegt. Ein paar Rucksäcke in einer Ecke. Eine Gitarre an der Wand zum Flur. Neben den gestapelten Tischen und Stühlen ein Einkaufswagen aus dem Supermarkt mit Bier in Sixpacks, Müllsäcken und verschiedenen nicht identifizierbaren Gegenständen. Eine Reihe nicht etikettierter Wasser- und Benzinkanister an der hinteren Wand. Stück für Stück leuchteten diese Dinge im Strahl der forschenden Taschenlampen auf, als würden sie im Schlaf überrascht.

Bill und Charlie hatten recht wenig Lust, sie aufzuwecken, und ließen den Strahl hastig und nervös weiterwandern. Eine Autobatterie, ein paar Kabel. Ein Gaskocher. Ein Brecheisen und andere Werkzeuge in einer Holzkiste. Die Tafel war vollständig mit übereinandergemalten Tags in verschiedenen Farben bedeckt wie alles andere auch, sodass die Grenze zwischen Tafel und Wand fast unsichtbar war. Du lieber Gott, wie viele sind das hier? Wenn alle Klassenzimmer so aussehen, passen ziemlich viele Kinder in so eine Schule.

Strothers war wieder ganz der Alte. Er hielt sich die Taschenlampe unters Kinn, was ihm ein diabolisches Aussehen verlieh, und lächelte teuflisch. Dann öffnete er eine Bierflasche, indem er den Kronkorken am Rand des Lehrerpults abschlug. Nahm mit zurückgelegtem Kopf einen langen Zug und rülpste laut, was sie zum Lachen brachte. Aber auch er zuckte zusammen, als ganz nah der Donner krachte, begleitet von einem langen, blendenden Blitz, der den Raum für ein paar Augenblicke erhellte. Die Luft wurde mit einem Schlag kälter. Statt der erwarteten Sintflut brach ein Schneesturm los. In der Schule waren jetzt alle möglichen Geräusche zu hören.

Vielfüßiges Getrappel. Geschrei und Gerenne. Stühle wurden umgestoßen, Türen knallten. Ein Auto. Das alles kam aus der Halle und vom Hof auf der anderen Seite.

Eilig verließen sie die Klasse wieder, auf dem Flur drückte Strothers den beiden noch eine Bierflasche in die Hand. Es geht los! Sie hasteten zum Eingang. Bill klopfte Charlie auf den Rücken und bedachte ihn mit einem breiten Grinsen, haute Stro auf die Schulter, und im Rennen fingen sie alle drei zu lachen an. Es geht los, Stro! Scheiße, Mann, wenn wir das den anderen erzählen!

Alles voller Kids. Einige älter als sie, aber nicht viel. Überall ein Gewimmel wie in der großen Pause. Sie kamen aus der Turnhalle, die in einem Winkel zur Schule lag, aus der Kantine gegenüber, andere hatten große weiße Flocken auf Haaren und Schultern und kamen in rasender Geschwindigkeit über die Prärie angelaufen. Alles sputete und sammelte sich schließlich im ehemaligen Pausenhof, der sich U-förmig an den Gebäuden entlangzog.

In der Mitte stand ein riesiger Cadillac Escalade mit einer Scheinwerferrampe auf dem Dach, der das ganze Gelände taghell erleuchtete.

Bald flackerten Feuer in den kerosingefüllten Fässern, die alle drei, vier Meter aufgestellt waren. Es waren – wie viele sind das, Stro? – grob geschätzt vielleicht sechzig oder hundert Kinder da, vielleicht auch mehr, große Mengen sind schwer zu zählen. Charlie versucht sich Klassen vorzustellen, erinnert sich an die Tage, an denen sich alle im Hof seiner Schule in Reihen aufstellen mussten, jeder bei seinem Lehrer oder seiner Lehrerin. Drei Klassen mindestens, so viel ist sicher. Aber hier laufen alle durcheinander und keiner bleibt brav in der Reihe stehen. Kaum Mädchen dabei. Die meisten tragen offensichtlich Secondhandsachen, die schmutzig und ihnen zu groß sind, Parkas und Jacken in Tarnfarben oder aus abgewetztem Leder, um den Kopf gewickelte Schals, Jeans mit Kotspritzern oder noch verdächtigeren Flecken.

Kein einziger Erwachsener. Keine Cracknasen oder stinkenden Penner. Nur Max, der in diesem Moment aus dem Auto steigt und gleich umringt wird von den Älteren, die ihn begrüßen, als wäre er der Präsident der Vereinigten Staaten. Er ist nicht allzu groß, nicht besonders gut angezogen, nicht mehr ganz jung und hat die Haare mit Gel oder Brillantine glatt an den Kopf gekämmt wie die Sänger früher.

Die drei Freunde rühren sich nicht, während alles schon wieder um sie herumwuselt. Durch die weit offene Tür der Turnhalle ist ein riesiger ausgeschlachteter Truck zu erkennen, dessen Motor sich dank Dutzender in Reihe geschalteter Batterien auf seiner nackten Pritsche hustend in Gang setzt und die Lampen in Klassenzimmern und Fluren mit Strom versorgt, sodass sie alle auf einmal angehen. Die Älteren, die Max als Erste begrüßt haben, brüllen Befehle, und alle anderen setzen sich fröhlich irgendwohin in Marsch. Nehmen den Ort wieder in Besitz. Getränkekisten, Paletten mit Wasserflaschen, Fässer und riesige Konservendosen werden aus der Turnhalle geholt und zu den Tischgenossen gebracht. Das heitere Chaos wird allenthalben von Lachen und Rufen untermalt. Manche brechen etwas abseits, an der Grenze zur Nacht, eine Schneeballschlacht vom Zaun. Bald stehen sie ganz allein so da, bewegungslos, wie versteinert. Bill lächelt, als hätte er die Engel singen hören. Charlie ist ein wenig erschrocken, zeigt es aber nicht, er umklammert sein Skateboard und bleibt einen Schritt hinter den beiden anderen stehen. An ihren Übergangsklamotten und kaum getragenen Turnschuhen sieht man auf den ersten Blick, dass sie hier neu sind. Die kleine Bande. Um sie herum laufen die Vorbereitungen für ein großes Fest.

Max kommt auf sie zu.

»Na, Strothers, dann stell mir mal deine zwei kleinen Freunde vor!«

In Charlies Magen verkrampft sich etwas. Ohne dass er das so klar hätte benennen können, hat sich das Gefühl, in eine Falle gelockt worden zu sein, mit der Aufregung über das Abenteuer vermischt.

EIN TRAUTER MOMENT

Im Englischen gibt es eine Redewendung für das Abschließen mit einer lästigen Vergangenheit: Man schneidet die überhängenden Enden ab. Es ist das Bild eines Geschenkpakets. Man umwickelt es mit Geschenkband, macht einen Knoten und schneidet ab, was zu viel ist. Das hatte Candice getan. Nachdem sie erst als einfache Kellnerin, dann als Bardame in einem der Striplokale gearbeitet hatte, an denen Max Roberts Anteile und Mädchen besaß. Dort hatte sie Max kennengelernt, genauso wie Himbeere, die ihre Freundin wurde.

Himbeere war nicht nur jung und schön, sondern verfügte außerdem über eine Gottesgabe: Sie hatte Stil. Das machte sie absolut hinreißend. Sie wollte schnell leben, also hatte sie beschlossen, Abkürzungen zu nehmen. Hätte sie in Hollywood gelebt statt in Motor City, hätte ihr Name in großen Lettern auf Plakaten gestanden statt in der Polizeirubrik der Lokalzeitung. Sie brauchte nicht lange, um zu begreifen, wie sie sich Roberts zunutze machen konnte, sodass sie in weniger als zwei Jahren auf eigenen Füßen stand. Sie fing mit Max' Kontakten an und baute sie nach und nach zu einem eigenen Netzwerk aus, das weit über die Kreise der kleinen Fische hinausging, mit denen er Umgang pflegte und die über die in der

Stadt verteilten Crack-Schuppen herrschten, als wäre es eine Bäckereikette. Jedes Mal, wenn einer mit ihr ausging, ließ sie sich von einem größeren Hai schlucken, der nach ihrem Dekolleté und ihren sündhaft teuren Schuhen schielte. Die kleinen Fische konnten den großen Haien nichts abschlagen, und so setzte sie ihr »Tut-mir-leid-mein-Großer-aber-ich-kann-nichts-dafür«-Gesicht auf und gelangte in der Nahrungskette der Unterwelt noch eine Stufe nach oben, bis sie in den höchsten Kreisen von Business und Politik angelangt war. Sie wechselte ihr Handy öfter als ein Dealer. Sie fuhr einen BMW für siebzigtausend Dollar. Ja, sie war schon eine Art Star, die zu allen Promipartys der Stadt eingeladen wurde. Sie hatte es geschafft. Sie war die Stufen nicht nach oben geklettert, sondern wie eine Rakete nach oben geschossen. Im Senkrechtstart. Ohne Fallschirm.

An der Spitze kreuzten ihre Wege schließlich die des Bürgermeisters. So weit die Gerüchte. Was die Gerüchte nicht wissen, ist, dass Candice dabei war, weil die Bar, die die Cocktails lieferte, sie als Aushilfskellnerin gebucht hatte.

Das hat sie Eugène nicht erzählt. Sie wusste nicht, was aus Max geworden war. Wusste nichts von den Kindern in der Zone, wollte auch nichts davon wissen. Irgendwann war er eingeschlafen.

Er hatte die ganze Nacht geredet, mit seinem schlimmen, lustigen Akzent, über die Probleme in seiner Firma, die Automobilkrise und lauter Sachen, die sie schon wieder vergessen hatte, darüber, wie man Autos baut und irgendeine integrale Plattform, die dann am Ende doch nicht in Detroit gebaut werden würde, sondern wahrscheinlich in einer gottverlassenen Stadt irgendwo in China, von der er sich den Namen einfach nicht merken konnte. Dabei jammerte er nicht herum, sondern erzählte ihr das alles, als ob er ihr etwas erklären wollte, was er selbst gerade erst begriffen hatte. Dabei konnte er richtig lebhaft werden.

»Nach dem Krieg haben wir durch Arbeit eine Menge Vermögen geschaffen, alle hatten Arbeit, hier und in Europa, es war eine glückliche Zeit. Dann schlug in England und Frankreich die Krise zu, Thatcher und Mitterrand dachten, volles Kommando voraus würde alles wieder nach vorne bringen. Die Londoner City und der CAC 40 – es war die Zeit, da der Finanzwelt das Ruder überlassen wurde, und irgendwie hat es ja auch funktioniert, aber genutzt hat es nur den Banken. Heute gibt es keine Bosse mehr, nur noch Aktionäre. Und weil die arbeitende Bevölkerung für deren maßlosen Appetit nicht mehr genug produzierte, haben sie einen auf Flötenspieler gemacht und die Arbeit nach China entführt. Ich war auch in China, weißt du, aber für mich war das nichts, ich hab dort versagt.«

»Was für Spieler?«

»Das ist ein altes Märchen. Die Bewohner einer Stadt, die von Ratten heimgesucht wird, lassen einen zaubermächtigen Flötenspieler kommen und versprechen ihm unglaubliche Summen, wenn er sie von den Ratten befreit. Aber dann wollen sie ihn nicht bezahlen, besser gesagt, sie können nicht, sie hatten einfach gelogen. Also spielt der Flötenspieler eine andere Melodie und geht fort und die Kinder der Stadt, verzaubert von seiner Musik, hinterher. Das ist seine Rache.«

Nach und nach hatte Eugène aufgehört, von seiner Arbeit zu sprechen. Er war ein erstaunlicher Mann, schüchtern und fröhlich zugleich. Er versuchte nicht einmal, die Situation auszunutzen, sondern setzte sich einfach neben sie aufs Sofa, und sie tranken bedächtig Vanilla Bourbon aus kleinen Gläschen. Seine Stimme war sanft. Er machte keine einzige unpassende Geste, im Gegenteil, er saß da, als wäre das alles ganz normal, als hätte es von Anfang an eine Form von Vertrautheit zwischen ihnen gegeben, was zugleich beruhigend und ein bisschen komisch war. Er lächelte sie an. Er wirkte glücklich. Und Candice fand ihr Lachen wieder. Sie fragte sich, was sie eigentlich von diesem Mann hielt, was sie wirklich von ihm hielt und was sie am nächsten Tag von ihm halten würde, wenn sie sich verführen ließe und ihn dann wiedersähe. Sie fragte sich, warum sie ihn so einfach mit nach Hause genommen hatte – das war sonst nicht ihre Art, aber sie bereute es nicht. Der Aschenbecher füllte sich, seine Stimme wurde noch ein wenig brüchiger, setzte auch manchmal aus, klang zarter und natürlicher.

Sie spielten »Hier und dort« – das spielt man immer mit Ausländern, erklärte sie. Hier zum Beispiel sind die Innenstädte arm und die Vororte reich. Wegen der Autobahnen. Dort, in Europa, ist es umgekehrt.

Hier kaufen wir alles auf Pump, und wenn du von der Bank Geld willst, schauen sie zuerst, ob du auch alle Kreditkarten nutzt, die du schon hast. Dort bei euch ist es umgekehrt, wenn du zu hohe Schulden hast und zu wenig

Geld, weigern sie sich, dir welches zu leihen. Das hindert aber nicht daran, arm zu sein, sagte er.

Hier wird es gern gesehen, wenn du im Restaurant das, was auf deinem Teller übrig ist, mitnehmen möchtest, weil das bedeutet, dass es dir geschmeckt hat und du es nicht verkommen lassen willst. Dort gilt das als geizig. Ihr seid eben Snobs, ergänzte sie lachend.

Hier essen wir die ganze Zeit, nicht unbedingt viel, wir knabbern Zeugs, und abends macht sich jeder in der Küche sein Sandwich. Dort setzt ihr euch gemeinsam an den Tisch und redet beim Essen ständig übers Essen. Essen ist heilig, sagte er, ich habe Wurst aus Frankreich eingeschmuggelt, ein bisschen was ist noch übrig. Ihr könnt es euch nicht verkneifen zu schummeln, sagte sie.

Auch in der Liebe, nicht wahr? Die mächtigen Männer dort sind doch lauter Perverse – aber bei euch heißen sie Libertins. Pures 18. Jahrhundert – da siehst du, was ihr für Snobs seid! Und was hier Machogehabe ist, nennt ihr dort galant oder im schlimmsten Fall triebgesteuert.

Demnach hättest du mich hier nicht zu dir mitnehmen dürfen, wo wir uns doch gerade erst kennengelernt haben, sagte er, dabei habe ich immer geglaubt, hier muss man sich einem komplizierten Drehbuch mit mehreren Dates an öffentlichen Orten unterwerfen – aber du hast nicht versucht, es auszunutzen, wie dort, sagte sie.

Sie waren sich nah. Zwischen ihnen passierte etwas, das man dort mit einem Wort von hier bezeichnet: ein Flirt.

Ein paar Mal hatten sie einander berührt, beim bequemer Hinsetzen, beim Anlehnen ans Sofakissen, beim Reichen eines Glases oder indem sie einander beim Lachen wie zufällig mit dem Ellbogen anstießen oder am Arm streiften. Sich der Geste völlig bewusst, ohne aber genau zu wissen, ob der andere sie wahrgenommen hat und ob er sie genauso empfunden hat wie man selbst. Diese Vorstellung bereitet Freude. Lässt Hoffnung keimen, dass da hinter den Worten, hinter dem Verhalten *etwas* ist. Ohne dass man wüsste, was. Ohne dass man zu viel daraus macht oder darüber spricht, um sich nicht zu verraten, denn die Freude ist ja da, ein stilles Geheimnis, von dem man selbst nicht genau weiß, ob es nicht doch ein Traum ist. So ähnlich, wie wenn man morgens versucht, nicht mit einem Schlag aufzuwachen. Es war ein trauter Moment. Und dann war er eingeschlafen.

Er war langsam zur Seite gerutscht, den Kopf schon auf ihrer Schulter, und Candice hatte ihn in ihren Schoß gebettet. Er war nicht besonders kräftig. Ein fein gezeichnetes Gesicht, nicht muskulös, aber hübsch. Man sah, dass er Ausländer war. Hier schläft man nicht einfach so ein bei einer Unbekannten. Er hatte nicht einmal versucht, sie zu küssen.

O mein Gott, dachte sie, was hat mich bloß dazu getrieben, diesen Kerl mit zu mir zu nehmen? Als ob sie nicht so schon genug Probleme hätte mit ihrem Bemühen, vergessen zu werden.

Lächelnd strich sie ihm so zart wie möglich übers Haar, dann legte sie ihren Arm auf seiner Schulter ab und ließ ihre Hand bis fast zu seinem Hals gleiten. Und schloss selbst die Augen. Vielleicht war es ja auch so etwas wie ein Geschenk? Eine Gelegenheit, die Verbindungen zu ihrer Vergangenheit endgültig zu kappen.

DONUT CITY

Wäre Lieutenant Brown einer von diesen Intellektuellen mit Muckis und FBI-Cap aus einer Fernsehserie gewesen, hätte er den Namen des Kindes wahrscheinlich schnell herausgefunden. Er hätte dessen in Tränen aufgelöste Eltern getroffen, die nicht hätten begreifen können, was da auf dem Schulweg passiert war. Er hätte ihnen versprochen, dass er den Mörder – das Monster, hätte er gesagt – fangen würde, und sein Team angespornt, full power loszulegen. Die Tatwaffe hätten sie in einer ballistischen Datenbank aufgespürt, die Fingerabdrücke mit den Beständen der lokalen Polizeibehörden abgeglichen und herausgefunden, dass sie Max Roberts gehörten, dann hätten sie seine Konten gehackt und seine Bankgeschäfte untersucht und schließlich dank einem neuen Algorithmus zur GPS-Triangulation das Signal seines Mobiltelefons geortet. In SWAT-Kampfanzügen, mit Einsatzhelm, Schutzweste, halbautomatischer Pumpgun und Sonnenbrille hätten sie die Zone gestürmt und ihn vermutlich niedergeschossen. Und die Eltern hätten wieder geweint, diesmal aber aus Dankbarkeit angesichts dieser Demonstration waltender Gerechtigkeit.

Stattdessen stapelten sich die Kartons mit den Akten in seinem Wohnzimmer, und seine Nächte reichten nicht aus, alle durchzusehen. Im Schnee ähnelte Copper Canyon einer Geisterstadt, einer Science-Fiction-Filmkulisse, mitten in der Wüste stehengelassen, nachdem der Film abgedreht war.

»Wenn das Zentrum weiter ausstirbt, sieht die Stadt bald aus wie ein Donut«, sagte Brown manchmal.

Tatsächlich stand Detroit schlicht und einfach vor der Pleite. Unter der Anklage von Gericht und Medien enthüllte die Stadtverwaltung tagtäglich neue astronomische Schulden. Schulen, Polizeistationen, Krankenhäuser und Feuerwehrkasernen mussten schließen, was noch mehr Menschen zum Anlass nahmen zu fliehen. Der Unterhalt der Wasser- und Stromversorgung wurde schwierig. In den südlichen Vierteln am Fluss traten die Kanäle über und fluteten die Straße. Der frühe Frost trug nicht gerade zur Entspannung bei.

Browns mit Zeitungspapier ausgestopfte Stiefel standen zum Trocknen unter der Heizung im Bad, in einer kleinen Pfütze, als ob sie sich eingenässt hätten.

In dem zwei Schritte vom Kommissariat entfernten Café, vor dem Brown gelegentlich morgens sein Auto abstellte, gab es kein Glas Wasser mehr zum Kaffee, weil der Wirt mit Billigung der Wasserwerke den nächsten Hydranten angezapft hatte und das Wasser, das er mit Hilfe von Gummischläuchen und mit Kleber und Teflon zusammengeflickten Dichtungen dort entnahm, nur noch abgekocht servieren konnte. Vor zwei Monaten war die Wasserversorgung dieser Straße im Stadtzentrum wegen Sanierungsarbeiten an der Kanalisation unterbrochen und nicht wieder aufgenommen worden, weil ein leerstehendes Haus wegen der Erschütterungen durch die Bagger einzustürzen drohte. Die Sicherung des Gebäudes sollte mehrere Millionen Dollar kosten, die die Stadt natürlich nicht hatte. Schließlich hatten die Wasserwerke selbst den wenigen verbliebenen Bewohnern und Geschäftsinhabern vorgeschlagen, die Hydranten anzuzapfen, da sie das Problem nicht in den Griff bekamen.

Brown beugte sich wie jede Nacht über die Kartons in seinem Wohnzimmer. Er hatte das Foto des Opfers mit einem Klebestreifen an seinem Computer befestigt und blickte regelmäßig prüfend in das frostweiße Gesicht, um festzustellen, ob es dem Bild auf einer neuen aus einem Karton gezogenen Akte ähnelte.

Es war erbärmlich. Man sollte solche Szenen nicht beschreiben müssen, wie Lieutenant Brown nach seinen drei Bieren mit gerecktem Hals, gerunzelter Stirn, zusammengekniffenen Augen, Jochbein und Kinn verkrampft, eine Tasse dampfenden schwarzen Kaffee vor sich, im Unterhemd zu Hause am Schreibtisch sitzt und von vornherein weiß, dass die Mühe vergeblich ist, dass er nur auf sein Glück baut und es ein Wunder wäre, wenn er den richtigen Karton, das richtige Foto, das richtige Kind finden würde.

Er war bestimmt ein guter Junge gewesen.

Für die Akten des 13. Polizeireviers existieren keine präzisen Ablagevorschriften. Zurzeit sind sie chronologisch nach dem Einreichungsdatum der Klagen sortiert, aber es wäre sinnvoller, sie nach dem Alter der Kinder zu ordnen. Oder nach geografischen Abschnitten, auch wenn die Kinder bestimmt nicht da wiederauftauchen werden, wo sie verschwunden sind – wenn sie sich nicht vom Fleck bewegt hätten, wären sie ja nicht weg. Es ist eine Wahnsinnsarbeit, er wird wahrscheinlich mehrere Monate brauchen, um alle Akten durchzugehen, und in der Zwischenzeit sammeln sich jeden Abend neue an, auch wenn er von diesen Fällen nur erfährt, wenn ein Kollege wie Watts daran denkt, ihn zu benachrichtigen, es gibt nämlich kein Zentralkommissariat für Minderjährige mehr.

Brown tritt auf der Stelle, er käut alles noch einmal wieder. Stur wie ein Muli.

Den Namen des Jungen von neulich Abend habe ich nicht herausgefunden, und ich glaube auch nicht, dass mir das irgendwann gelingen wird. Sein Foto kommt in den Karton, den ich neben den anderen aufgestellt habe, zu all denen, die ich nicht identifizieren konnte, und dort treffen dann die unbekannten Funde auf die als vermisst Gemeldeten. Statt dass ein Fall gelöst wird, kommt so noch einer hinzu. Ich werde eine Akte für ihn anlegen. In der Gerichtsmedizin und im Polizeibericht werden alle, von denen man nicht weiß, wie sie heißen, John Doe genannt. John Doe ist der Name der Namenlosen. Es ist nur eine Konvention, man hätte auch einen anderen Namen nehmen können, das hat keine Bedeutung. Das Ding, das wir eine Rose nennen, würde unter jedem anderen Namen ebenso lieblich riechen, nicht wahr, Julia? Eine Rose – was für ein seltsamer Einfall.

Brown sieht in der Erinnerung einen roten Fleck im Schnee.

Ich muss noch einmal dorthin fahren, ich muss versuchen herauszufinden, wo er herkam. Merkwürdige Gegend. So was hab ich in einer Stadt noch nie gesehen. Da war einfach nichts, so weit unsere Scheinwerfer reichten. Eine Art Prärie, leicht abschüssig, eine gottverdammte Prärie, ich hätte nicht geglaubt, dass es so weit kommt. Ich muss da noch einmal hin, Orte wie dieser sind Zeichen der Katastrophe. Orte, an denen man sieht, was passiert. Die Mitte des Donut. Ich werde keine Spuren mehr finden wegen des Schnees, aber vielleicht spricht der Ort zu mir.

Die Kinder sind unsere Zukunft, das sagt man so ganz selbstverständlich, weil sie uns überleben werden, aber viele Leute hier haben so was wie eine Zukunft nicht mehr. Verlassene Fabriken, verlassene Bürogebäude, verlassene Häuser und jetzt echte Prärie statt Landschaft, wer weiß, vielleicht werden hier bald wieder Kartoffeln angebaut. Niemand kann sagen, woraus das Morgen gemacht ist. Und wenn es keine Zukunft mehr gibt, dann ist es womöglich normal, dass es auch keine Kinder gibt.

Es schneit schon seit über einem Monat, und ich komme nicht voran. Die Stadt verstummt und erstarrt. Die Straßen werden immer leerer. Bald gibt es gar kein Geräusch mehr und alle sind weg. Die Kälte treibt die Dachse in ihren Bau, und die Hunde werden wild, um zu überleben. Was hatten die Pitbulls da mitten in der Wildnis zu suchen? Normalerweise bleiben streunende Hunde in der Nähe der Häuser und holen sich ihr Fressen aus den Mülltonnen.

Brown faltet auf seinem Schreibtisch einen Stadtplan auseinander, sucht die Straße nordöstlich der ehemaligen

Packard-Fabrik und markert sie rot. Überall auf seiner Karte sind schraffierte Gebiete, eingekringelte Straßennamen deuten auf die Ruinen und schwarzen Löcher Detroits hin, lauter Orte, die die Polizei nicht auf dem Schirm hat, weil sie dort nicht mehr patrouilliert, weil dort nichts mehr ist.

Trotzdem müssen die ganzen Kinder ja irgendwo hin sein.

Und die Zukunft muss auch kommen, wenn es keine mehr gibt.

DAS ARBEITSKLIMA IM WINTER

Es hörte nicht auf zu schneien. Erst fielen zehn Zentimeter, dann zwanzig, dann fünfzig. Noch schmolz es auf den Kanaldeckeln, den Ablufthauben der Klimaanlagen und den Abzugstutzen der Gebäudeheizungen, die alle paar Meter blassgraue Wolken in die Straßen spuckten. Die gesamte Innenstadt wurde von der Dampfproduktion einer riesigen Müllverbrennungsanlage am Flussufer versorgt und beheizt. Um Fabriken und Bürotürme hing manchmal so dichter Dunst, dass man langsamer fahren und am helllichten Tag das Fernlicht einschalten musste, um die Bodenmarkierungen auf den ramponierten Straßen erkennen zu können. Die Lichter der Ampeln, die mittig über den Straßen schwebten, bildeten grüne oder rote Höfe. Sie erinnerten an schwankende, weit entfernte Leuchtfeuer eines Hafens im Nebel. Eugène kam gar nicht mehr aus seinem kanadischen Parka mit Fleecefutter und einer Kapuze, die von einem langhaarigen hellen Pelz gesäumt war, heraus. Vervollständigt wurde sein Outfit durch Skihandschuhe, eine Seemannsmütze und mit synthetischem Kaninchenfell gefütterte Stiefel, das hatte er alles zusammen in einer Sporttasche auf den

Rücksitz seines Autos geworfen, für den Fall, dass er einmal aussteigen müsste, was so gut wie nie vorkam. Im Inneren der Gebäude hatte es fünfundzwanzig Grad. Dort liefen alle in Hemdsärmeln herum.

Bis zu jenem Morgen, an dem er verblüfft innehielt, als er gerade seinen Parka ausziehen wollte, um ihn hinter die Bürotür zu hängen. Das abkühlende Wasser im Kocher dampfte wie die Kaffeebecher, die sich die paar Kollegen, die schon da waren, beidhändig vor den Mund hielten, die Schultern hochgezogen, den Körper in einer vor Kälte verkrampften Haltung, in Pullis oder Jacken eingemummelt. Eugène warf einen Blick auf die Wanduhr neben der Tür, aber sie zeigte die Zeit an, nicht die Temperatur. Er blies Atemluft aus, und ein kleiner, schnell zerstiebender Konus aus weißem Hauch kam aus seinen gespitzten Lippen. Die Klimaanlage war ausgefallen, sie hatte nicht lange gehalten.

Patrick, den er sofort anrief, erschien erst am späten Vormittag, so gegen zwölf, was in diesem Falle nicht gerade schlau war. Normalerweise lief es so, dass die Zeit die Dringlichkeit der Probleme reduzierte, um deren Regelung sie ihn baten. Bestenfalls fanden sie selbst eine Lösung, bevor er überhaupt da war, was seine Aufgabe beträchtlich erleichterte und bei ihm aufrichtige Freude und sein breitestes Lächeln hervorrief. Aber mit der Kälte verhielt es sich anders, hier war die Lage mit der Zeit immer schlimmer geworden. Das ganze Team hatte sich im Konferenzraum versammelt und hielt sich mit Hilfe von Tee oder Kaffee warm. Die Computer schnurrten freundlich, aber irgendwann hatten alle es aufgegeben zu arbeiten, da ihre Fingerspitzen taub waren von einem Prickeln, das erst aufhörte, wenn man sich die Hände lange mit sehr heißem Wasser wusch. Abgesehen von Eugène, der Patrick die Tür öffnete, machte sich keiner die Mühe, ihm auch nur die Hand zu schütteln.

Wie üblich wurde Patrick rot. Versuchte davon abzulenken, indem er die Sprache auf seine roten Stellen am Hals und um die Augen brachte – es würde und würde nicht besser –, er zeigte sie, indem er seinen Schal abnahm, den Kopf neigte, an seinem Hemdkragen zog – und mit dem Stress würde es nur noch schlimmer, sagte er und deutete die Probleme in der Zentrale an, die drohende Entlassungswelle, die leeren Kassen, nicht einmal mein Job ist sicher. Während er das sagte, senkte er den Blick, um nicht zu sehen, dass es allen egal war, ja, dass sie einander vielleicht sogar verächtliche, wissende Blicke zuwarfen.

Seine dünnen roten Haare, im Nacken straff von einem Haargummi zusammengehalten, hatten es schwer, die zweifelhaften rosafarbenen und weißen Stellen an den Schläfen und um die Ohren herum zu verdecken. Der Anblick erinnerte an die obszöne Intimität einer Schleimhaut. Er kultivierte es wohl auch ein bisschen, die Sache mit seiner Psoriasis, denn das Mitgefühl, das sie ihm einbrachte, wenn auch vermischt mit einer ordentlichen Portion Ekel, hielt die Leute am Ende immer noch davon ab, ihn einfach anzubrüllen. Mit einer gewissen Zärtlichkeit nannte er die Schuppenflechte auch »meine Pso«. Er brachte kaum mehr einen Satz zu Ende. Eugène drehte sich zu seinen Kollegen um, die Pat entgeistert anstarrten.

Pat versuchte einen Witz zu machen. Das war schon wieder eine schlechte Idee, aber es war eben seine Art. Sein Humor war genauso erbärmlich wie seine Hautkrankheit. Er sagte so etwas wie: »Na, Jungs, geht's jetzt auf Bärenjagd? Aber hatten wir nicht Samstag ausgemacht?« Bevor ihn sich einer der deutschen Ingenieure zur Brust nahm, um ihm eins aufs Maul zu hauen, ergriff Eugène das Wort:

»Du musst das regeln, Patrick. Wir können so nicht arbeiten.«

»Dafür müsstest du mir eine Mail schicken, damit ich das beantragen kann ... Kredit, die Reparatur ... Papierkram ... weißt ja. Kann dauern ... Weiß nicht, ob zurzeit ...«

»Nein, Patrick, sofort. Die Klimaanlage muss sofort repariert werden. Du musst einen Elektriker rufen.«

»Das ist Chinesisch.«

»Wie jetzt? Ich hab doch ganz klar gesagt, dass wir so nicht arbeiten können und du jemanden anrufen musst, der das repariert.«

»Ja, schon klar, aber die Klimaanlage ist ein chinesisches Modell. Die haben wir auch im Büro.«

»Das ist doch eine amerikanische Marke.«

»Ja, aber die ganzen Einzelteile innendrin sind chinesisch. Das kann man nicht reparieren.«

»Wie, das kann man nicht reparieren?«

»Das hatten wir schon mal. Der Kompressor geht nicht mehr an. Einfach tot. Nicht mal Kurzschluss, sonst wäre die Sicherung ... Der NTC-Widerstand war's, ist einfach abgefallen. Chinesen können nicht schweißen.«

»Bist du neuerdings Klempner?«

»Die haben schon im Sommer jede Menge Ärger gemacht.«

»Dann muss man sie eben austauschen.«

»Ich glaub kaum, dass das durchgeht, kredittechnisch. Das ist echt heavy. Was das alles kostet, und der Klempner kommt obendrauf. Macht locker das Doppelte, schätz ich. Außerdem ist das Büro einmal komplett eingerichtet worden, aber eben ein für alle Mal, mehr gibt's nicht, verstehst du, für Ersatz ist kein Budget vorgesehen. Scheiße ist das.«

»Du kapierst es nicht. Das kann so nicht bleiben.«

»Überhitzt wahrscheinlich. Ihr seid die Letzten im Turm. Die abgehängten Decken ... die Isolierung ... Ihr heizt das ganze Haus.«

»Es muss eine Lösung her, Patrick. Oder ihr holt uns in die Zentrale.«

»O nein, bloß nicht. Die Stimmung dort ist Stress pur. Aber man kann vielleicht ... kleine Strahler ...«

Er schlug vor, mit ihnen ins Einkaufszentrum zu fahren, mit Eugène und dem anderen, dem Deutschen, der immer noch mit den Zähnen knirschte, um Heizkörper zu besorgen. Billigste Preiskategorie, Plastikmodelle mit einem schlichten Drahtgitter vorn, wie große Toaster – und bestimmt auch aus China. Pat begann wieder zu lächeln, als er seine Lieblingsrolle einnehmen konnte, am Steuer sitzend über seine Restaurantentdeckungen zu schwadronieren, über die Schönheit der Großen Seen, deren Ränder bald einfrieren würden, und den Zug der Schneegänse. Das Einkaufszentrum lag in einem weit entfernten Vorort, hatte die Preise reduziert und Heizstrahler im Sonderangebot.

Als sie zur Kasse gingen, wurden Pats rote Stellen noch röter: Er hatte die Firmenkarte vergessen. Druckste herum, trat nervös von einem Fuß auf den anderen. »Du musst mir wirklich eine Mail schicken, ja? Wie soll ich denn sonst mein Geld wiederkriegen?« Als Patrick dann noch vorschlug, halbe-halbe zu machen, fürchtete Eugène, dass sein deutscher Kollege sich auf ihn stürzen und seinen Kopf so aufs Kassenband drücken würde, dass es einen Abdruck seiner Zähne auf der Gummimatte geben würde. Schließlich unterschrieb Pat den Beleg und kratzte sich dabei am Hals wie ein Äffchen, das von der Gefangenschaft krank ist.

»Ihr mault mich an, wenn was nicht funktioniert, und wenn ich euch helfe, werd ich von meinem N+1 angemault, weil für euch kein Geld da ist und die nichts mehr von euch hören wollen, scheiße, immer maulen mich alle nur an.«

Wie ein kleines Kind.

Am nächsten Tag brachte jemand ein Thermometer mit. Sie nahmen die Gewohnheit an, die Heizkörper ab sieben Uhr morgens etwa eine Stunde lang laufen zu lassen, während sie brühheißen Kaffee im Konferenzraum tranken. Wenn im Büro dreizehn Grad erreicht waren, gingen sie an ihre Plätze. Wie im Weinkeller, sagte Eugène. Sie hatten pro Arbeitsplatz einen von diesen billigen Toastern gekauft. Mit dem Heizstrahler unterm Tisch, einer leichten Decke, einem Schal oder einer Jacke um die Schultern war es einigermaßen auszuhalten. Der Tisch heizte sich langsam auf. Die Beine wurden fast versengt. Die Computer schnurrten. Vom Schreibtisch aufzustehen, zum Beispiel, um aufs Klo zu gehen, war eine Herausforderung, aber arbeiten ging.

Die Tage wurden kürzer.

Abends sahen sie seltsame, gespenstische Lichter von einem weit entfernten Gebäude irgendwo in der Zone durch den Nebel. Wenn Eugène das Büro verließ, zogen ihn die Kollegen mit »seiner« Candice auf, die er doch bestimmt wieder in der Bar treffen würde, als ob das ein Urlaubsflirt wäre. Er protestierte lächelnd, sie sei nur eine Freundin, seine amerikanische Freundin. Einerseits schmeichelte es ihm, dass sie ihm eine Affäre mit ihr andichteten, obwohl noch gar nichts passiert war, andererseits nervte es ihn, dass sie ihre Verbindung nicht ernst nahmen.

Im Grunde wussten sie alle, dass ihre Anwesenheit hier fraglich geworden war, ihre Arbeit nutzlos und absurd. Es ging ihnen wie den japanischen Soldaten, die am Ende des Krieges auf einer Insel im Pazifik zurückgelassen worden waren und weder von Hiroshima noch vom Waffenstillstand erfuhren: Sie rechneten täglich mit dem Befehl, ihre Koffer zu packen, die Mission zu begraben und nach Europa zurückzukehren, aber der kam nicht. Die Befehlsketten da wie dort waren mit ganz anderen Dingen beschäftigt. Wenn sie Pech hätten, würden sie einfach vergessen werden, ohne dass es auffiele, dann müssten sie den Winter hier verbringen, den Blizzard ertragen, der von den gefrorenen Seen kam, den Schnee, der sich in den Wehen am Straßenrand sammelte, den Winter mit seinen gedämpften Tönen, den knirschenden Schritten und gespenstischen Nächten.

Leere Straßen. Schüsse, vereinzelt Sirenen.

Aber er hatte Candice.

Bei allem, was hier passierte, war es nicht unvernünftig, sich zu verlieben, es war sogar das einzig Richtige.

DAS BESTE ERWACHEN SEINES LEBENS

Das erste Mal in der Zone aufzuwachen war hart. Auch wenn er das Gegenteil behauptet hatte, hatte Charlie zum ersten Mal Bier getrunken. Zum ersten Mal Fremden von seiner Mutter erzählt. Allerdings gab es nicht viel dazu zu sagen, außer dass er sie eigentlich gar nicht kannte und der zu große Pullover aus rosa Wolle mit dem aufgestickten Logo der Kultmarke Angels das Einzige war, was er von ihr hatte. Komischerweise kam niemand auf die Idee, sich darüber lustig zu machen, wie er damit aussah. Solche Fragen schienen in der Zone bedeutungslos zu sein. Die zusammengewürfelte Menge von Kindern aus allen Ecken der Stadt bildete eine Art Bruderschaft fröhlicher Waisen, die letzte Indianergemeinde der großen Ebenen zwischen Appalachen und Rocky Mountains, in der Charlie nur eines der jüngsten Mitglieder war – hi Bro.

Fat Bill hatte sich auf allen vieren im Schnee über ihn gebeugt, ihm zwei Finger in den Mund gesteckt, um ihn zum Erbrechen zu bringen, und ihn dann auf ausgestreckten Armen schwankend in den Klassenraum zurückgetragen, wo die anderen ihnen Decken gaben und Platz machten. Während eines Gutteils der Nacht, während Musik und Geschrei weiter durch die Gänge hallten, hatte er das Gefühl, das Dach des Klassenzimmers sei weggeflogen und ein tanzendes Gewitter ginge über ihm nieder, indem es Sterne regnete. Natürlich war ihm schlecht. Trotzdem konnte er einen erstickten Lachkrampf nicht unterdrücken, den Bill jedes Mal mit einem Rippenstoß beendete.

Das lange, zögerliche Erwachen mit zerschlagenem Rücken, schwachen Beinen, der Magen noch flau vom Rausch und der Erinnerung an das schmerzhafte Würgen, als er in seine Decke gewickelt loszockelte an diesem ersten Morgen in der noch schlafenden Zone und ihm die Kälte ins Gesicht schlug, kaum dass er ein paar Schritte nach draußen gemacht hatte, in den Hof, um im noch grauen Schnee seine Innereien zu suchen, die Sonne gerade aufgegangen irgendwo hinter dem Hügel und das Schattenspiel des großen alten Bergahorns auf der Leinwand des im Morgengrauen erbleichenden Himmels – oh mein Gott, das war das beste Erwachen seines Lebens.

Der Geländewagen war verschwunden.

Alles war still und ruhig. Er versuchte sich eine Zigarette anzuzünden – wie war die in seiner Tasche gelandet? –, hustete und hatte schon das Gefühl, sich wieder erbrechen zu müssen, aber sein Magen rollte sich nur ein wie ein kleiner Krake. Er lächelte, als er sie in den Schnee warf – nur nicht zu schnell, Alter.

Küchen und Speisesaal waren mit den Resten der Party vollgemüllt: Hunderte leere Brause- und Bierdosen, große Salatschüsseln aus rostfreiem Stahl, manchmal noch halbvoll mit Kartoffeln oder Hähnchenflügeln, auf den Tischen vergessene Teller und solche, die sich nach Art des schiefen Turms von Pisa auf dem gestrigen Selbstbedienungstresen stapelten. Ein Fußball schwamm in einem Becken. Das Ganze ergoss sich in einem Strom aus Küchengeräten und Abfall durch die offenstehende Flügeltür nach draußen, als hätte die Kantine es ausgekotzt. Ein paar schlafende Körper lehnten noch an den Wänden, in ihre Jacken gemummelt. Auf dem Boden überall schlammiger Schnee, von der Nacht in Raureif verwandelt, der nun leise schmolz und zwischen langen Schleifspuren von Ausrutschern und Stürzen seine bräunlichen Abdrücke in Form von Flecken und Schlieren verteilte.

Nach und nach tauchten Erinnerungen an die Nacht wieder auf wie Traumbilder, in denen man sich kaum wiedererkennt. Man weiß, dass man es ist, aber man sieht sich gar nicht ähnlich. Er lief noch eine Weile lang allein herum. Wo war eigentlich Stro abgeblieben?

Der Himmel über dem Hügel wurde hell, erst weiß, dann blassblau, ohne jede Wolke, ausgewaschen vom Vorabendgewitter, er versprach einen schönen kalten Tag, und als die Sonne über dem Hügel aufstieg, begann der Schnee wie Glas zu funkeln.

Er hatte Bier getrunken mit Bill und anderen Kindern etwa ihres Alters. Sie hatten getanzt und waren in den Hof hinausgegangen – Charlie erinnert sich an Rutschpartien, bei denen er durch den Schnee schlitterte wie Bambi über den gefrorenen See, und dass sie Schneebälle mit dem Baseballschläger zum Platzen gebracht haben. Auch dass sie die leeren Bierflaschen in eines der im Hof entzündeten Feuer warfen, fällt ihm wieder ein, als er sie in der Asche liegen sieht, in sich zusammengesunken wie merkwürdige grüne oder weiße Kiesel, aus deren eingefallenen Wülsten aber noch etwas aufragt, in dem die Erinnerung an Flaschenboden und -hals bewahrt ist. Er sieht die Joints herumgehen im Kreis der Jugendlichen, die um ein Heizölfass sitzen – hat er das eigentlich auch probiert?

Wahrscheinlich, aber sie werden ihn ausgelacht haben, ja, so war's – »Du bist dafür doch viel zu jung, Bruder« –, und Bill hat ihn dann eingesammelt, als er sich mit einem von den blöden Grinsegesichtern prügeln wollte, in einer Gruppe von drei oder vier Jungs, in der schon Wetten abgeschlossen wurden. Er sieht die aufgerissenen Münder mit den gebleckten Zähnen vor sich und die böse glitzernden, zusammengekniffenen Augen.

Dann kam das große Kotzen und das Ende der Party wie auf einer Schiffsbrücke unter einem auf den Kopf gestellten Meer, in dem die Sterne schwammen. Bill war da, er hatte ihn nicht im Stich gelassen, aber Stro? Wo war eigentlich Stro abgeblieben?

Charlie kam es wieder hoch. Er sollte was essen. Im Inneren der Gebäude begann es sich zu regen.

Bei Tageslicht war die Schule nicht mehr so geheimnisvoll wie in der Abenddämmerung, sie hatte viel von ihrem nächtlichen Zauber verloren. Dünne Rauchfähnchen stiegen aus den verrosteten Fässern auf. Alle Gebäude hatte Risse, Putzstücke bröckelten wie Lepra vom Skelett der stockfleckigen Leichtbausteine. An manchen Stellen war das Dach mit Teerplane geflickt, die wie eine alte Jeans die Fugen zwischen den Blechteilen ausstopfte. Mangels Regenrinnen lief der schmelzende Schnee in Myriaden winziger Rinnsale vom Dach, was den Eindruck erweckte, dass sich die ganze Hütte von oben her auflöste. Die meisten Fenster waren von innen mit Brettern vernagelt.

Jetzt kamen auch ein paar andere heraus – wie in Zeitlupe. Zuerst die älteren Jugendlichen, begleitet von ein paar Typen, deren Gesichter ihm etwas sagten, ohne dass er genau gewusst hätte, was. Charlie dachte an Slacker, Zombies, Cracknasen – solche Fressen hatten die! Sie beachteten ihn nicht einmal. Zu der Uhrzeit machten sich ein paar von ihnen auf den Weg Richtung Stadt, durch die Prärie der Indianer. Sie hatten schwarze Parkas an und auf dem Kopf festgewachsene Mützen, ein paar von den Jüngeren strichen um sie herum und versuchten, einen Platz zu ergattern, wahrscheinlich um an Straßenecken Schmiere zu stehen. Manche von uns – von *uns!* – arbeiten für Max, hatte Strothers gesagt. Charlie sah die nächtlichen Gestalten wieder vor sich, manche standen abseits und tauschten irgendwas aus, Geld, Drogen, so Zeugs halt. Andere gingen in die Turnhalle, machten das Schiebetor weit auf und starteten den Laster mit der Ladefläche voller recycelter Batterien, die an einen Inverter von einer Baustelle angeschlossen waren, um Strom zu liefern. Die Turnhalle diente als Werkstatt – eine andere Art, für Max zu arbeiten. Das sah aus wie eine Dritte-Welt-Fabrik, eine Fabrik für Kinder, die dort in den großen Ferien arbeiten spielten. Ihr müsst aber nicht, hatte Stro gesagt. Wo war der eigentlich abgeblieben?

Bill sprach das endlich an, als er zu Charlie in den Hof hinauskam. Er war bestens gelaunt – »Fuck, wie siehst du denn aus, Bruder, mit der Decke am Rücken, wie so 'n Flüchtling!« Stro hätte bei ihnen schlafen sollen, aber am Morgen war sein Schlafsack leer.

»Ich glaub, er ist mit dem Typen weg, diesem Max.«

Das rutschte ihm so heraus, automatisch. In Charlie stieg ein verschwommenes Bild auf, nach dem er seit dem Aufwachen gesucht hatte. Ein Bild wie eine vage Erinnerung, von Stro, der in den Geländewagen steigt und auf sein Winken nicht reagiert.

»Der hat uns ganz schön verarscht! Von wegen, er weiß, wo wir hinkönnen.«

»Keine Angst, Bruder, wir sind ja wenigstens zu zweit! Komm, wir schauen uns ein bisschen um.«

Bill rannte los, um spektakuläre Rutschpartien auf dem glänzenden Schnee hinzulegen, der im Hof zu schmelzen begann, Charlie ließ seine Decke auf den Boden fallen und tat es ihm nach. Es knirschte unter ihren Füßen wie Styropor, und Fontänen glitzernder Tropfen sprühten meterweit um sie herum, wenn sie in Surferposen über den Schnee glitten, die Arme weit ausgebreitet, den Oberkörper nach vorn geneigt, bereit, auf diamantenen Wellen abzuheben. Das war es letztendlich: Glück und Freiheit. Bill hatte noch ein paar Reserven heiseren Lachens, mit dem er gegen den Kater ankämpfte.

»Das ist Detroit, Alter!«, jauchzte er. »Verficktes Ödland. Und ein voll verfickter Spielplatz.«

GOTT IST FORT

Georgia ist alt und müde, sie weiß nicht mehr, was sie tun soll, damit die Zeit vergeht. Sie wacht mitten in der Nacht auf und kann nicht wieder einschlafen. Sie macht den Haushalt, aber es gibt nicht viel zu putzen, seit Charlie nicht mehr da ist, sie wischt jeden Tag mit dem Staubtuch über die Möbel, die sie diese Woche schon zweimal poliert hat, sie räumt auf, sie öffnet die Schubladen des Küchenschranks, man könnte meinen, sie zählt die Teller, sie zieht die Schubladen in ihrem Schlafzimmer auf, stundenlang kann sie die alten Fotos anschauen, die fest umschnürten Päckchen aus Briefen, die Fotos in den Alben, die Fotos in den Pappschachteln mit den Ansichtskarten, die Fotos in den Umschlägen, die sie dann doch nicht sortiert, aber aufmerksam studiert, als hätten ihr diese Bilder aus der Vergangenheit etwas zu sagen, als könnten sie ihr freundlich erklären, was wohl passiert ist. Aber eigentlich sieht sie sie nicht richtig an, sie tut nur so, als wollte sie sie sortieren.

Sie vermeidet es, das Haus zu verlassen. Sie ist noch dünner geworden. Aber sie weint nicht mehr.

Wenn sie manchmal in den Laden an der Gratiot Avenue kommt, begrüßt sie der Chef mit ihrem Vornamen und fragt sie, ob es ihr gutgeht. Sie muss aussehen wie eine Geisteskranke. Sie hat ihm nicht erzählt, dass Charlie verschwunden ist, so gut kennt sie ihn auch wieder nicht, den Ladenbesitzer. Dabei muss es sich im Viertel herumgesprochen haben. Alles spricht sich immer herum. So viele Leute wohnen ja nicht mehr da, und alle ein bisschen isoliert, also halten sie zusammen, mähen den Rasen vor den verlassenen Häusern, deren Bewohner in die Vorstadt gezogen sind wie die Eltern von Bo und Ritchie, vielleicht Richtung Macomb, sie weiß es nicht mehr so genau. Wozu auch? Was sie braucht, ist nicht Mitleid, sondern Hoffnung. All diese Leute nützen ihr nichts. Die Fotos auch nicht.

Sie nimmt nur die heraus, auf denen Charlie drauf ist, nicht die mit seiner Mutter. Die ist abgehauen, als er noch ein Baby war. Wie lang ist das jetzt her? Wie lang ist das, zwölf Jahre Warten und Verzweifeln, wie viele hundert Jahre Fegefeuer? Nie hat ihre Tochter angerufen, um zu fragen, wie es dem Kleinen geht, nie hat sie etwas von sich hören lassen. Eine Postkarte aus Alabama, eine aus South Carolina zu Thanksgiving in den ersten zwei Jahren, dann nichts mehr. Vielleicht ist sie in der Zwischenzeit ja sogar nach Detroit zurückgekehrt. Georgia kann sich nichts anderes als Detroit vorstellen. Oder sie ist tot, gestorben an Reue oder an einer Überdosis – hier oder woanders.

Sie hat Charlie nie erzählt, dass seine Mutter ihr Karten geschrieben hat, auch nicht, was sie über ihr Leben zum Zeitpunkt seiner Geburt weiß oder was sie wirklich über ihr Weggehen dachte. Sie war eine vorbildliche junge Frau gewesen, ihre Tochter, hatte sogar studiert und ein anständiges Leben gelebt. Natürlich kamen auch ein paar junge Männer darin vor. Bis sie diesem Gangster über den Weg lief, einem Kerl ohne Verantwortungsgefühl, wahrscheinlich drogenabhängig. Damals spielten Mädchen wie sie russisches Roulette um ihre Zukunft, alles war besser, als in der Fabrik zu arbeiten. Sie wird mit ihm weggegangen sein. Womöglich hat er sie nach einiger Zeit auch auf den Strich geschickt, um ihrer beider Konsum zu finanzieren. Georgia hat solche Geschichten in der Zeitung gelesen. In der Eight Mile Road standen lauter solche Mädchen herum. Im Grunde war es Georgia jetzt lieber, wenn sie nicht wiederkam. Besser nicht dran denken – auch wenn es hart ist. Besser nicht drüber reden. Nach seinem Vater hatte das Kind nie gefragt.

Auf einem Foto ist Charlie zwei und kann schon laufen, er trägt eine lustige, knallrote Latzhose über seinem gestreiften Pulli, seine Füße stecken in Lederstiefelchen, die ein bisschen schick wirken. Auf einem anderen ist er vier oder fünf, hat eine Wollmütze auf und einen etwas zu großen Mantel an und spielt im Schnee vor dem Haus, gegenüber das Haus der Jeffersons, das heute nicht mehr steht. Auf dem nächsten ist er zehn und posiert in seinem Sportoutfit mit der Medaille und der Stoppuhr, die er gerade beim Crosslauf der Schulen gewonnen hat – dieses Foto wird sie aus der Schublade nehmen, es mit einem um sich selbst gezwirbelten Stück Tesa über die Kommode im Wohnzimmer kleben, neben den ganzen Nippes und die anderen Fotos, deren Ecken sich mit der Zeit aufgerollt haben. Sie müsste kleine Rahmen dafür kaufen. Aber dann ist es zu traurig.

Auf manchen Fotos schmollt er, schneidet eine Grimasse oder lacht übers ganze Gesicht – es gibt so viele Momente, an die sie sich nicht genau erinnern kann. Im Zoo zum Beispiel, im Garten, mit seinem ersten Fahrrad auf der Straße, doch, daran schon, beim Jahr ist sie sich nicht sicher, aber es war ein schöner Sonntag mit einem Flohmarkt der Pfarrei, Charlie hatte die Stützräder abmontiert, und sie wäre fast der Länge nach hingefallen, als sie ihm, so gut es ging, hinterherrannte, damit er das Gleichgewicht behielt.

Georgia ist alt, und ihre Tage sind lang. Sie fährt noch mit dem Auto zur Messe. Sie hat sogar eine Kirche der Heiligen Rita gefunden, weiter im Norden, an der Ecke East State Fair Avenue und Cameron Street, ein anderes Gemeindemitglied hatte ihr davon erzählt. Georgia betet oft zur heiligen Rita und auch zu Maria, sie ist katholisch, das ist eine Religion, bei der man sich direkt an die Heiligen wenden kann, und das sind echte Menschen wie sie, die gelebt und gelitten haben, das ist ihr wichtig, sie wüsste nicht, was sie zu Gott sagen sollte. Aber anscheinend hatte Rita ihren Kampf gegen die aussichtslosen Nöte verloren, denn als Georgia dort hinkam, war aus ihrer Kirche ein Baptistentempel geworden, der nur noch zum Sonntagsgottesdienst um zehn Uhr offen war. Die dazugehörigen Backsteingebäude, Kloster und Pfarrhaus, waren dem Untergang geweiht, die Fenster zerbrochen, das Dach beschädigt, und schon so verwahrlost, dass sie bald nur noch Ruinen sein würden. Aus der Kirche waren die Statuen verschwunden, und es gab auch keine Votivkapelle mehr. Niemanden, dem man sich anvertrauen, mit dem man sprechen konnte.

Gott vielleicht noch, aber irgendwie sieht es so aus, als ob auch Gott die Stadt verlassen hätte. Davon ist Georgia überzeugt. Gott ist fort, als sie in riesigen Einkaufszentren Limobrunnen aufgestellt haben, als jeder einen Farbfernseher besaß, als die Ballrooms zu Drogensupermärkten wurden, als sie die Stadt mit sechs Autobahnen durchlöchert und ganze Viertel abgerissen haben, um mitten in der Stadt Spielhöllen zu bauen. Gott liebt uns, das ist seine einzige Schwäche, aber eine so haarsträubende Dummheit hat ihn dann wohl doch angewidert.

Manchmal redet Georgia mit sich selbst.

Sie führt ihr Haushaltsbuch, versucht sich zu erinnern, was sie am Vortag gegessen hat, redet mit ihren Möbeln und Wänden. Die traurigsten Sachen sagt sie in die Schubladen hinein und macht sie dann schnell zu.

Mitte Dezember, als sie den Beschluss fasste, endlich zur Polizei zu gehen, war es über einen Monat her, dass Charlie verschwunden war. Sie hätte nicht genau sagen können, warum sie nicht früher hingegangen ist. Vielleicht war es die Erinnerung an ihren Mann, den diese Polizei vor ewig langer Zeit während der Aufstände ermordet hat, oder die Überzeugung, dass es ohnehin nichts bringen würde. Vielleicht auch eine unbestimmte Angst, dass man ihr genau das vorwerfen könnte – »Warum haben Sie sein Verschwinden nicht sofort gemeldet?« –, die mit jedem Tag größer wurde. Sie war nicht gleich zur Polizei gegangen, weil sie gehofft hatte, dass er wieder nach Hause käme, sie hatte gedacht, er wäre nur kurz ausgerissen, es kam manchmal vor, dass er mit seinen Freunden unterwegs war, ohne ihr zu sagen, wohin sie gingen. »Natürlich ist das nicht normal mit zwölf Jahren, aber was hätte ich denn Ihrer Meinung nach tun sollen, so ist die Jugend, ich kann ihn ja nicht einsperren.« Unsere Kinder – und das hat nichts damit zu tun, wie sehr wir sie lieben – sind uns irgendwie fremd geworden. Und trotzdem sind es immer noch unsere Kinder, und Jugend ist nur ein Wort. Wir müssen wohl etwas falsch gemacht haben, dass sie sich so verhalten.

Kurz zuvor hatte sie einen Brief von Charlies Freund Ritchie bekommen, der mit seinen Eltern in einen Vorort gezogen war. Er hatte den Brief in der Nähe der Schule eingeworfen, wo sein Vater ihn nun jeden Morgen hinfahren musste, weil er nicht mitten im Jahr auf eine andere Schule wechseln konnte. Charlie sei lange nicht im Unterricht gewesen. Ritchie machte sich Vorwürfe, nichts gesagt zu haben. Aber er konnte auch nicht viel sagen, nur dass sie sich am Packard-Korridor treffen wollten und dass Strothers einen »sicheren Ort« kannte, nicht allzu weit weg, im Norden, den er »die Zone« nannte. Wo genau, wisse er nicht, er sei nie dort gewesen – aber vielleicht die Polizei? Es tue ihm so leid.

Der Lieutenant, an den sie Georgia verwiesen, war fast so alt wie sie, wahrscheinlich stand er kurz vor der Rente. Er erhob sich, um sie zu begrüßen, und zog seinen Hut. Ganz die alte Schule. Ihr fiel sein breiter Brustkorb auf, der die heisere Raucherstimme zum Dröhnen brachte, und der schleppende Akzent aus einer Zeit, da Detroit noch die nördlichste Stadt des amerikanischen Südens war. Er machte ihr gar keine Vorwürfe, sondern hörte ihr einfach zu. »Gott weiß, was wir an ihrer Stelle gemacht hätten«, sagte er, »wenn wir in dieser Welt groß geworden wären, die wir ihnen hinterlassen haben – so hatten wir uns das nicht vorgestellt, nicht wahr? –, eine Welt aus Armut und Arbeitslosigkeit, wo man leichter in eine Gang aufgenommen wird, als in einer Fabrik Arbeit zu finden.« – »Charlie ist nicht in einer Gang, er ist ein guter Junge ...« – »Davon bin ich überzeugt, Ma'am, so habe ich das nicht gemeint.« Er hatte einen sanften, müden Blick. Er lächelte ihr zu. »Wir werden trotzdem alles tun, um ihn zu finden.« – »Trotzdem?«

Er runzelte die Stirn, legte seine Hand auf ihren Unterarm auf der anderen Seite seines schmalen Schreibtischs und beugte sich zu ihr hinüber. Machte eine Pause, suchte nach Worten. Hielt ihren Arm fester, als fürchtete er, sie würde sich in Luft auflösen, während er sprach. Georgia schwindelte es.

»Ich glaube nicht, dass es Ihr Enkel ist, Ma'am, weil ihm das Foto nicht ähnlich sieht, das Sie mitgebracht haben, auch wenn er da erst acht war, aber Sie sollten mit mir in die Gerichtsmedizin kommen. Vor ein paar Tagen haben wir in der Nähe der Stelle, die Sie beschreiben, die Leiche eines Jungen gefunden.«

Und tatsächlich, wenn sie nicht festgehalten worden wäre von dieser schweren Hand auf ihrem Arm und dem sanften Blick in ihre Augen, wäre Georgia wahrscheinlich auf direktem Weg zur Hölle gefahren. So hatte sie nur das Gefühl zu ertrinken, weil mit einem Schlag alle Luft aus ihrer Lunge entwich.

Sie überwand ihr Schwindelgefühl und nickte.

DAS ERSTE MAL

Menschen, die uns berühren, verschieben etwas in uns. Sie verändern uns, machen uns besser. Das schreibt Eugène in seinem Bericht über Candice. Er spricht natürlich nicht direkt von ihr, weil das deplatziert wäre und sein N+1 es nicht verstehen würde, aber wenn er berichtet, wie er sich verändert hat in der Zeit, als er zwar seinen Posten nicht verließ, aber irgendwann aufhörte, an die Sache zu glauben, dann denkt er an Candice.

Sein Bericht könnte auch als Roman einer Liebe in Zeiten der Katastrophe durchgehen.

Oder als Essay über das Lachen. Das rote Lachen von Candice, das den ungastlichen Winter von Detroit wärmer und die Stadt bewohnbar machte.

Eugène ging, wenn er konnte, jeden Abend ins Dive In. Dank Candice lernte er eine Menge Stammgäste kennen, die noch da arbeiteten und lebten, manchmal die einzig Übriggebliebenen in ihrem Block ohne Läden oder sogar in der ganzen Straße, die aber deshalb nicht Trübsal bliesen. Im Gegenteil, sie demonstrierten sogar eine Art Stolz, der ein wenig an den Charakter der Pioniere erinnerte. *Speramus meliora, cineribus resurget* – Wir hoffen, dass sie bessere Tage erlebt und aus ihrer Asche aufersteht – ist schließlich die Devise der Stadt. Es gibt ein amerikanisches Gen des Optimismus und auch der Eroberung. Eugène saß am Tresen und redete mit ihnen, manchmal tanzte er sogar, was er noch vor ein paar Monaten um nichts in der Welt getan hätte. Aber hier brauchte er nur vom Hocker zu rutschen und den Körper schwingen zu lassen, entspannt in den Wogen der Blechbläser und unter der Gischt der Becken erschauernd, ein Schritt vor, ein Schritt zurück, mit lockeren Knien und elastischen Beinen im Takt der mal drängenden, mal matteren elektronischen Brandung, hier brauchte er nicht mehr zu tun, als sich im Sommer glücklicher Körper treiben zu lassen. Dabei konnte er seine weißen, behaarten Arme vergessen, für die er sich früher immer geschämt hatte, seine magere, leicht gebeugte Gestalt, die zu runden Ohren, die zu gerade Nase, die schmalen Lippen. Es war immer noch sein Körper, aber er hatte keinen Grund mehr, ihn vor sich zu verstecken und Spiegel zu meiden. Ein kleines Augenzwinkern vom anderen Ende des Tresens, ein Luftkuss, ihr Lachen, das er selbst von ganz hinten in der Bar zu hören glaubte, manchmal sogar, wenn er allein auf der Straße war – sein durstiges Herz sog jedes noch so kleine Zeichen und jeden ihrer Gedanken auf wie ein Schwamm. Er war tief berührt, und in seiner Brust wuchs die Liebe.

Er lernte, der Firma und der Karriere, die er dort hätte machen können, nicht mehr hinterherzujammern, genauso wenig wie dem großen Projekt des Integral, das mit dem Kaffee im Konferenzraum des dreizehnten Büros erkaltete. Patricks Gestammel und Gefuchtel lösten in ihm nur noch Überdruss aus. Er fuhr nun regelmäßig zu einem illegalen Speed Shop, um den gebrauchten Mustang, den er sich gekauft hatte, herzurichten, wobei er zu seinem Schrecken feststellen musste, dass ihm sein ganzes Ingenieurswissen bei dem Problem mit der Stromversorgung des Anlassers nicht weiterhalf, das begabte Mechanikerhände dann in einer Stunde lösten. Er wurde empfänglich für Talent.

Für alles, was im Taylorismus nicht vorgesehen war.

Er wurde auch empfänglich für die Eingebungen des Leibes. Den Willen, das Begehren, die Fantasie.

Und sein durstiges Herz sog die unverhoffte Liebe auf wie ein Schwamm.

Eines Abends, als sie bei ihr waren, an einem dieser ruhigen Abende, die ihnen wie Ewigkeiten vorkamen, wenn weder das Dive In anstand noch ein Treffen mit Freunden in irgendeinem anderen verrauchten Pub der Geisterstadt, nur sie beide in Candice' Zweizimmerwohnung in der Chene Street, im ersten und letzten Stock über einem alten Geschäft für Fernseher voller Pflanzen, die der Besitzer im letzten Winter reingestellt hatte, damit sie nicht erfroren, und nicht wieder rausgestellt, weil es so hübsch aussah, das exotische Gewächshaus inmitten von Plasmabildschirmen, an einem dieser Abende, an denen es nur sie beide gab und sie alle Zeit der Welt hatten, zu entscheiden, welche Musik sie hören und worüber sie reden wollten, sich nachzuschenken, das Essen zu vergessen und einander unauffällig näher zu kommen, an so einem Abend machte Eugène, obwohl er immer noch ziemlich schüchtern sein konnte, den ersten Schritt. Seit knapp einem Monat trafen sie sich so, immer wenn sie konnten, als wäre ihre erste Nacht, in der sie so lange geredet hatten, ihnen sofort zu einer Gewohnheit geworden, die sie nicht mehr missen wollten. Sie hatten noch nie miteinander geschlafen.

Aber natürlich hatten sie beide daran gedacht. Natürlich war ihre jetzige Nähe verwirrend, natürlich war ihnen das nicht entgangen, keinem von beiden und auch keinem in ihrem Umfeld. Sie hatten Ausflüchte erfunden – dass Eugène ja eines Tages von der Firma nach Europa zurückgerufen würde, Erinnerungen an enttäuschte Lieben oder Beispiele von unnachahmlicher, einschüchternder Tugend –, aber vielleicht hatten diese vorgeschobenen Gründe auch nur den Zweck, die Lust zu verlängern. Das Begehren bekam ihnen so gut. Sie waren nicht wie die Jungen, die auf die Liebe hoffen, aber nicht daran zu glauben wagen, die leiden und leiden lassen, im Gegenteil. Sie glaubten daran, wussten es ganz genau von Anfang an, sie merkten es ja an ihrem Begehren, an all diesen Blicken und Berührungen, wagten aber nicht, darauf zu hoffen. Sie brauchten Zeit, nicht aus Feigheit, sondern aus Langmut, weil sie das Glück zu wissen, dass sie könnten, bis zum Ende auskosten wollten. Das Glück, daran zu glauben. Sie waren beide leichtgläubig. Sie glaubten an die Vorfreude.

Eugène setzte sich zu Candice aufs Sofa und schaute sie an. Er konnte ihren Oberschenkel an seinem spüren, er zuckte nicht und bewegte sich keinen Millimeter, um die Berührung zu vermeiden. Sie hatten sich einander zugewandt, und Candice war verstummt. Als er seine Hand ihrem Gesicht näherte, schloss sie die Augen nicht, sondern neigte nur den Kopf, vielleicht kam sie ihm auch ein Stück entgegen. Er streifte mit den Fingerspitzen ihre Wange, ihr Jochbein, strich ihr eine Haarsträhne hinters Ohr, schob seine Finger an der Schläfe in ihr schweres Haar, ließ sie am Schädel entlanggleiten bis zu dem kleinen Höcker der Apophyse, hinter dem er seine ganze Hand auf ihren biegsamen Nacken legte, den er erspüren konnte, wenn er die Finger spreizte, er kannte ihn gut, ihren Nacken, hatte ihn oft genug von hinten betrachtet, diesen fein geschwungenen Nacken, der wie ein geschweifter Blütenkelch aussah; von da könnte er zu ihrem Rücken mit den erhabenen Wirbeln zwischen den gespannten Muskeln hinabtauchen, wieder nach oben kommen und ihren Hals umrunden, gegen den Grat des Schlüsselbeins stoßen und in den Einbuchtungen auf beiden Seiten verweilen, von dort eine neue Abzweigung wählen und den Grat entlang bis zur Rundung der Schulter hochfahren, vorsichtig das T-Shirt herunterstreifen oder auf der anderen Seite in die Furche des Busens abtauchen, an der Stelle zwischen den Brüsten, wo sie einander nicht berühren, sondern sich abzuzeichnen beginnen – er war noch bei ihrem Nacken, dachte aber schon an diesen ganzen Weg –, sie rührte sich nicht, er sah, er spürte schon wie im Traum Liebkosung und Versinken, die Berührung ihrer Haut, die sich anfühlen würde wie ein gespannter samtiger Stoff, wie eine Frucht, seine Hand sehnte sich schon nach den Hügeln und Senken ihres Fleisches, rührendem Runzeln, zartem Zucken und gesträubten Härchen; ekstatisch schwelgte er in dieser Vision, während ihre Augen, die sich tief in seine versenkt hatten und seinen Blick festhielten wie an unsichtbaren Fäden, ihre großen, dunklen Augen mit dem feuchten Glanz langsam näher rückten und immer größer wurden, das war, wie in einen Brunnen zu fallen, bis er ihren sich öffnenden Mund auf seinem spürte, eine Hand auf seinem Gesicht, worauf alles auf konfuse Weise in Bewegung geriet, eine andere Hand auf seinem Schenkel, auf seiner Brust, in seinen Haaren, die ihn jetzt festhielt und drückte, ihr Mund, der feucht nach Wärme schmeckte, der Vorhang ihrer Augen, der über die Welt fiel, zum ersten Mal finden und berühren sich ihre Körper fast ganz, entdecken einander endlich in der Nacht von Detroit.

Da passiert etwas.

Sie kippen auf dem Sofa um, es ist wie ein Kentern.

Ihre aufeinanderliegenden Körper strecken sich aus, einander ertastend, einatmend, umwerfend, umflorend, umrankend, sie sind jetzt nackt, ihre Hände zittern nicht mehr, sie küssen sich, es ist ein Geschmack von Wasser und Rot, sie wälzen sich, es ist ein Gefühl, wie wenn man stürzt im Traum, endloses Fallen in Zeitlupe, sie reiben, schmiegen sich aneinander, holen tief Luft, nur damit ihre Bäuche sich berühren, sie doppeln sich, fangen sich auf und fangen sich wieder ein, ihre Schenkel verhaken sich, ihre Körper drängen sich aneinander, umwinden und verfalzen sich, Schweiß perlt schon auf Stirn, Schultern, Brust, sie wissen nicht mehr, wo sie sind, wenn sie die Augen öffnen, sehen sie nur noch Haut und Körperstellen aufblitzen, sie weiten sich, schnappen nach Luft, die sich ihrem schnellen, heißen Atem entzieht, versinken jetzt wie Ertrinkende, mit verstörtem, dankbarem Blick, rotem Herzen und offenem Mund, beißen und lecken einander, kosten von Schultern, Brust und Schenkeln, saugen, schlucken, trinken einander, umschlängeln und vermischen sich, halten, öffnen und erheben sich wieder, spalten und versteifen sich, kratzen, kneifen, hauen einander auf den Hintern, schon heiser und außer Atem, fangen wieder von vorn an, genießen und beschnuppern sich, versinken und wühlen sich ineinander, öffnen und verbohren sich, spannen und durchdringen sich, und ihre Körper winden sich in Krämpfen, beginnen wild zu schlingern, ein Schwindel schüttelt sie wie ein Sturm, ein grandioses Gewitter, wie süß ist es, unterzugehen, wenn das Meer hoch geht und man das Ufer aus den Augen verliert, ihre triefnassen Bäuche kleben aneinander, sie lassen sich fallen, sie sterben. Dann streicheln sie sich.

Und sehen einander an.

Das erste Mal.

In Detroit.

GREY-SHIT

Nach der Ankunft der kleinen Bande in der Zone hörte es den ganzen November nicht auf zu schneien, und der Schnee sammelte sich auf den Gebäuden und in der Prärie der Indianer. Zwei Wochen vor Weihnachten lag er bestimmt gut fünfzig Zentimeter hoch. Strothers hatte Bill und Charlie fallengelassen, er war oft weg und verbrachte die Abende mit den Älteren, die sich von den anderen fernhielten. Fat und Skinny bildeten annähernd das gleiche Duo wie in der High School: Fettsack und Schlaukopf, der Lustige und der Schüchterne. Um ihren Anteil zu leisten, machten sie es schließlich so, dass sie ein paar Stunden pro Tag in der Turnhalle verbrachten und dort von einer Werkstatt zur anderen wechselten, wobei sie lernten, kleine Reparaturen auszuführen. Sie beteiligten sich an lästigen Aufgaben wie Putzen, Kartoffelschälen oder Schneeschaufeln im Hof. Aber eindeutig die meiste Zeit verbrachten sie immer noch mit weitläufigen Forschungsexpeditionen in der Zone bis zu den ersten bewohnten Straßen. Sie konnten kommen und gehen, wann sie wollten, und mit der Zeit glichen ihre mit Erde und verschiedenstem Dreck beschmierten Klamotten denen der anderen Kinder, ein Patchwork zwischen urbanem Stamm und Oliver Twist vor seinem Zusammentreffen mit Mister

Brownlow. Für das Reparieren von Fahrrädern bekamen sie Parkas – der von Charlie war natürlich zu groß – und Handschuhe – auch zu groß –, aus denen er Halbfingerhandschuhe machte. Seinen Pullover behielt er und trug ihn jeden Tag. An seine Großmutter dachte er lieber nicht. Er hatte nämlich beschlossen zu bleiben, erst aus Solidarität mit Bill, dann aus Stolz, weil er jetzt zum ersten Mal selbst über sein Schicksal zu entscheiden lernte. Abgesehen von der Kälte, die nachts sogar drinnen das Wasser in den Gläsern gefrieren ließ, war das Leben in der Zone eher lustig. Es hatte einen Geschmack von Aufregung und Angst, den er so nicht kannte. Strothers hatte mal gesagt, es gebe immer ein paar, die Weihnachten zu den Eltern zurückwollten. Normal, sagte er, ist ja Weihnachten, als würde das alles erklären. Die meisten kämen wieder, weil sie ihre Eltern nicht mehr fänden – die hätten mit den Ratten die Stadt verlassen – oder weil es ordentlich Prügel gegeben hatte. Dabei sah er Bill mit dem hämischen Grinsen an, das manchmal sein Gesicht entstellte – der Dicke war immer noch von den Schlägen seiner Mutter gezeichnet, hatte eine geschwollene Lippe, und von seiner Augenbraue zog sich Schorf quer über die Stirn. Strothers war härter als vorher, distanzierter, auch Bill gegenüber. Er ging oft den ganzen Tag weg, blieb manchmal über Nacht in der Stadt, beim Teufel, um für Max »Besorgungen« machen.

»Is ja wohl klar, worum's da geht – so 'n Scheiß!«, sagte Bill. Strothers hing viel am Rand der Zone herum, mit Max' »Lieutenants« und ein paar älteren Typen, die nicht herkamen, um ihren Rasenmäher oder ihr Fahrrad reparieren zu lassen. Er hatte einen müden Zug um die Augen, er schlief wenig. Wenn er morgens oder mitten in der Nacht zurückkam, ging er direkt in das Büro im Verwaltungsflur, wo immer ein oder zwei von Max' Jungs Wache schoben. Manchmal mit einem schlichten Umschlag aus Packpapier, manchmal mit einer Sporttasche, die er am Vorabend noch nicht gehabt hatte – so 'n Scheiß!

Aber für Bill und Charlie hätte das Leben so weitergehen können, zwischen Schneeballschlachten und improvisierten Schlitterfahrten auf dem Hügel mit dem alten Bergahorn, eine Plastiktüte unterm Hintern oder auf den Skateboards, deren Rollen sie abmontiert hatten. Sie hatten Freundschaften geschlossen, sogar mit Jungen, die aus dem Westen der Stadt stammten. Charlie hatte noch weitere Biere getrunken, bei weiteren Partys, die ungefähr einmal die Woche stattfanden, wenn der Boss vorbeikam, und es war ihm gelungen, eine ganze Zigarette zu rauchen, ohne sich die Lunge aus dem Leib zu husten. Das Leben hätte noch lange so weitergehen können, und es ist nicht einmal gesagt, dass er zu Weihnachten nach Hause gewollt hätte, aber wir müssen wohl zu der Nacht im Dezember kommen, in der alles anders wurde.

Bill war leicht zu begeistern, aber er hatte keine Lust, sich verarschen zu lassen. Er geriet immer mit Stro aneinander, er hatte sein Treiben durchschaut und machte ihm deshalb Vorwürfe. »Du hast uns hergebracht, haust aber die ganze Zeit ab«, sagte er. »Kümmere dich um deinen eigenen Dreck!«, sagte Strothers. Bill redete mit Charlie darüber. Strothers habe jetzt ein Handy. Wenn er einen Anruf bekomme, gehe er beiseite. Er wisse stets

Bescheid, wann König Max sich einstellen wolle. Begrüße ihn mit der Hand auf dem Herzen. Gebe Befehle. Habe Geld – Geld, hier! –, und zwar genug, um sich neue Sneakers zu kaufen. Und außerdem noch einen Parka mit Pelzkragen, auch wenn es nur ein verfickter Kunstplüsch war! Bill tobte. »Es stimmt nicht, dass es uns nichts angeht, in unserer Bande haben wir uns immer gegenseitig beschützt und sind jedem Ärger aus dem Weg gegangen!«

An diesem Tag sagte Bill zu Charlie, dass er Strothers in die Stadt nachgehen wolle. Um endlich herauszukriegen, was er für Geschäfte mache, und ihn zur Rede zu stellen, wenn sein Verdacht sich bestätigte. »Wir sind keine Gang, wir sind die kleine Bande und sind Ärger immer aus dem Weg gegangen.«

Anfangs lief alles gut. Es muss am späten Nachmittag gewesen sein. Bill folgte Strothers durch den Packard-Korridor, der im Schnee fast sauber wirkte. Die Gebäude waren weiterhin ausgeweidet, aber man sah den Müll und den Schutt auf dem Boden nicht mehr. Die Farben der Graffiti an den Wänden strahlten wie ein Feuerwerk. Strothers ging weiter Richtung Eastern Market, dann bog er etwas oberhalb ihres ehemaligen Viertels nach Osten ein.

Die Straßen waren leer, es gab kaum noch Autos. Als es gegen fünf dunkel wurde, kamen die Streuner trotzdem heraus und bewegten sich durch den Schnee noch langsamer als sonst, sofern das überhaupt möglich war. Hier gab es noch Häuser, heruntergekommene, aber immerhin, und ein paar Crack-Schuppen, das sah man an den Typen, die davor rumhingen. Stro blieb manchmal vor einem stehen, wechselte zwei Worte mit den Posten auf dem Bürgersteig, ging hinein und kam zehn Minuten später wieder heraus. So was wie 'ne Briefträgerrunde, dachte Bill, sieht aus, als würde er seine Runde machen. Die »kleinen Besorgungen« für Max brächten bestimmt großen Ärger. Er folgte ihm mit Abstand.

Das Ganze dauerte mehrere Stunden, insgesamt war es vielleicht ein Dutzend Lokale, sie hatten die Hälfte der Stadt Richtung Osten durchquert, weit über die Gratiot Avenue hinaus, die zu dieser Jahreszeit und ohne Beleuchtung mehr denn je ihren Spitznamen verdiente: *grey-shit*, wenn man sie mit dem Akzent der Alten aussprach, ein Joke unter den Kids, den Bill ununterbrochen erzählte, und an dem Abend sah es tatsächlich danach aus, dachte Bill und musste kurz darüber lachen.

Dann war Strothers umgedreht und in Richtung Zone zurückgegangen. Bill hatte sich auf dem gegenüberliegenden Bürgersteig hinter einem Autowrack versteckt, um ihn vorbeizulassen.

Kein Mond. Es war so finster – wie im Arsch eines Bären, Bruder, sagte Bill leise und lachte – es war so finster, dass der Dicke Angst hatte, Stro zu verlieren. Er ging ein wenig schneller, um den Abstand zu ihm zu verringern. Er hatte die Kapuze auf und die Hände in die Taschen seines Parkas gesteckt, in die Reißverschlusstaschen, die schräg auf der Höhe der Brust sitzen, was einen größer und stämmiger wirken lässt, wie wenn man die Arme verschränkt. Einmal fürchtete er, entdeckt worden zu sein, und bekam einen Schrecken, wechselte schnell auf die andere Straßenseite. Ey, Alter, ist doch nur Strothers, versuchte er sich selbst zu beruhigen, wenn er mich bemerkt, sage ich ihm, dass ich ihm nachgegangen bin, einfach so, wie Freunde das schon mal machen – so 'n Scheiß. Er ist nicht mehr derselbe. Man kriegt richtig Panik – so 'n Scheiß. Wenn wir da sind, red ich mit ihm.

Sie waren fast da.

Am Rand der Prärie der Indianer, von Osten kommend. Eine von diesen bescheuerten Straßen mit nur zwei Häusern, und die nicht mal nebeneinander, mitten auf einer Brache wie in einem städtischen Park. Stro war in die Prärie abgebogen, und Bill hatte sich entschieden. Er beschleunigte seine Schritte, um ihn einzuholen, die Hände in den Taschen vergraben und die Kapuze über den Ohren, es war ganz schön kalt und jetzt schon mitten in der Nacht und immer noch kein Mond. Der gefrorene Schnee knirschte unter seinen Füßen. Strothers musste etwas gespürt haben, eine Präsenz, eine Gefahr, irgendetwas, er war wohl ziemlich nervös. Als er sich umdrehte und Bill direkt in die Augen blickte, hatte er einen Revolver in der rechten Hand.

Tragödien sind ja immer Produkte und Irrtum und Co.

Ich bin's, sagte der Dicke wie blöd, weil er so verblüfft war, er wollte eine Hand aus der Tasche ziehen und Stro ein Zeichen geben, während er weiter auf ihn zuging, ohne zu bedenken, dass der ihn unter der Kapuze nicht erkennen konnte, ohne zu bedenken, wie nervös er war – aber er war doch sein Freund! – und wie finster es war – wie im Arsch eines Bären – da fiel ein Schuss und gleich noch einer.

Fuck, das ist ja Bill! Strothers kam näher, Entsetzen im

Blick. Er wollte ihm aufhelfen, aber Fat schrie, dass er nicht konnte, er jaulte und heulte, Strothers heulte und schrie auch wie verrückt, vor allem Flüche: »Fuck, Bill, was hat dich denn geritten?« Da kugelten sie beide im Schnee am Rand der Prärie der Indianer, und es war wie ein Versuch, einen verwundeten Büffel aufzuheben. Sie rutschten auf dem gefrorenen Schnee aus, und Stros mit klebrigem Blut verschmierte Hände kriegten Fats Parka nicht zu fassen. Auf der Veranda eines Hauses ging das Licht an. Ein Typ brüllte, er habe die Polizei gerufen.

Da hörte Strothers auf, an Bills Kragen zu zerren, um ihn hochzuziehen. »Siehst du das Haus da hinten? Da, wo das Licht brennt? Versuch da hinzukommen, fuck, Bill, fuck, nicht sterben!« Dann rannte er weg.

DIE VERLORENE GENERATION

Candice gehörte genau wie Himbeere zu der verlorenen Generation, die zu spät in dieser Stadt aufgewachsen war, in der alles nach und nach den Bach runterging. Zuerst gab der Bahnhof auf, die Michigan Central Station, dann schlossen auch Dancings, Hotels, Firmenzentralen, öffentliche Einrichtungen und Einkaufszentren. Irgendwann gingen natürlich die Leute. Und die, die blieben, weil sie nicht ausreichend dafür gerüstet waren zu gehen, waren auch nicht ausreichend dafür gerüstet zu bleiben.

Es spielte sich genauso ab wie in der Evolutionstheorie, nur nicht in der Version des 19. Jahrhunderts, nach der die Stärksten überleben. Unter den neueren Theorien zur Evolution gibt es eine, die man in Anlehnung an Lewis Carrolls »Alice hinter den Spiegeln« die Rote-Königin-Hypothese nennt: Als Alice die Königin fragt, warum sich die Landschaft nicht verändert, obwohl sie rennen, erklärt diese, dass sie eben gerade deshalb rennen, um auf der Stelle zu bleiben. Die Hypothese lautet, dass sich alle Arten, dem zufälligen Spiel der Genmutationen ausgesetzt, ständig verändern, aber dass diese Entwicklungen parallel stattfinden. Die Evolution sämtlicher Spezies geschieht kontinuierlich und gleichzeitig, ohne dass diese voneinander wissen. Alle rennen auf der Stelle, weil die Welt um sie herum sich dreht, und könnten genauso gut jederzeit aussterben, weil die Kräfteverhältnisse nie endgültig zu ihren Gunsten kippen, und so ist die natürliche Selektion nicht das Ergebnis einer Entwicklung auf ein besseres Ziel hin, sondern das einer blinden, zufälligen Koevolution.

Und dasselbe spielt sich auch zwischen menschlichen Gesellschaften ab. Rennen ist das Einzige, was wir können. Wenn es anfängt, schlecht zu laufen, beschleunigen wir – was sonst?

Im Moment ihres Untergangs ähneln alle Zivilisationen kopflosen Hühnern.

In Detroit mussten weiter Häuser und Autos gekauft und der Einkaufswagen im Supermarkt vollgepackt werden, aber es gab keine Arbeit mehr. Also brauchte man schnelles Geld. Kreditkarten. Banken, die Unternehmern Geld geliehen hatten, damit die all die Häuser und Autos bauen konnten, die man kaufen musste, schwatzten einem Anleihen auf, für die man zwei Jahre lang nichts bezahlen musste. Vor der ersten Ratenzahlung verkaufte man wieder, oder die Bank gab einem einen neuen Kredit, um den ersten abzulösen. All diese Rückzahlungsversprechen häuften sich, damit alle weiter rennen konnten, die Banken hatten es sogar geschafft, die Schulden in echtes Geld zu verwandeln, indem sie sie untereinander weiterverkauften wie in der Geschichte von den zwei Diamantenhändlern in Amsterdam, die sich ihr ganzes Leben lang immer wieder denselben Stein zu einem immer höheren Preis verkaufen.

Als die Banken keine Kredite mehr vergaben, taten sich andere Quellen für schnelles Geld auf. Es gab dreihundert Stripteaselokale an der Eight Mile Road. Und es gab Max.

Auf diesen Teil ihres Lebens ist Candice nicht besonders stolz.

Während Himbeere in der Hitparade der Callgirls aufstieg, blieb Candice weiter Kellnerin in einem der Läden, an denen Max beteiligt war. Es war eine schäbige Bar mit VIP-Räumen, wo die Tänzerinnen ihre Jacke an die Türklinke hängten, wenn sie vom Rausschmeißer in Ruhe gelassen werden wollten. Das Strippen war aufreibend, nach ein paar Jahren waren die Frauen verbraucht. Candice kannte keine, die Extras lange abgelehnt hätte. Das war natürlich illegal, und es gab keinen offiziellen Tarif, was eine besonders perverse Form der Konkurrenz hervorbrachte, Streitereien, wenn eine ihre Dienste zu billig anbot, Abrechnungen unter den Frauen. Candice verurteilte sie nicht. Es gab welche, die tagsüber als Verkäuferinnen arbeiteten und im Nebenjob strippten. Es gab welche, die Kinder großzogen. Es war fast banal, man stelle sich vor: dreihundert Bordelle allein an der Eight Mile Road, der Grenze zwischen dem Detroit, das die Mädchen lieferte, und dem der Vororte, in denen die Kunden mit den dicken Brieftaschen wohnten. Ein bedarfsorientierter Markt. Ein Boulevard des Sex und der Verzweiflung.

Wenn die Frauen Geschmack am schnell verdienten Geld fanden oder Drogen nahmen, um durchzuhalten, kam Max ins Spiel. Er war so etwas wie der Pate des Viertels. In der Hochphase des Crack musste man nicht einmal mehr Chemiker sein, man warf einfach Kokain von schlechter Qualität in irgendeine basische Flüssigkeit, Chlorreiniger zum Beispiel, erhitzte das Ganze und erntete die kristallisierten braunen Brocken. Die Produktion war zu einer Industrie geworden. Max managte ein Dutzend Schuppen in der Stadt, für den Verkauf benutzte er Kinder, um die Kosten zu reduzieren. Sie wurden zwar öfter geschnappt als dienstältere Kämpen, hatten aber nie größere Mengen bei sich, so blieben die Verluste überschaubar. Max war ein Schwein, aber wenn er davon erzählte, hatte man den Eindruck, es ginge um ein Start-up. Er war nur einer von den Typen, die beschlossen hatten, weiterzurennen, so wie die Banker Geld produzierten und die Cheerleader vom College Stripperinnen wurden.

Das war natürlich irgendwie logisch. In den Jahren, da die Stadtverwaltung dringend einen Wirtschaftsaufschwung brauchte, wurden in der Innenstadt Kasinos gebaut. So floss das Geld weiter in Strömen, und daran wollten ja alle glauben. Detroit blieb im Rennen, auch wenn es auf sein Verderben zulief.

Wenn Candice an all das zurückdenkt, hat sie das Gefühl, eine Art Krieg überlebt zu haben.

ES SIND KINDER

Die Dinge in der Stadt beschleunigten sich auffallend. Jefferson-Chalmers, Cass Corridor, Second Avenue and Charlotte, Delray, Achtzehnte und Poplar, Poletown East, Highland Park – es krachte an allen Ecken und Enden, Detroit wurde immer leerer und die verödeten Viertel wurden immer mehr. Dezember ist der Monat der Bilanzen und Statistiken, und so kam heraus, dass die Stadt es auf elfhundert Tote durch Schusswaffengebrauch gebracht hatte, das waren beinahe drei pro Tag. Der neue Polizeichef erklärte, das sei wirklich der Untergang – in sein Haus war eingebrochen worden. Dezember ist auch der Monat der Budgets. Bei den allermeisten städtischen Einrichtungen, Schulen, Polizei, Krankenhäusern, Bussen, Feuerwehr und Wasser, konnte man die Planungsmöglichkeiten in einem Wort zusammenfassen: pleite. Diesmal war es so weit. Ein Bundesrichter wurde hinzugezogen, um zu klären, ob man für die Stadt offiziell Konkurs anmelden könnte, um Zeit zu gewinnen und die Schulden neu zu verhandeln. Das würde zwar Jahre dauern, aber das Wort war nun einmal in der Welt. Für Menschen, die nicht einsehen wollten, wie es dazu hatte kommen können, war das nur ein anderer Ausdruck für Katastrophe.

Brown kam mit dem eigenen Auto zur Polizeiwerkstatt,

um vollzutanken. Er besaß einen alten Ford Taunus in Anisgrün, der die ersten zehn Jahre wohl als Neuheit durchging, in den nächsten zehn völlig aus der Mode kam und *has been* war, aber seit einiger Zeit wieder ganz schön was hermachte, verglichen mit den kleinen, von den Japanern inspirierten Plastikkugeln. Er vibrierte leicht im Leerlauf und stieß beim Anlassen etwas zu dicke Rauchwolken aus, aber er hatte ihn noch nie im Stich gelassen.

»Du musst eins vom Revier nehmen, Marlowe«, sagte der diensthabende Beamte an der Zapfsäule.

»Es ist aber kein Streifenwagen verfügbar.«

»Dann fährst du eben nicht Streife, Marlowe. Das sind die neuen Dienstanweisungen, kein Benzin für Privatkarren, weil es sonst Chaos bei der Abrechnung gibt.«

»Ich habe Streifendienst. Und ich fahre Streife. Ich komme gerade aus dem Büro. Alle fahren Streife. Das sind auch neue Dienstanweisungen, aber es gibt keine Wagen. Schau dir mal diese Schrottkisten an. Da kriegt mich keiner rein.«

»Und wo ist dein zweiter Mann?«

»Ist mir noch nicht zugeteilt.«

»Okay, Marlowe, ich stell dir einen Gutschein aus, aber das ist der letzte, ich hab keine Blankobons mehr.«

»Ja, genau. Stell einen Gutschein auf meinen Namen aus. Du kannst auch dazuschreiben, wenn ihnen was nicht passt, hätten sie eben anständige Autos kaufen sollen, solange noch Geld da war.«

Der Sergeant lächelte und klopfte dem Taunus aufs Dach. Hier war einer der Orte, wo man Brown zu lange kannte, als dass man ihm Ärger machte.

Er stellte den Wagen neben den Zapfsäulen ab, stieg aus und begrüßte die anwesenden Polizisten im Blaumann. Er kannte sie fast alle. Außer ein paar jungen Mechanikern waren die meisten alte Sergeants, die hier gelandet waren, weil sie darum gebeten hatten oder weil sie im Dienst verwundet worden waren. Viele von ihnen standen kurz vor der Rente. Sie waren auch nicht viel besser beieinander als die Autos, die sie mehr schlecht als recht reparierten, indem sie Teile von einem verwendeten, um ein anderes instand zu setzen. Die Werkstatt der Polizei sah aus wie ein großer Schrottplatz, fein säuberlich eingepasst in ein altes, vierstöckiges Industriegebäude mit Backsteinmauern und langen Fensterfronten, aus dem alle Zwischenwände herausgerissen und durch Metallpfeiler ersetzt worden waren. Eine Rampe einzubauen war unmöglich gewesen, also gab es wie in offenen Parkhäusern einen riesigen Lastenaufzug an einem Ende des Gebäudes. Es roch nach Motoröl und Benzin wie in jeder anderen Werkstatt auch. Und es war verdammt kalt, weil das große Schiebetor am Eingang ständig offen stand und manche Fenster auf den Etagen nicht mehr richtig dicht waren. Zu jeder Tages- und Nachtzeit gab es heißen Kaffee. Die Streifen machten hier Pause und erzählten, was sie gesehen hatten, bevor sie wieder in die Stadt fuhren. Gerüchte verbreiteten sich schneller als im Zentralkommissariat.

»Du hast letzte Woche eine Kinderleiche identifizieren können, wie man hört.«

»Ja, dank der Großmutter des Freundes, der mit diesem Jungen zusammen verschwunden ist. Die alte Dame war am Boden zerstört. Auf dem ganzen Weg zur Gerichtsmedizin hat sie mir von ihrem Enkel erzählt. Wie ich mit ihr in den Kühlraum rein bin, dachte ich, sie kippt mir gleich um. Und dann war es gar nicht ihr Enkel, aber sie kannte ihn, ein etwas älterer Kumpel, mit dem er immer rumhing. Schlimm mitanzusehen, wie sie da losgeheult hat. War zwar nicht ihr Kleiner, aber plötzlich ist ihr klar geworden, wie es wahrscheinlich ausgeht.«

»Immerhin hast du 'ne Spur, Marlowe. Und Verbrechen sind leichter zu lösen, als wenn die Kids bloß verschwinden.«

»Es wurde offiziell die Ermittlung eröffnet, das ist schon mal was. Wenn die beiden am selben Ort gestrandet sind, finden wir den anderen vielleicht wieder. Das hab ich der Großmutter auch gesagt. Ich fahr da jetzt hin.«

»Bist schon lange dran an der Sache, was, Marlowe? An der Geschichte mit den verschwundenen Kindern.«

»Alles verschwindet hier.«

»Yep. Kein Wunder, dass sie sich schwertun, uns die Überstunden zu bezahlen. Wenn alle weg sind, gibt es in dieser Stadt nur noch Bullen und Feuerwehrmänner.«

»Wir machen dann das Licht aus. Mein Gott, wo sind die bloß alle hin? Wenn Detroit irgendein Kaff wäre, könnte man denken, sie sind in die Stadt, um Arbeit zu suchen, es gibt jede Menge verlassene Dörfer überall, kleine Geisterstädte in den Ebenen, durch die der Wind fegt. Aber das hier ist die Stadt, Herrgott noch mal. Als wären die alle weggeflogen.«

Als Brown wieder in sein Auto steigen wollte, war der

Sergeant immer noch bei ihm. Sie gingen einmal um den Taunus herum und nahmen sich vor, ihn die Tage mal etwas aufzumöbeln, den Vergaser zu reinigen und den Luftfilter auszutauschen – womit die Hälfte aller Familienväter eben so ihre Freizeit verbringt.

»Sag mal, Marlowe, willst du da wirklich allein hin? Ich meine, du hast ja auch nicht mehr lang bis zur Rente, so wie ich. Das ist jetzt nicht grade der beste Moment, im Alleingang in der Stadt rumzukutschieren, noch dazu in so einer Gegend, wo grade ein Mord passiert ist. Du hast ja noch nicht mal Funk in deiner Kiste.«

»Ich habe mein Telefon. Muss ja nur die 911 wählen.«

»Du bist ja ganz schön hartnäckig.«

»Das ändert sich auch nicht mehr. Es sind Kinder, Jones.«

»Und wenn dort nicht nur Kinder sind? Hab gehört, du suchst auch nach so 'nem Dealerarschloch.«

»Hat Watts das erzählt? Ich habe mir das hier von ihm geliehen.«

Brown machte den Kofferraum auf und hob die gefaltete Wolldecke, die über der kugelsicheren Weste mit Klettverschlüssen und der Mossberg 500 lag. Ein Ersatzmagazin war mit Gaffertape am Kolben festgeklebt.

Im Dunkel glänzte der Lauf mit seiner seidenmatten schwarzen Lackierung ein wenig wie der Rücken eines Panthers.

HAUSARREST

Als Charlie an jenem Dezembermorgen im Klassenzimmer erwachte, in dem sie ihr Lager aufgeschlagen hatten, lag Bill nicht in seinem Schlafsack neben ihm, er war nicht heimgekommen. Im Hof parkte der Cadillac Escalade von Max, der nachts oder frühmorgens zurückgekehrt sein musste. Es war das erste Mal, dass er tagsüber da war. Ein paar Jungs waren schon draußen zugange. Es war kalt. Die Fenster waren beschlagen und die Sonne, die hinter dem Hügel mit dem alten Bergahorn aufging, von weißem Nebel verschleiert.

Charlie wartete eine Weile, erst auf die Ellbogen gestützt, dann in seinem Schlafsack auf der Matratze sitzend, die sie sich teilten, und schaute aus dem Fenster, aber nichts. Eine böse Vorahnung durchfuhr ihn, die er für Kopfschmerzen hielt. Andere Kinder schliefen noch, bewegten sich sacht, manche murmelten im Schlaf. Charlie betrachtete den Schlafsack neben ihm. Sein Blick war leer, unaufmerksam, der Blick eines gerade Erwachten, der es satthat, noch immer am selben Ort zu sein und die Dinge um sich herum wiederzuerkennen. Er versuchte, Worte und Gedanken für seine böse Vorahnung zu finden. Der Schlafsack war nicht zerknautscht. Nicht einmal geöffnet. Bills Schlafsack lag an genau derselben Stelle, in genau demselben Zustand wie am Vorabend, als Charlie in seinen geschlüpft war. Wie von einem elektrischen Schlag getroffen, riss er die Augen auf und spannte die Muskeln an, aber wie er auch den Kopf drehte, um alle Ecken des Klassenzimmers abzusuchen, Bill blieb verschwunden. Sein Rucksack war auch nicht da, nur das Kartenspiel, das in den Schlafsack gerutscht sein musste, Charlie sammelte es automatisch ein.

Unvermittelt sprang er auf und stürmte in den Hof, ausgespuckt ins fahle Tageslicht, das ihn blendete, ein Loch im Magen, in das seine Angst einzog, schmerzende Schläfen, in denen pausenlos das Blut pochte wie ein quälender Refrain, ohne aus seinem Kopf herauszukönnen, und seine Stirn im Schraubstock der Angst, die ihm aus seinem Innersten zurief, dass Bill etwas passiert war. Er versuchte sich zusammenzureißen. Nicht nach ihm zu rufen. Vielleicht ist er ja woanders, draußen oder in einer Nachbarklasse vielleicht, ich muss ihn erst einmal suchen. Ohne Hast losrennen. Mit erschrockenen Augen alles abscannen, aber ohne Panik. Die anderen nicht alarmieren. Strothers. Keine Angst haben. In die Kantine gehen, gegen die Tische stoßen, wie im Traum die Töpfe herunterfallen hören. Wenn es doch nur ein Traum wäre! Rennen. Rennen, das Tor zur Turnhalle aufreißen wie ein Wirbelwind und gleich wieder rausrennen, drei stumpfsinnige Kinder vor einem Rasenmäher – blöde Sklaven –, aber kein Bill. Bill kennt er auswendig. Er würde ihn in jeder Menschenmenge an seiner Gestalt oder auch nur an seinem Gang erkennen, so viel ist sicher. In den Flur rennen, zurück, die Türen der anderen Klassenzimmer aufreißen, Grummeln, Flüche, Kinder, die aufstehen und ihn fragen, ob er spinnt, an Körper stoßen und immer mehr Lärm, immer wieder nach ihm rufen, wie im Traum – ach, wenn es doch einer wäre! Rennen, wieder draußen im Weiß – verfickter Nebel –, den Hügel rauf, drei-, viermal fallen, fast bis zur Taille im Schnee – verfickter Schnee –, um den alten Bergahorn zu erreichen, es brennt in der Brust, er schnauft wie ein Ochse, alle sind jetzt in Bewegung, wollen wissen, was los ist, rennen hinter ihm her und rufen nach ihm. Von da oben sieht man nichts. Die anderen Jungen kommen näher, es ist zu spät für das flaue Gefühl im Magen, er kriegt keine Luft mehr, in seiner Kehle pfeift es, er kann jetzt nirgends mehr hin. Der Schraubstock um seine Stirn wird enger, bohrt sich in seinen Schädel. Er kann jetzt nirgends mehr hin, und als sie da sind, liegt er auf Knien im Schnee – »Was ist los, Charlie?« Da schreit er nach seinem Freund, mit aller Kraft, dass er ganz leer wird, er schreit nach ihm, dass die verdammten Raben im Baum auffliegen, Bill, mein Freund, mein Bruder, er schreit seinen Namen, dass der Nebel zerreißt, wenn er ihn doch nur hören könnte, wenn er doch irgendwo da wäre! Bill!

Dann sackte er erschöpft in sich zusammen. Keiner wagte es, ihn anzufassen, bis einer von Max' Jungs auftauchte. Die anderen machten Platz. Er packte Charlie am Arm und unter der Schulter und zog ihn hoch – »Der Boss erwartet dich.«

Charlie hatte keine Kraft mehr. Er hätte sich sowieso nicht wehren können.

Max erwartete ihn im ehemaligen Büro des Schuldirektors am Ende des Verwaltungsflurs – dort war Charlie noch nie gewesen. Vor der Tür stand einer von den Älteren, mit denen sie nicht sprachen, einer von den Lieutenants, wie Bill immer sagte. Er würdigte Charlie keines Blickes, als der an ihm vorbei ins Büro ging. Max saß am Schreibtisch, im staubigen Licht, das hinter ihm durch die Jalousien sickerte. Ein Riesenhaufen Papiere und Unterlagen am Fuß eines durchwühlten Aktenschranks füllte den Raum aus, da lagen noch die alten Schülerakten mit Foto und Adresse auf dem Boden. Als die Tür hinter ihm zufiel, zuckte Charlie zusammen. Strothers war auch da, er lehnte an einem kleinen Bücherregal in der Ecke neben der Tür – komm, Charlie, komm rein. Er ging ein paar Schritte vor.

Max ergriff das Wort. So von nahem konnte man auch im Halbdunkel des Raumes seine angespannten, harten Züge erkennen, die tiefen Augenringe, deutliche, scharf wie mit dem Skalpell gezogene Falten, darin gelbe Augen. Strothers hatte nicht mit der Wimper gezuckt, sein Blick war starr, er bot keinen Halt, keine Hilfe.

»Es hat einen« – Max zögerte bei der Wortwahl, er sprach langsam, aber mit fester Stimme – »Unfall gegeben. Bill hatte einen Unfall, und wir werden ihn hier nicht mehr sehen.

Aber du, Charlie, du wirst noch ein bisschen bleiben. Sagen wir, bis Weihnachten – das ist in zwei Wochen. Danach kannst du nach Hause – wenn du willst – aber redest mit niemandem darüber. Wenn du nämlich jetzt abhaust, würde das die Aufmerksamkeit auf die Schule lenken. Das können wir uns wegen Bill und diesem verfickten Unfall aber im Moment nicht leisten – das verstehst du doch, oder? Also bleibst du bei uns.«

Charlie fürchtete sich, hatte aber nicht einmal mehr die Kraft, es zu zeigen. Er stand Max gegenüber, auf der anderen Seite des Schreibtischs. Es fiel ihm schwer, Max in die Augen zu schauen, aber er wollte den Kopf auch nicht senken, also blickte er auf die schmalen Lippen, die sich öffneten und schlossen, machte sich steif, um nicht zu zittern, nicht einfach umzufallen. Am liebsten wäre es ihm gewesen, wenn sich der Boden unter seinen Füßen geöffnet und ihn verschluckt hätte. Strothers hinter ihm rührte sich nicht und sagte nichts. Aber er konnte seine stumme Anwesenheit im dunklen Winkel des Bücherregals spüren.

Im Flur wechselten sie kein Wort. Sie gingen hinaus in den Hof und dann in Richtung Prärie. Charlie platzte los.

»Was ist passiert, Stro? Was ist hier los? Wo ist Bill?«

Aber Stro sagte nichts. Er blickte zu Boden oder zu dem alten Bergahorn hin und machte sein Schlechte-Laune-Gesicht mit den strengen Augenbrauen, dem harten Blick und dem verächtlichen Lächeln, das fast eher ein Tick war, durch die Gewohnheit zu einer Art Maske erstarrt. Er sah auch nicht so aus, als hätte er viel geschlafen. Seine Augen schienen gerötet zu sein. Wie am Morgen nach der Teufelsnacht, nach dem Brand, oder als ob er geweint hätte. War es möglich, dass Stro nichts dafür konnte? Oder war das im Gegenteil ein Eingeständnis seiner Schuld? Aber woran sollte er schuld sein, was war überhaupt passiert? Er biss die Zähne aufeinander und trat von einem Fuß auf den anderen, als hätte er Angst.

Was war Bill zugestoßen? Ein Unfall, das hieß ja nicht … oh, Charlie spürte erneut dieses hohle Gefühl der Angst im Magen. Stro sagte nichts. Es gab nichts hinzuzufügen.

Charlie wollte ihn am Kragen packen, aber Strothers stieß ihn mit Leichtigkeit zurück. Er war einen guten Kopf größer als Charlie und brachte den Kleinen zu Fall, indem er ihn brutal nach hinten umwarf, auf ihn draufsprang und seine Schultern zu Boden drückte. So rangen sie eine Weile, Charlie wand sich am Boden, um eine Hand freizukriegen, Strothers hielt ihm die Arme fest und stellte ihn schließlich vollkommen ruhig, indem er seinen Kopf in die gefrorene Kruste des Schnees versenkte und sich auf seinen Brustkorb kniete, wodurch er ihm fast die Luft abdrückte. Er hatte noch immer kein Wort gesagt. Nicht einmal geflucht, nicht einmal gedroht, bevor er mit aller Rohheit, deren er fähig war, auf ihn losging.

So war er, Stro, Worte waren nicht sein Ding.

Schwer atmend lagen sie aufeinander, beide weitgehend im Schnee versunken, Kleider und Haare weiß. Strothers blinzelte, um besser sehen zu können. Er kniete noch immer auf Charlie und drückte ihm die Arme auf den Boden. Sein Gesicht zwanzig Zentimeter von Charlies entfernt, angespannt, durchzuckt von all seinen Ticks und mit dieser merkwürdig verzogenen Oberlippe, die an das Lächeln eines zähnefletschenden Hundes denken ließ. War das das Ende? Würde er ihm den Hals umdrehen? Charlie konnte Stros Atem spüren. Der Schnee auf seiner Stirn schmolz und tropfte auf ihn herunter. Stros Muskeln zitterten, das war zu spüren, er musste auf hundertachtzig sein, du lieber Gott, er kam fast um vor Lust, dem ein Ende zu machen und Charlie zu zerquetschen. In seinem Blick war nichts mehr, nichts mehr von ihrer kleinen Bande, dem Viertel und den vielen Tagen, die sie miteinander verbracht hatten. Charlie tat alles weh, er bekam kaum noch Luft.

Letztendlich waren sie ohnehin fast verschwunden, dachte er bei sich.

Mitten im Nirgendwo, in der Zone. Mitten in Detroit. Mitten im Nichts.

Ohne Bill würde das hier nie wieder die Prärie der Indianer sein, dachte er.

War es das, was passiert war? Hatte Strothers Bill umgebracht? Der Gedanke ging ihm durch den Kopf. Strothers? Schon möglich. Strothers war ein Hund, und Charlie wäre als Nächster dran. Er schloss die Augen. Mit dem letzten Rest Luft, den er noch in der Lunge hatte, murmelte er:

»Ich weiß, dass Bill dir gestern Abend gefolgt ist, das hat er mir gesagt.«

Strothers zuckte zurück, als schauderte ihm. Er lockerte seinen Griff und schlug ein paar Mal mit aller Kraft zu. Charlie versuchte, sein Gesicht mit den Armen zu schützen, aber das half nichts. Stro stand auf und trat ihn noch zweimal in die Seite – »Pass bloß auf, Skinny!«

Dann ließ er ihn liegen, im Schnee, mit blutender Nase.

Niemand war dazwischengegangen.

Er musste hier weg.

MADE IN CHINA

Der Integral würde am Ende made in China sein.

Natürlich wurde protestiert, geschimpft und geklagt am Konferenztisch, wo immer noch kältestarre Hände heiße Kaffeetassen umschlossen und die Köpfe aus Schals herausragten. Alle hatten versucht, an ihren europäischen Standorten jemanden zu erreichen, aber die N+1 waren längst mit anderen Dingen beschäftigt. Ein paar Tage später erhielten sie die Nachricht vom Konkurs der Firma und dem Ende dieser Geschichte. Einige waren erleichtert, wie Eugène. Dass ein solches Missmanagement, wie man damals sagte, so eine strategische Inkonsequenz der Firma, die unfähig war, ihre eigenen Stärken auszuschöpfen, am Ende zu deren Scheitern führte, war letztendlich nur die gerechte Strafe. Obwohl Gerechtigkeit auch nur die Wiedergutmachung für etwas Niewiedergutzumachendes ist, weil das Unglück ja schon geschehen ist. Ein magerer Trost. Eine moralische Befriedigung. Der Wirklichkeit ist das egal.

Sie würden trotzdem ihren Auftrag zu Ende führen, aber das Projekt D-503 würde nicht in Motor City realisiert werden. Die Fabrik war sowieso nicht wieder in Betrieb gegangen. Die Zone würde nie genutzt werden. Brachland, das sich mehrere Quadratkilometer zu Füßen des Büroturms erstreckte, nördlich der ehemaligen Packard-Fabrik, wo sich die Schienen der früheren Transportstrecke verloren, ein ganzes Stadtviertel aus verlassenen Lagerhallen und grün überwucherten Industrieflächen, in der Ferne leicht ansteigend bis zu einem kahlen Hügel, hinter dem abends manchmal Licht zu sehen war. Kein Motor würde je wieder aus Motor City kommen.

Es war das letzte Mal, dass sie Patrick sahen. Röter denn je. Nur noch sein Hemd lächelte. Dutzende kleine Radfahrer lachten sich auf seinem Hemd einen Ast und schienen sich mit einer grausamen, fast lärmenden Freude über ihn lustig zu machen, beinah vermeinte man sie zu hören. Patrick selbst jedoch zog ein Gesicht. Zwei Gesprächen mit der Personalabteilung sei er bereits geschickt ausgewichen. Das erzählte er so, als ob er trotz allem ziemlich stolz auf sich wäre, weil er seine Sache so gut machte: Er hatte eine Art Wettlauf gegen die Zeit aufgenommen, er wollte so lange durchhalten, bis die Probleme der Firma seinen Posten verschluckten, darauf hoffte er, dass es irgendwann so viele andere Probleme gäbe, dass sie einfach vergäßen, ihm zu kündigen. Man könne sich natürlich nicht sicher sein, ob es auch klappen würde, aber manchmal gebe es in so großen Konstrukten wie diesem ja tote Winkel und Leute, die es schafften, unter dem Radar zu bleiben. Er war noch dünner geworden, wahrscheinlich dank einer mimetischen Anstrengung seines Körpers, sich so klein und unsichtbar wie möglich zu machen. Im Winter fiel es weniger auf, aber man sah deutlich, dass ihm seine Hose zu weit war. Die Radfahrer auf seinem Hemd sausten wie der Wind in die Falten, die der Stoff schlug. Durch all das wirkten seine Bewegungen abgehackt wie die einer Marionette.

Das sei das Ende, sagte er. Er trank seinen Kaffee in kleinen Schlucken, sprach leise und beendete seine Sätze. Was die Firma auf der einen Seite erlöse, stecke sie anderswo wieder rein, ohne dass das irgendeinen Nutzen in Bezug auf Arbeitsplätze oder Steuern habe. Schlimmer noch, sie scheine geradezu ein Interesse daran zu haben, dass es in Ländern, wo Bildungs- und Gesundheitssysteme, Mindestlöhne und Rentenkassen mögliche Gewinne abschöpfen könnten, nicht mehr laufe. Sogar in Amerika ließen sich klamme Bundesstaaten wie South Carolina auf Stundenlöhne von acht Dollar herunterhandeln, halb so viel wie in Detroit. Die einst allmächtige Automobilarbeitergewerkschaft UAW liege danieder. Das wisse man alles und lebe damit. Es gebe schon Fords mit japanischen Motoren, Renaults mit koreanischen Karosserien, hochsubventionierte Toyotas, die das Label »made in France« tragen dürften, und Peugeots, die vollständig »made in China« seien, aus der Fabrik, in die Eugène nicht wollte. Das sei alles plemplem. Und nicht win-win.

Jedenfalls kämen inzwischen fast sämtliche Stahlteile, Nieten, Bolzen, Schrauben von klein bis groß, ja, verdammt, sogar die Flachkopfnägel aus China.

Die Welt beginne allmählich zu hinken.

In der Theorie sei es so, dass, wenn man etwas besser könne als der Nachbar und der etwas besser könne als man selbst, beide ein Interesse daran hätten, zu tauschen und Handel zu treiben. Aber in Wahrheit sei es so, dass, wenn die Löhne beim Nachbarn vier-, sechs- oder zwanzigmal niedriger seien, man auch das bei ihm produzieren lasse, was man selbst am besten könne.

Die unsichtbare Hand, die für Ausgleich zwischen den Märkten sorge, sei in die Ölpfütze der Globalisierung gefallen, das sei passiert. Um ein Haar wäre Pat noch zum Poeten geworden.

Als er ging, drückten sie ihm die Hand und klopften ihm auf die Schulter. Das geht genauso vorbei wie der Winter, du wirst sehen, das ist nur die Krise – hieß nicht die riesige weltweite Firmenzentrale des weltweiten Automobilriesen Renaissance Center? Das wird schon wieder. Aber was wird aus uns?

Eugène sah durch die Fensterfront des Konferenzraums auf das Brachland zu seinen Füßen hinunter, die Zone, die sich in den Ruinen des Viertels verlor, auf die zu dem fernen Hügel hin leicht ansteigende Prärie, die im Schnee flacher zu werden schien und wie die Katastrophe immer weiter ausuferte bis zum Horizont, und die verschwindende Stadt.

WUT UND WAHN

Ein paar Tage später meldete die Firma offiziell Konkurs an. Am Morgen hatten sie Schüsse aus der Zone gehört. Polizeisirenen, gelbe Absperrungsbänder – *do not cross.* Aus dem Fernsehen erfuhren sie, dass es Kinder waren, Rotznasen, die dort seit Monaten lebten. Das Licht über dem fernen Brachland hinter dem Hügel – das kam von den Kindern.

So zum Beispiel Charlie. Eugène weiß nicht, wer das ist.

Es ist Zeit zu erzählen, wie es an jenem Morgen für Charlie ausging.

Es machte Strothers keinen besonderen Spaß, ihm an den Fersen zu kleben, den Aufpasser zu spielen war echt nicht sein Ding, aber er ließ ihn nicht aus den Augen. Jedes Mal, wenn Charlie den kleinen Hügel erklomm oder mit anderen auf die Anhöhe ging, wo sie ihre Skateboards und Holzkisten mit festgetackerten Plastiktüten, die sie als Schlitten benutzten, unter dem Baum liegengelassen hatten – immer kam der Moment, in dem er auftauchte, ganz harmlos, als ginge er nur spazieren, ihm winkte und einen vielsagenden Blick zuwarf – nicht vergessen! Mit seinem schwarzen Parka und der bis über die Ohren gezogenen Wollmütze sah er aus wie ein flügelloser Rabe. Die echten Raben flogen aus dem Bergahorn auf, wenn Kinder dort ankamen.

Charlie musste immerzu an Bill denken. Und an den Morgen, als Max von diesem »Unfall« erzählt hatte, und je länger ihm die Geschichte im Kopf herumging, desto mehr kam er zu der Überzeugung, dass Bill umgebracht worden war. Sie hatten ihn bestimmt nicht nach Hause gehen lassen, wenn sie noch nicht einmal ihn, Charlie, gehen ließen. Also mussten sie ihn umgebracht haben.

Die Stimmung in der Schule hatte sich ihm gegenüber verändert, zumindest kam es Charlie so vor. Er hatte das Gefühl, dass alle etwas wussten. Er ging nicht mehr zu den Partys am Abend. Sprach nicht mehr mit den anderen. Fühlte sich isolierter denn je. Der einzige Ort, an dem er halbwegs Ruhe fand, war der Hügel, auf dem sie zusammen gerodelt waren. Er musste immerzu an Bill denken.

Es war Bills Idee gewesen, die Rollen von den Skateboards abzumontieren, um damit über den Schnee zu rutschen, aber es funktionierte nicht besonders, weil die Bretter zu schmal waren und versanken, wenn man daraufstieg. Im besten Fall konnte man damit ein bisschen angeben, indem man an der steilsten Stelle des Hügels aufs Brett sprang und die Reibung durch Geschwindigkeit wettmachte, wobei man aber, kaum dass das Gelände etwas abflachte, sofort steckenblieb. Immerhin erlaubte diese Technik schöne Stunts, man konnte mehrere Meter weit springen, dazu kreischen und mit den Armen wedeln, bevor man durch den Schnee kugelte und lachend seine Mütze verlor. Typisch Bill war das. Die plastikbespannten Kisten, die die anderen benutzten, waren langsamer, aber zuverlässiger, man kam damit fast bis zum Hof. Bill nannte sie Dödelrutschen.

Seit mehreren Tagen dachte Charlie schon darüber nach, wie man Bills Erfindung verbessern könnte. Er suchte nach einer Möglichkeit, schneller zu sein als Stro. Mit Hilfe seines Chronometers stoppte er, wie lange er bzw. die anderen Jugendlichen, denen Strothers vermutlich aufgetragen hatte, ein Auge auf ihn zu haben, für alle möglichen Wege brauchten. Wie viel Zeit verging, bevor jemand ihm in den Hof nachkam, wenn er morgens auftauchte – im Schnitt vier Minuten und ein paar Zerquetschte –, zu wenig, um die dreihundert Meter bis zu dem Bergahorn auf dem Hügel hinaufzulaufen und zu verschwinden; er brauchte etwa das Doppelte, weil er bis zur Taille im Schnee versank, das war nicht zu schaffen. Er kannte seine Zeiten für alle Strecken im Umkreis der Schule, vom Klassenzimmer zur Werkstatt, sämtliche Querverbindungen über den Hof und den besten Weg auf den Hügel; die Distanz, die ihn noch von der Straße auf der anderen Seite der Prärie trennte, wo er sich nicht mehr herumtreiben durfte, hatte er geschätzt.

Am Tag davor war er in die Werkstatt gegangen. Und fündig geworden. Bill hatte die Rollen abgeschraubt, um waghalsige Kunststücke zu vollführen, aber Charlie war schlauer und leichter als Bill und hatte jetzt zwei Boards. Für sein Vorhaben bediente er sich der Schrauben aus dem Lenkervorbau von Fahrrädern, von denen immer welche zur Reparatur in der Werkstatt standen. Zwölf Zentimeter waren lang genug, um durch den Boden einer Kiste zu kommen und die Skateboards daran festzuschrauben, schön parallel, mit vier Zentimeter hohen Stahlringen als Abstandhaltern, und so, dass der hintere, leicht nach oben geschwungene Teil der Bretter vorn an der Kiste saß; so dienten die Skateboards als Kufen, wie Skier. Es durfte möglichst wenig Reibungswiderstand entstehen. Er hatte schon die Stellen, an denen die Schrauben saßen, abgeschliffen, damit nichts vorstand. Den Nachmittag brachte er dann damit zu, ein Kilo Kerzen in einem Topf zu schmelzen, das Wachs sorgfältig auf den Brettern zu verteilen und mit einem erhitzten Messer zu glätten. Bei der Kälte draußen bestand keine Gefahr, dass es weich würde. In der Mitte dieses seltsamen Gefährts, unmittelbar vor der Stelle, auf der er sitzen würde, bohrte er ein größeres Loch von zweieinhalb Zentimeter Durchmesser, das er durch einen mit dem Hammer eingeschlagenen Klemmring verstärkte, und steckte eine Sattelstütze hindurch, die ihm als Bremse dienen würde.

Wie gewohnt stand er auch an dem entscheidenden Morgen früh auf und lungerte ein bisschen im Hof herum, um keinen Verdacht zu erwecken. Max' Geländewagen stand immer noch da. Charlie schlug Strothers von sich aus vor, ihn auf den Hügel zu begleiten, und zog seine seltsame Kiste an einem Seil hinter sich her. »Ich will dir was zeigen!« Sein Do-it-yourself-Schlitten sank im gefrorenen Schnee überhaupt nicht ein und glitt überraschend leicht auf seinem Wachsfilm dahin. Charlie lächelte. »Damit schlagen wir Rekorde, Bruder.«

»Ich bin nicht dein Bruder, Motherfucker.«

»Schau mal, das ist mein Skateboard und das ist das

von Bill. Ich hab sie zu einem Schlitten zusammengeschraubt, das hätte Bill gefallen, glaube ich.«

»Ich hab dir gesagt, du sollst nicht mehr von ihm reden. Er kommt nicht wieder.«

»Ich wette mit dir, dass ich im Hof bin, bevor du bis fünfzig zählen kannst.«

»Fick dich.«

Charlie war außer Atem vom Aufstieg und legte unter dem alten Baum eine Pause ein. Strothers beobachtete ihn mit der gereizten und misstrauischen Miene, die zu seinem gewohnten Gesichtsausdruck geworden war. Er hasste es, den Bengel beaufsichtigen zu müssen und seine Zeit mit ihm zu vergeuden – »Ich bin doch kein Scheiß-Babysitter.« Trotzdem war er noch nicht auf die Idee gekommen, dass Charlie seine Erfindung nutzen könnte, um abzuhauen. Eine Flucht traute er ihm einfach nicht zu. Im Grunde genommen war er davon überzeugt, dass ihm die Abreibung, die er ihm verpasst hatte, eine Lehre sein würde. Er glaubte fest daran, dass Angst lähmt und hörig macht, weil er so dachte wie alle Menschen, die leben und denken wie Hunde.

Plötzlich erklang Geschrei, das wie ein Alarm klang, das war ungewöhnlich und nicht vorgesehen, Strothers warf an Skinny vorbei einen Blick in den Hof, wo die Aufregung herkam. Er wäre am liebsten hingelaufen, um nachzusehen, was los war, ihn machte das nervös. Er hatte wieder seine Grinsemaske aufgesetzt und schaute mit seinen zusammengekniffenen bösen Augen konzentriert drein. Charlie wusste auch nicht, was los war, aber es war wahrscheinlich der richtige Zeitpunkt.

Er drehte den Schlitten zum steileren Abhang Richtung Straße um und zog ihn ein paar Meter um den Baum – auf dieser Seite ging es schneller bergab. Strothers beobachtete ihn, aber seine Aufmerksamkeit war von dem Lärm und dem Geschrei aus der Schule abgelenkt. Plötzlich begriff er. Ging um den Baum herum und pflanzte sich vor Charlie auf – »Nicht auf der Seite, du weißt, dass du das nicht darfst.« Sie standen einander gegenüber. Bewegungslos.

Es lag nichts Herausforderndes oder Wütendes in Charlies Blick, nur ein großer Ernst, der nachdenkliche Ausdruck, den er immer hatte, wenn er mit seiner Kinderstimme etwas Ernstes sagte – »Lass mich gehen, Stro!«

Stros Kiefer begannen zu mahlen, als kauten sie einen unsichtbaren Kaugummi. Zu viele Dinge mussten gleichzeitig erwogen werden, zu viele Möglichkeiten, zu viele Ausgänge, zu viele störende Gedanken und Schuldgefühle – wie Bills Körper vor ihm in den Schnee fiel, dieser verblüffte Ausdruck in seinen Augen –, zu viele Konsequenzen seines Tuns. Und Charlies Kinderstimme, die langsam und leise fortfuhr:

»Die anderen haben vielleicht Angst vor dir, Stro. Aber ich nicht. Was willst du tun, um mich zurückzuhalten? Mich wieder verprügeln? Glaubst du, dass sich das lohnt? Willst du immer jeden zusammenschlagen, der gehen will, weil du ihm Angst machst oder weil er nichts mit euren Geschäften zu tun haben will? Ist es das, was du mit Bill gemacht hast? Ich scheiß auf euer Business, Stro. Deswegen bin ich nicht hergekommen, deswegen sind wir nicht hergekommen, erinnerst du dich? Wir sind wegen

Bill hergekommen, Stro. Scheiße, es war für Bill. Und ich hau jetzt ab.«

Strothers öffnete den Mund, aber es war mehr ein Tick, er sagte nichts, seine Kiefer mahlten wieder, seine Augen blinzelten. Das ging ihm alles zu schnell. Er schaute über seine Schulter zum Camp, aus dem inzwischen verständlichere Rufe drangen, man konnte einzelne Wörter ausmachen – die Bullen! Er hörte mehrmals seinen Namen und sah, wie der Geländewagen in einem Höllentempo davonraste, trotz Schneeketten schleudernd, weg von der Straße, durch die Prärie auf die leerstehenden Fabriken und die alte Eisenbahnlinie zu.

Charlie schob seinen Schlitten an den Rand der Böschung, er müsste nur noch hineinspringen, um ihn den Hang hinunterzujagen.

Strothers zog seinen Revolver und spannte den Hahn. Schaute Skinny direkt in die Augen. Der erstarrte. Das hatte er nicht erwartet. War es das, was passiert war? War Stro wirklich der Gangster geworden, der er immer hatte sein wollen? Einer, vor dem man Angst haben musste, der fähig war, Freunde zu verraten, vielleicht sogar, sie zu töten? Charlie ließ das hintere Ende seines Gefährts nicht los, wusste aber nicht mehr weiter. Sollte er in seinen Schlitten springen, wenn Stro auf ihn zielte? Hatte er Bill erschossen? Sein irrer Blick! Die niedrige Stirn mit der dicken Haut, verdeckt von einer Mütze mit Rollsaum, und dann dieser irre Blick. Klar war er wütend, nein, stinksauer. Nicht weil Charlie abhauen wollte, das war ihm wohl im Grunde egal, und der Befehl, Aufsehen zu vermeiden, war offensichtlich auch nicht mehr aktuell, sondern weil er sich ihm widersetzte. Nur dafür hätte er ihn umbringen können.

Er hatte das Mittel, die Wut und den Wahn.

Charlie wusste nicht, wie lange er durchhalten könnte. Mit der Pistole vor Augen, die in der Sonne glänzte, würden das lange Sekunden, zehn, zwanzig vielleicht. Wie lange könnte er Stros Blick standhalten, sich zwingen, nicht auf die Waffe zu schauen und nicht zu seinem Schlitten, nichts zu tun, das etwas auslösen könnte, einfach nur durchhalten? War er mutig genug dafür? Ist Naivität die wahre Form des Muts? Er begann, im Kopf zu zählen. Dachte an nichts anderes mehr, nur noch an die Sekunden, die tief in seinen Schädel fielen wie Kiesel in einen Brunnen.

Aber Stro richtete die Waffe gar nicht mehr auf ihn. Stattdessen, aus einem Grund, den Charlie nie erfahren würde und den Strothers vielleicht selbst nicht kannte, machte er auf dem Absatz kehrt. Und Charlie sprang in den Schlitten.

Er sauste schon den Abhang hinunter, als er die Polizeiautos auf der Straße entdeckte, eine ganze Blaulicht-Kolonne links unten, die sich den Hang am Rand der Prärie emporschob, Pick-ups quälten sich in Zeitlupe durch den Schnee, das Heulen der Sirenen drang durch den Gegenwind seiner irren Abfahrt, die sich wie ein Sturz anfühlte und sich in seinen Magen bohrte, ein Loch aus purem Tempo, purer Beschleunigung, sodass sein Herz leicht wurde und seine ganze Angst in einem Siegesschrei verpuffte. Dann schossen aus seinen brennenden Augen die Tränen.

BROWNS EINZIGE TUGEND

Brown war allein gekommen. Er hatte seinen Taunus an derselben Stelle geparkt wie in der Nacht, in der Watts die Leiche entdeckt hatte. Die beiden Häuser auf der gegenüberliegenden Straßenseite, die im Tageslicht noch heruntergekommener wirkten, als in der Dunkelheit, wachten an der verlassenen Straße inmitten brachliegender Grundstücke, die irgendwann zu einem einsamen, verschneiten Park zusammengewachsen waren.

Gar nicht so einfach, den Fundort wiederzuentdecken. Er suchte den Hang ab, der bis zu einem ziemlich weit entfernten Hügel mit einem Baum anstieg. Er hatte erwartet, die Stelle, an der Leiche und Hunde gelegen hatten, auf Anhieb zu finden, weil sie markiert war von roten und rosafarbenen Schlieren und Spritzern, einem Fleck wie einer Pfütze noch frischen Bluts, das hatte er befürchtet und zugleich erhofft. Aber da es inzwischen wieder geschneit hatte, bildete der Hang in der tiefstehenden Sonne dieses Wintermorgens eine ebenmäßig glitzernde Fläche. Einziger Anhaltspunkt war das Haus gegenüber seinem schräg am Straßenrand geparkten Wagen. Ohne Überzeugung schlüpfte er in die kugelsichere Weste, zog den Mantel darüber, ohne ihn zuzuknöpfen, und befestigte die orangefarbene Binde am Ärmel, die seine Zugehörigkeit zur Polizei kundtat. Dann klemmte er sich das Gewehr mit dem Lauf Richtung Boden unter den Arm, als wollte er auf eine Jagdpartie, mehr als Reminiszenz an die Hunde als aus Angst vor dem, was ihn erwartete. Auf den Stadtplänen, soweit sie überhaupt aktuell sein konnten, gab es dort nichts. Aber immerhin war das die Gegend, auf die ihn die Großmutter nach dem Brief an sie hingewiesen hatte. Die Kinder nannten es die Zone.

Bis zu den Knien im Schnee, stapfte er durch die Prärie. Und spürte, wie sich seine Füße in den schnell mit Feuchtigkeit vollgesogenen Stiefeln zusammenkrümmten.

Browns erste Idee war, auf den Hügel zu steigen, um die ganze Umgebung überschauen zu können, doch während er sich mühsam rechter Hand vorwärtskämpfte, wo es ihm weniger steil zu sein schien, erblickte er in der Ferne, hinter der Anhöhe, die den größten Teil davon verdeckte, ein Dach. Ein noch stehendes Dach, wenn man so sagen kann. Ein längliches Gebäude, schneebedeckt. Also bog er, immer noch an der Flanke des Hügels, dorthin ab, was erklärt, dass weder Charlie noch Strothers ihn zu diesem Zeitpunkt kommen sahen. Die anderen Kinder übrigens auch nicht, da der Hof sich zur Gegenseite hin öffnete. Es war noch früh am Morgen, das Camp erwachte gerade. Auf den ersten Blick war es nur ein weiterer verlassener Gebäudekomplex, den die Stadt lieber nicht verzeichnete, um kein Geld für den Abriss ausgeben zu müssen. Wahrscheinlich eine alte Schule.

Er brauchte lange, bis er verstand. Fast hätte er vor

dieser neuen Wüste aufgegeben. In seinen Stiefeln stand jetzt das Wasser. Der Schnee blendete ihn. Er kam erschütternd langsam voran. Außer den Raben, die um die Krone des Baums auf dem Hügel kreisten, hörte er nur das Knirschen seiner Schritte im Schnee, als ginge er auf Puffreis. Seine Füße waren vor Kälte steif, und unter dem Hut schwitzte er. Er fühlte sich wie eine Wurst in der Pelle unter den dicken Schichten der kugelsicheren Weste und des Mantels und wurde noch zusätzlich vom tiefen Schnee behindert. Bestimmt würde er nichts finden. Trotzdem ging er weiter.

Browns einzige Tugend war seine Hartnäckigkeit. Das bleibt vom Mut derer übrig, die nicht mehr naiv genug sind, etwas zu wagen, dachte er. Und ging trotzdem weiter.

Etwa hundert Meter vor der Rückseite blieb er abrupt sehen. Hinter einem der Fenster meinte er eine Bewegung gesehen zu haben. Er duckte sich instinktiv, als könnte er sich so unsichtbar machen, wobei sein Anblick eher an einen verirrten Bären erinnerte, und wartete. In dem Augenblick drangen die ersten Geräusche an sein Ohr. Geschrei und ein Gepolter wie von umgestoßenen Gegenständen – sie hatten ihn entdeckt. Er richtete sich wieder auf und beschleunigte seine Schritte. Je näher er kam, desto deutlicher wurden die Rufe, sie kamen aus jedem Winkel der alten Schule – wie viele mochten da drin sein? Jetzt hörte er auch ein Auto wegfahren.

Die Kinder stürmten in den Hof. Stoben in alle Richtungen davon. Verflüchtigten sich manchmal im Schnee. Schrien und lachten, es waren Kinder, es war ein Spiel. Zerstreuten sich auf der eingeschneiten Prärie jenseits der Schule wie ein auf einer Lichtung überraschtes Rudel Kitze. Viele blieben im Umkreis der Gebäude. Zwei Kinder waren oben auf dem Hügel, Brown konnte sie sehen, als er näher kam. Eines verschwand in einer Art Seifenkiste und sauste dann mit vollem Tempo den Hang hinunter Richtung Straße, so hoch war die Geschwindigkeit des Schlittens, dass Brown gar nicht anders konnte, als ihm nachzuschauen, und sich fragte, wo dieses Kind wohl so ganz allein hinwollte mit seinem rasenden Boliden – jedenfalls wirkte es so, als würde es bald abheben und durch die Lüfte fliegen, über die Stadt, was ihn an diesen Film erinnerte, wo ein Junge mit seinem außerirdischen Freund Fahrrad fährt. Von fern hörte er schon die Sirenen auf der anderen Seite. Watts. Und bald sah er auch eine ganze Kolonne Blaulichter von Norden kommend am Rand der Prärie entlangrasen.

Der andere Junge auf dem Hügel sprang nun in großen Sätzen den Abhang hinunter auf die Gebäude zu. Es sah aus, als würde er sich inmitten von Baumwolle abseilen. Er hielt etwas Glänzendes in der Hand, schwer zu erkennen, eine Waffe vielleicht?

Er schoss.

Die Kinder schrien auf und versuchten zu fliehen.

Er schoss, aber nicht in Browns Richtung. Er zielte höher und weiter, auf die Streifenwagen und Pick-ups der Polizei, deren Ketten sich brüllend in den Schnee der Ebene verbissen, aber ohne jede Chance, sie ernsthaft zu treffen auf die Entfernung, es sei denn durch Zufall. Die anderen Kinder liefen mit erhobenen Armen kreuz und quer über den Hof, ergaben sich, ohne dass jemand sie dazu aufgefordert hätte, aber er rannte weiter. Stürmte auf Brown zu, als würde er ihn nicht sehen, und schoss.

»Was hätte ich denn tun sollen? Ich habe ihn aufgefordert, stehenzubleiben und die Waffe wegzuwerfen, aber er schien mich nicht zu hören. Läuft einfach weiter mit gestrecktem Arm, schießt und schießt, als ob es ihm völlig egal ist, wo die Kugeln einschlagen, ich schwör's dir, Watts, ich hab ihn angebrüllt, angefleht, verdammt, das war doch noch ein Kind, verdammt! Was war bloß in ihn gefahren?«

Watts wusste nicht, was er sagen sollte. Als er erfahren hatte, dass Brown alleine los war, um die Zone zu erkunden, hatte er beschlossen, Verstärkung mitzubringen, und war ganz froh, dass der Alte jetzt nicht völlig allein war, aber er klopfte ihm nur auf die Schulter und brachte ihn zu seinem Auto zurück. Es schrie aus allen Richtungen, es wurden immer mehr. So viele Kinder, dass sie Transporter anfordern mussten. Das totale Tohuwabohu, die Cops komplett überfordert.

Brown stieg wieder in seinen Taunus. Zog die Stiefel und die durchnässten Socken aus und drehte die Heizung voll auf.

Er legte den Hut beiseite und rieb sich den Schädel, während er seine halb geschlossenen Augen lange über die Landschaft schweifen ließ. Immer noch kamen Streifenwagen, Kleintransporter, Pick-ups mit Schneeketten angefahren. Die Sirenen wurden vom Geknatter eines Helikopters übertönt, der im Tiefflug die Prärie überquerte. Nach kaum einer Viertelstunde war der erste Übertragungswagen eines Fernsehsenders da, immer noch wuselten überall Kinder herum. Das Chaos wurde minütlich schlimmer.

Brown spürte, wie das Gebläse seine nackten Füße ein wenig wärmte. Jetzt zog er auch den Mantel und die kugelsichere Weste aus. Und startete den Motor, ohne die Fortsetzung abzuwarten. Unter seinem Schreibtisch standen noch die Kartons mit den Akten, die nun ins Kommissariat umziehen würden. Dann müssten sie die Kinder eins nach dem anderen anhören, die Adressen aufschreiben, die Eltern ausfindig machen. Ein verdammtes Scheißchaos, das sie da erwartete. Es würde eine Pressekonferenz geben – er sah schon die Schlagzeilen vor sich: Drogenkönig befehligt Kinderarmee. Als hätte Max Roberts sie gekidnappt, sie mit Gewalt aus den Häusern geholt. Von wegen, er musste ja nur Flöte spielen, ein paar Fuffis springen lassen. So weit war es gekommen. Niemand kümmerte sich um diese Kinder, aber das wollte keiner zugeben. Es würde eine Ansprache des Polizeichefs geben, Brown dahinter auf dem Podium, man würde ihn bitten, vorzutreten, er würde sagen, ich habe nur meine Pflicht getan, und dann würde man ihm schnell einen Orden ans Revers seines Sakkos stecken. Händedruck. Foto. Ende der Geschichte.

Vielleicht würde man ihn im Frühjahr sogar für eine Beförderung zum Captain vorschlagen.

Er würde sich neue Stiefel kaufen.

Und nie würde jemand sagen, Lieutenant Brown hat ein Kind getötet.

Dreckstag.

ZERKNITTERTES PAPIER

Am Ende dieser Geschichte, kurz vor Weihnachten, schreibt Eugène im dreizehnten Stock des Geisterturms hoch über der nun verlassenen Zone seinen Bericht, Candice ist zu Hause, in der Stadt. Sie ist nervös. Sie geht vom Schlafzimmer ins Wohnzimmer und vom Wohnzimmer in die offene Küche hinter dem übereck angebrachten Tresen. In einer Zweizimmerwohnung ist man schnell einmal rum.

Sie wird es ihm nicht sagen, denkt sie. Aber im Grunde weiß sie es noch nicht so genau. Mal sehen. Sie wird sich Mühe geben. Ein komischer Tag ist das heute.

Seit dem Morgen kommen im Fernsehen, auch im öffentlich-rechtlichen, ständig neue Sondermeldungen über einen Einsatz der Detroiter Polizei. Ständig blitzt es blauweiß, man sieht Blaulicht, eine schneebedeckte Ebene, Kinder, die aufgeregt aus einer Schule rennen, aber irgendetwas daran ist komisch, ah, die Schule steht eigentlich leer, ein Helikopter fliegt über die Zone und zeigt vom Schnee eingedrückte Dächer, abgesackte Mauern, immer wieder Blaulicht, Kinder, die schreiend kreuz und quer durcheinanderlaufen, und Cops, die ihre Waffen wegstecken und sie einfangen, als spielten sie in dem Schulhof Haschen.

Anscheinend gab es zu Beginn des Einsatzes einen Schusswechsel. Anscheinend wurden all diese Kinder dort von einer Art Paten festgehalten, der sie als Boten oder Dealer einsetzte. Sie muss an Max denken und an den alten Bullen, der sie einmal in der Bar befragt hat. Anscheinend spielt sich das alles mitten in der Stadt ab. In einem ehemaligen Industriegebiet, aber was dort geplant war, ist durch den Bankrott der Stadt ins Wasser gefallen. Kameras zoomen über die Sicherheitsabsperrungen und filmen die Gesichter der Kinder, und es gebe nicht einmal genug gelbes Absperrband, erläutert der Journalist mit betroffener Miene.

Auf einem Lokalsender zeigt ein gewiefterer Reporter in Cowboystiefeln und Lederweste auf eine umfunktionierte Turnhalle, die aussieht wie eine riesige Autowerkstatt oder eine kleine Dritte-Welt-Fabrik, und berichtet, dass die Kinder dort gearbeitet haben, um sich ihr Essen zu verdienen. Er deutet auf Reifen, kaputte Fahrräder und Rasenmäher. Dann nähert er sich dem Hauptgebäude und bittet seinen Kameramann, durchs Fenster eines Klassenzimmers zu zoomen, wo man Dutzende Decken, Matratzen und Schlafsäcke sieht, bevor er von einem genervten Polizisten vertrieben wird.

Sie wollte den Fernseher schon öfter ausschalten, hat es dann aber doch nicht getan. Wie die meisten von denen, die im Fernsehen interviewt werden, Offizielle mit eingeschlossen, ist sie von diesen Bildern entsetzt. Wie betäubt. Das geht alles zu schnell. Das Geschrei, die Sirenen, das alles ist unerträglich, aber unmöglich auszublenden.

Den ganzen Tag tigert sie schon durch ihre Wohnung.

Sie ist früh aus dem Haus gegangen und hat die Gelegenheit genutzt, an der Mack Avenue einzukaufen, im letzten Whole Foods der Stadt, das man hier Whole Paycheck nennt, weil es so horrend teuer ist. Seitdem blitzt es blauweiß aus dem Fernseher im Wohnzimmer. Schnee, Blaulicht, Sirenen und Kindergeschrei. Ist das denn möglich? In so einer Welt zu leben? Wie lange geht das schon so?

Regelmäßig begegnet sich Candice im Spiegel. Im Bad und im Flur. Im Bad sieht man sich besser. Sie tritt näher heran. Lächelt sich zu. Da steht eine von der Nachtarbeit erschöpfte Frau. In den Dreißigern, eine Frau mittleren Alters, vielleicht näher an der vierzig, das sieht man ihr schon an. Sie konzentriert sich. Betrachtet sich, mustert sich. Sie hat ein längliches Gesicht, ein wenig eingefallen. Mit dem Alter wird man magerer, das ist nicht zu bestreiten. Oder vielleicht altert man auch schneller, wenn man nicht mollig ist. Sie hat müde Züge, leicht dunkle Lider. Sie hat Falten, da, im Mundwinkel, diese Furche, die an den Nasenflügeln beginnt und die Wangenknochen hervorhebt, dann nach unten fällt und die Lippen umrahmt und schlimmer wird, wenn sie lächelt – das ist neu, denkt sie –, ist ja nicht so furchtbar hässlich, aber Zwanzigjährige haben keine solche Falte. Und die um die Augen. Um die Augen ist es vielleicht am auffälligsten, auch wenn Schminke viel hilft, normalerweise. Man schaut sich ja immer in die Augen. Nicht, dass sie besonders tiefliegende Augen oder Tränensäcke hätte, nein, die Haut ist noch straff – sie zieht sie an den Schläfen nach hinten, um das zu testen –, klar hat sie Augenringe, das ist normal, aber vor allem sind da so feine Linien oder Riefen direkt unter den Lidern und an den Seiten, wo man beim Lachen die Augen zusammenkneift, es sieht aus wie sehr dünnes, zerknittertes Papier – auch das ist neu, Haut wie zerknittertes Papier.

Der Fernseher im Wohnzimmer kündigt eine Stellungnahme des Interimsbürgermeisters und des Polizeichefs an. So etwas sei noch nie da gewesen, mehr als hundert Kinder, eine Katastrophe. Alle notwendigen Maßnahmen würden ergriffen ... die Sozialen Dienste ... eine Notrufnummer für die Eltern. Ungläubig fragt der Journalist: »Die Kinder waren alle verschwunden? Wie kann man so viele Kinder verschwinden lassen?« Dem Bürgermeister ist das peinlich. Tatsächlich seien zahllose Menschen, Mitbürger verschwunden, die meisten hätten die Stadt verlassen, Detroit habe in den letzten dreißig Jahren zwei Drittel seiner Einwohner verloren. »Könnte es Ihrer Meinung nach noch weitere geben?« – »Es handelt sich hier um lokalen Drogenhandel, wir erwarten in den nächsten Stunden die Verhaftung des Verbrechers, der ...«

Sie schneidet Gesichter, betrachtet sich lächelnd von oben, Mund offen, Mund zu, neigt den Hals ein wenig nach rechts, dann nach links, sieht Rillen auf ihrem Kehlkopf, noch elastisch und nicht sehr tief, ein leichtes Knittern, diesmal eher Seide, hängt wahrscheinlich vom Blickwinkel ab, sie streckt sich, schiebt das Kinn ein wenig vor. Nähert sich dem Spiegel mit gesenktem Kopf. Gibt es einfach so einen Tag im Leben, an dem man plötzlich feststellt, dass man alt geworden ist?

Wie lange noch?

Bisher wollte Candice noch nie weg von hier, aus der

schrumpfenden Stadt, aus ihrem Job, den sie mag – trotz der brutalen Arbeitszeiten –, aus ihrem Viertel, in dem es keine Schulen mehr gibt, aber wie lange noch? Wie lange wird es noch dauern, bis sie sich sagt, dass sie als blutjunges Mädchen vielleicht ihre Zukunft aus dem Fenster geworfen hat, bis sie sich sagt, dass es für den Traumprinzen zu spät ist oder dass das zu schön wäre für sie, dass Detroit nicht die Art von Stadt ist, wo so eine Geschichte einer Frau wie ihr noch passieren kann? Wie alt war Aschenputtel, sechzehn, siebzehn?

Candice weiß nicht, wie die Geschichte ausgeht. Eugène sitzt noch in seinem Büro und schreibt seinen letzten Bericht.

Sie betrachtet sich jetzt von unten, den Kopf gesenkt, die Augen weit aufgerissen. Es ist ihr so vertraut, ihr Gesicht. Die Schranke ihrer Wimpern, der konzentrierte Blick, in sie vertieft wie in ein Bild. Und zum ersten Mal lächelt sie sich wirklich an. Nicht, um zu sehen, wie ihr Mund sich öffnet oder wie ihre Falten knittern, sie lächelt sich an, sich selbst. Sie erkennt sich an ihren großen, leicht schimmernden schwarzen Augen. In ihren Augen liegt ein besonderer Glanz. Ein Leuchten, ein Begehren, vielleicht eher Appetit und Genusssucht, ein Lachen, ein Einverständnis. Wie sollte man denn nicht einverstanden sein mit dem eigenen Blick? Sie lächelt sich an, dreht wieder den Kopf, lässt aber ihre Augen nicht mehr aus dem Blick. Sperrt sie groß auf, blinzelt, kneift sie zusammen, verdreht sie, macht sie rund, macht sie schmal, schaut spitz, schaut böse, lässt halb die Wimpern darüber sinken, zwinkert, flirtet mit ihnen und tut so, als würde sie sich gerade wiederentdecken und wüsste, wer sie ist. Sie wird das rote Kleid anziehen, das mit dem tiefen Ausschnitt, das zu ihrem Lippenstift passt und zu ihrem Lachen. Sie wird etwas trinken, während sie auf ihn wartet, den trockenen Chardonnay, den sie ins Eisfach gelegt hat, damit er kalt wird. Eine Zigarette rauchen, die letzte Kippe. Ein großes Glas, um sich Mut anzutrinken und ihn mit einem inbrünstigen Kuss zu begrüßen. Nichts sonst zählt heute Abend, auch wenn es der letzte sein sollte, muss es der perfekte Abend einer perfekten Liebe sein.

Sie weiß nicht, ob sie es ihm sagen wird.

Sie möchte nicht, dass er deswegen bleibt. Sowieso bleiben Männer heutzutage nicht mehr deswegen.

Sie erwartet ein Kind von ihm. Das weiß sie seit heute Morgen. Sie ist sicher, dass es ein Mädchen wird.

DETROIT BLUES

Charlie ließ die Polizeiautos hinter sich, die links von ihm kuddelmuddel im Schnee am Straßenrand herumstanden, blaurote Lichtreflexe auf die Prärie warfen und den leichten Morgennebel zerrissen, die Pick-ups, die bis zum Kühlergrill im Pulverschnee versanken und sich wie in Zeitlupe fortbewegten, die uniformierten Cops, die beim Laufen die Knie hochziehen mussten wie im Training, eins, zwei, und so zwar langsam, aber sicher in die Zone einmarschierten und die Schule umstellten, während die Kinder schreiend hinausrannten wie aus einem überschwemmten Ameisenhaufen und sich überallhin verstreuten. Ein Angriff der Kavallerie auf die Prärie der Indianer. Custers späte Rache.

Er hörte Schüsse. Nahm sich aber nicht die Zeit, sich umzudrehen.

Er glitt mit seinem selbstgebastelten Gefährt den Hang hinunter, Richtung Osten, der Sonne entgegen, und wurde immer langsamer, je flacher das Gelände wurde. Seine Lippen waren ausgetrocknet, sein Hals brannte, seine Augen waren rot und tränten im eiskalten Wind. Kurz vor der Straße kam sein Schlitten zum Stehen. Er sah auf seine Stoppuhr, die er automatisch gedrückt hatte, als er losfuhr: Es waren genau zwei Minuten und sechs Sekunden

Höllenfahrt, im Fond seiner Seifenkiste kauernd, an deren Bretter geklammert, immer mit dem Gefühl, beim kleinsten Buckel abzuheben, und der Gewissheit, vom nächstgrößeren zerlegt zu werden – absoluter Rekord. Das war genau die Zeit, die er brauchte, um von zu Hause zu Bill zu rennen, okay, das war seine Bestzeit. Eine Weile lang beobachtete er das Blaulichtspektakel. Die Transporter stauten sich und blockierten die Straße, die Streifenwagen versuchten, über den Straßenrand auszuweichen, um vorbeizukommen, und blieben mit der Schnauze im Schnee stecken.

Flackerndes Blaulicht erhellte die Prärie, als ob blaurote Flammen aus dem Schnee schlügen, und der Nebel, der aussah wie ein leichter weißer Rauch, zerstreute das Licht, sodass aus den Flammen ein Flächenbrand wurde, der sich rasch über das Gelände bis zur Schule ausdehnte. Charlie musste wieder an die Teufelsnacht denken, als sie das Haus angezündet hatten, diese jämmerliche Baracke, die allen völlig egal war, diese verfallene Hütte in diesem verkommenen Viertel, das verlassen war wie ein Kinderspielplatz, dieses verfluchte Haus, das sicher weniger wert war als seine Versicherung und das Bill letztlich das Leben gekostet hatte. Als er sicher war, dass keines der Bullenautos starten würde, um zu ihm herüberzukommen, stieg er aus dem Schlitten, ging zur Straße und machte sich auf den Weg, die Beine irgendwie wattig.

Es war Zeit heimzugehen.

Er dachte lieber nicht darüber nach, was er Georgia sagen sollte.

Er dachte lieber nicht darüber nach, was aus Strothers würde und ob er ihm immer noch böse war.

Er hätte lieber auch nicht an Bill gedacht, aber seine Finger spielten mechanisch mit den Karten in seiner Tasche, einem Satz Pokerkarten mit rotem Rücken, abgestoßenen Ecken, geknickt und eingerissen, ein erschöpftes, glückloses Blatt. Bill wusste nicht einmal, wie man pokert. Er hatte nur geübt, zu mischen und dabei ein Ass oben zu behalten, und da war es auch noch, das Kreuzass. Bill war ein Draufgänger und ein Hitzkopf. Er hatte vor nichts Angst, war so schon genug geschlagen. Beinahe hätten sie es geschafft. Gemeinsam wären sie zu Indianern geworden. Charlie schloss die Augen, um nicht zu weinen. Und versuchte, für sich allein noch einmal Bills heiseres Lachen zu hören, im Geheul der Sirenen auf den stillen Straßen von Detroit.

Er war auf dem Weg nach Hause, er würde Georgia wiedersehen. Und das Einzige, was ihm in dem Moment durch den Kopf ging, war die Erinnerung daran, wie sie mit dem wallenden Nachthemd um ihren dürren Körper am Fußende seines Bettes saß, umflort vom fahlen Licht der Morgendämmerung, und ihm murmelnd wie im Gebet die einzige Totengeschichte erzählte, die er kannte, die von seinem Großvater. Ein aufrechter Kerl, der nur frei sein wollte und allem Ärger aus dem Weg ging. Ein Nigger aus dem Süden, der es fast geschafft hatte, aber zur falschen Zeit am falschen Ort war. Die Tragödie, sagte Georgia, besteht aus Versehen und kleinen Irrtümern, und die Reue kommt immer zu spät. Freiheit bezahlt man stets mit der eigenen Haut.

Er dachte an seine Mutter. Fragte sich, ob sie wohl eines Tages wiederkäme. Warum sie weggegangen war, warum ohne ihn, warum. Er fragte sich, wie sie wohl aussah. Er fände es gar nicht gut, wenn sie ihr Leben verpfuscht hätte. Das wäre doch wirklich traurig, wenn sie alle unglücklich gemacht hätte wegen nichts. Er dachte sie sich als Schauspielerin in einem hübschen Kleid, mit Hut und Sonnenbrille, und stellte sich vor, wie sie eines Tages an der Tür klingelte. Nein. Wenn sie es geschafft hätte, wäre es gemein von ihr gewesen, sie so im Stich zu lassen.

Eigentlich war er sich gar nicht sicher, ob er sie wiedersehen wollte.

Aber seine Abenteuerlust hatte er ja vielleicht trotzdem von ihr.

Er schniefte in seinen Ärmel. Bestimmt war die Kälte schuld, dass ihm der Rotz so aus der Nase lief. Er wollte nicht weinen, also ging er weiter, vorbei an den zusammengeflickten Häusern und verwilderten Gärten von Detroit, das langsam erwachte. Der Schnee glänzte feucht auf den nur teilweise geräumten Bürgersteigen und vermischte sich mit dem Schlamm auf der Straße, wo jetzt die ersten Lieferwagen, ein Bus und ein paar morgendliche Autos fuhren. Aus den Kanaldeckeln an den Straßenecken krochen lauwarme Nebelschwaden. Die Tankstellen hatten die Nachtbeleuchtung ausgeschaltet. Von fern konnte man immer noch die Sirenen hören, eine vielstimmige Kakophonie, anscheinend waren jetzt auch Rettungswagen dabei, und plötzlich kam aus der Stadt das tiefe, beängstigende Geräusch eines – er brauchte eine Weile, um es zu erkennen – eines Hubschraubers, das mächtig anschwellende Knattern eines Hubschraubers, der hinter den Gebäuden aufgestiegen war, wie um ihm den Weg zu verstellen, eine reglos in der Luft hängende Hummel mit dem Sound eines Maschinengewehrs, die im Tiefflug über ihn hinweg Richtung Zone brauste und einen Moment lang ihr Knattern mit dem Geheul der Sirenen vermischte, dann nichts mehr. All das entfernte sich und verscholl hinter ihm. Er ging weiter. Wechselte die Straßenseite und begegnete einem streunenden Hund mit eingezogenem Schwanz, der traurig am Schnee schnüffelnd dahintrottete.

Was wird nun aus ihm werden?

Die kleine Bande gibt es nicht mehr. Charlie ist wie ein verirrter Indianer, der nach dem Massaker am Wounded Knee aus den Black Hills flieht. Sein Pullover hat die Farbe verloren, wobei nicht nur das Rosa mit den Jahren so verblasst ist, dass es wie sonnengebleichtes Klopapier aussieht, sondern er hat auch noch grüne und braune Flecken, und am Ellbogen klafft ein Loch, das immer größer wird. Die Jeans sind in einem noch schlimmeren Zustand. Er hat nasse Füße und friert. Er friert, obwohl er glaubte, sich daran gewöhnt zu haben, fällt ihm auf, als wäre es auf dem Nachhauseweg plötzlich nicht mehr unabwendbar zu frieren, er verflucht seine alten Treter. Es ist, als würde er vergessene Empfindungen wiederentdecken. Er hat auch ein flaues Gefühl im Magen, aber das ist nicht mehr die Angst, irgendwo erwischt zu werden, wo er nicht sein darf, Strothers oder einem anderen seiner Wärter über den Weg zu laufen, zu sehen, was er nicht sehen soll, und es ist auch nicht dieses Gefühl der Beklemmung, an dem er jedes Mal, wenn er an Bill dachte, würgen musste wie an einer halb verschluckten Brotkugel. Er hat schlicht und einfach ein Loch im Bauch, sein Magen knurrt, er hat Hunger. Er beginnt auf einmal alles durcheinander zu spüren, als wäre es das erste Mal, die frische Luft, den eisigen Wind, das Wasser in seinen Schuhen, seine aufgesprungenen Lippen, die Schwere seines Körpers, die steifen Muskeln, die von den Nächten, die er auf dem Boden geschlafen hat, schmerzenden Schultern, den verspannten Nacken und seine brennenden Augen.

Er geht durch das erwachende Detroit. Er weiß nicht einmal, was für ein Tag ist. Die Auslagen der Geschäfte um den East Market, vor denen gerade die eisernen Rollläden hochgezogen werden, zeigen rotgrüne Weihnachtsdekorationen, Lichterketten, goldene Sterne, Schlitten und dickbäuchige Weihnachtsmänner, die mit Sprühschnee auf die Scheiben gemalt sind. An einigen Häusern hängt ein aufblasbarer Nikolaus an einem Balken oder einem Fenster im ersten Stock, der sich gerade anschickt, an einer bunten, blinkenden Lichterkette aufs Dach zu klettern. Es gibt auch einen, der durch ein Fenster in der Fassade eines zweistöckigen Ladengeschäfts einsteigen will. Und auf einem leerstehenden öffentlichen Gebäude sieht man ihn auf einem riesigen Graffito mit Autos und Häusern in seinem Sack.

Es ist kurz vor Weihnachten. Wahrscheinlich sind schon Winterferien. Ein kalter, trockener Tag, der sich anfühlt wie Sonntag, mit einem blassblauen Himmel, reglos und still. Ein Tag wie eine Kindheitserinnerung an das Spielen im Garten. In der Stadt hat man das Gefühl, dass gar nichts passiert ist.

Vielleicht fahren sie diesmal an den See, der so groß ist, dass man glaubt, es ist gar kein See, sondern das Meer. Der mit den großen dunklen Kiefern am Ufer. Georgia wird ihm noch einmal die Geschichte seines Großvaters erzählen, wie schön die Stadt früher war und wie man im Kampf gegen das Schicksal zum Mann wird. Sie hat gesagt, es ist ein magischer Ort, der nach Algen und Wasser riecht. Trotz der Kälte werden sie dort bis zum Abend bleiben, bis sich der Mond auf den Wellen in Tausenden Glanzlichtern bricht. Und vielleicht kommen die Geister zu den großen Kiefern. Dann will er Bill die Karten zurückgeben.

Sie hat so oft davon erzählt, von diesem See, vielleicht wird es diesmal was, zu Weihnachten, weil er wieder da ist.

DIE UNSICHTBARE HAND

Das Hochhaus ist dunkel, Eugènes Büro ist das letzte, in dem noch Licht brennt. Durch das Fenster sieht man in der Ferne helle Kreise in der Nacht über der Zone und dem Hügel tanzen, sie kommen von herumgeisternden Taschenlampen, den Scheinwerfern der Polizeiautos und einem Bulldozer, der im Schnee Pisten zieht. Ein chaotisches Ballett, die Scheinwerfer ziehen Schleifen und Achten, wie Bienen, die den Weg zu den Blumen nicht mehr finden. Man weiß nicht genau, was sie dort noch suchen. Kinder vielleicht, die ausgerissen sind, sich verirrt oder versteckt haben, weil sie sich fürchteten. Die vielleicht abends zurückkommen, um an diesem merkwürdigen Ort zu übernachten.

Kinder. Manche hat er womöglich im Herbst noch auf der Straße spielen gesehen. Wie schnell die vier Monate vergangen sind. In ein paar Stunden könnte man sie zusammenfassen, und das hat er auch gemacht, für seinen letzten Bericht. Aber das reicht natürlich nicht aus, um wiederzugeben, was in der Zeit hier alles passiert ist, was mit diesen Kindern war und ihren Familien, die bestimmt nach ihnen gesucht haben, und mit der Zeit, die für jeden anders verlaufen ist, wie auf Parallelen im selben Universum. Jede Sekunde spielen sich um uns herum Schicksale in unterschiedlichen Rhythmen ab, blind und taub füreinander, und wir wissen gar nichts davon.

Er wird seinen Bericht abschicken.

Lieber Herr N+1, bitte verstehen Sie mich recht, es geht hier nicht gegen Sie persönlich. Ich habe nicht die geringste Lust, zu den Schicksalsschlägen der Firma oder den Sorgen der oberen Etagen beizutragen. Weder zum Spaß noch aus Widerstandsgeist, glauben Sie mir, an mir ist kein Revolutionär verlorengegangen. Ich werde auch die Wall Street nicht besetzen, wo Ihre Aktien fallen, auch wenn ich zugeben muss, dass ich ernsthaft der Meinung bin, ein paar Köpfe hätten es durchaus verdient, über den Vorplatz dieser Türme aus Stahl und Glas zu rollen.

Die Firma ist bankrott. Das Integral-Projekt wird nicht hier, sondern in der chinesischen Zwischenwelt verwirklicht werden, vielleicht wissen Sie das ja noch gar nicht, aber ich habe es von den Amerikanern erfahren. Es ist eine Sache von ein, zwei Jahren, Zeit genug, um noch ein paar Typen wie mich zu versetzen und Tausende andere hier und in Europa in die Arbeitslosigkeit zu entlassen. Zeit genug, um eine neue Strategie anzukündigen, die Märkte zu beruhigen, den Regierungen etwas zu versprechen. Zeit genug für die Firma, wie ein Phönix wiederaufzuerstehen, weil sie nicht sterben kann, weil das Kapital nicht sterben kann, weil Geld immer zirkulieren muss. Es wird eine schwierige Phase sein, durch die man durchmuss, aber Sie haben schon gewonnen.

Sie werden sagen: Eine unsichtbare Hand hat die Karten neu gemischt, aber irgendwann kommt alles wieder ins Lot. Das ist natürlich falsch, und Sie wissen es. Sie werden sagen: Es ist die einzig rationale Lösung. Rational ist es aber ein einziges Desaster. Von da, wo ich sitze, wo das einzige Licht brennt, im dreizehnten Stock, der über der Zone schwebt wie ein Gespensterraumschiff, kann ich es gut sehen. Hier gibt es Kinder, die Gangmitglieder werden, weil in der Fabrik kein Platz für sie ist. Eben wurden um die hundert in einer leerstehenden Schule entdeckt, sie kampierten auf dem Gelände von Projekt D-503, wo der Integral in Produktion gehen sollte. Die Welt nivelliert sich gerade nach unten, wie wenn man eine Fläche planiert, einen Baugrund. Sie haben doch eine Leidenschaft fürs Bauen, oder?

Trotzdem sind Menschen nötig, die diese Welt bewohnen. Menschen wie die, die diese Stadt erbauten, die Sie hierherlockten, in die Fabriken, mit ihrer schönsten Flötenmelodie, die ihnen ein besseres Leben versprach, »das Glück am Ende der Straße«, und die Sie schließlich unterwegs ausgesetzt haben, wie ein Haustier, das einem sonst die Ferien versaut. Was glauben Sie, was die tun werden? Die, die gehen sollten, sind gegangen. Sie laufen Ihnen hinterher. Ihnen und den Lebenseinheiten, die Sie irgendwohin verschieben, immer schön aufgeräumt, in denen Sie auch mich unterbringen wollten, in China oder hier, egal wo. Die anderen bleiben. Sie lassen den Kopf nicht hängen. Sie leben weiter, und dafür habe ich mich auch entschieden.

Ich strebe keine andere Stelle an. Betrachten Sie dieses Schreiben als meine Kündigung.

Es gibt hier eine Redewendung, wenn es so schlecht

steht, dass die Lage aussichtslos erscheint: Der Letzte macht das Licht aus.

Eugène steht auf und schenkt sich noch einen Kaffee ein, das ist heute bestimmt schon der siebte. In dem leeren, eiskalten Büro hat er immer den Parka an, er pustet eine kleine Dampfwolke über seinem Becher weg, die sich gleich wieder bildet, und wärmt sich an ihrem Anblick. Er entspannt sich und legt im Videokonferenzraum die Temptations auf, die ihn zusammen mit dem Bariton David Ruffins weit fort tragen von der Kälte, in einen ewigen Monat Mai. *My Girl.* Es ist kein Hirngespinst, trotzdem hätte er vielleicht vorher mit ihr reden sollen. Er weiß nicht viel über sie, von ihrer Vergangenheit, ihrer Familie, ehrlich gesagt, fast nichts, nur dass er bloß an sie denken muss, um plötzlich ein Feuer in sich zu spüren, das er bisher nicht kannte, eine Lust zu glauben, dass alles möglich ist, wenn sie zusammen sind, wenn sie nebeneinanderliegen und ihre Körper sich berühren, wenn er sich in ihre schwarzen Augen versenkt, seine Hand in ihrem krausen Haar, wenn er ihren Nacken streichelt oder ihr einfach zusieht, wie sie auf ihn zukommt, wie sie lächelt, wenn sie ihn erblickt, dann hat Eugène den Mut zu leben.

Er weiß nicht, wie sie es aufnehmen wird, sie haben nie darüber gesprochen. Ich habe beschlossen zu bleiben, ich möchte mit dir zusammenleben. Das ist absurd, es klingt so sentimental. Was sollen sie hier machen? Detroit ist ja wohl der letzte Ort, um sesshaft zu werden.

Im Videokonferenzraum des dreizehnten Büros lacht er in sich hinein, er denkt an das Gesicht, das der N+1 machen wird, wenn er seinen Bericht erhält. Über seinen

Becher gebeugt, um ihn nicht umzukippen, beleuchtet von den hypnotischen Träumen der braven Computer, von den rotglühenden Toastern unter den Tischen, von der Lampe auf seinem Schreibtisch, der aussieht wie ein Tisch aus einem Bühnenbild – scheiß Open Space –, lacht er in sich hinein und traut sich allmählich, laut zu lachen, ganz allein, von der Musik ermuntert, egal, ob jetzt wer reinkommt und ihn für verrückt hält, weil keiner reinkommen wird, er lacht hell, wie ein Kind, und kann gar nicht mehr damit aufhören.

Detroit, diese Welt, die sie uns gelassen haben, ist genau der richtige Ort, um von vorn anzufangen.

Bevor er geht, zu ihr geht, schreibt er noch einen Satz unter seinen Bericht, ein Zitat, dessen Autor er vergessen hat, und klickt auf Senden. *Ja, dieser Taylor war zweifellos der genialste Mensch der alten Zeit. Er kam freilich nicht darauf, seine Methode auf das ganze Leben auszudehnen.* Dann macht er das Licht aus.